L'AMI FRITZ

ERCKMANN-CHATRIAN

L'ami Fritz

ERCKMANN-CHATRIAN
(1822-1890)

Émile Erckmann naît à Phalsbourg (Moselle) le 21 mai 1822. On compte, dans sa famille, des instituteurs calvinistes, venus de Suisse au siècle précédent. Son père, volontaire en 1799, à 17 ans, après avoir combattu dans les troupes révolutionnaires, s'installe comme papetier-relieur et bibliothécaire.

A 10 ans, Émile est interne au collège de Phalsbourg, bien que sa famille n'habite pas loin; ses parents veulent qu'il s'y endurcisse. Il s'y ennuie ferme. En 1942, à 20 ans, il « monte » à Paris faire son droit. La typhoïde (qui le rend chauve), trois ans plus tard, l'oblige à revenir au pays. Pendant sa convalescence, il marche dans la campagne, et écrit, sous les encouragements d'un de ses anciens professeurs, devenu principal du collège de Phalsbourg.

Ce dernier lui parle de l'un de ses répétiteurs, Alexandre Chatrian, né à Soldatenthal (Meurthe) le 18 décembre 1826 qui s'ennuie du métier de pion.

Les deux hommes se rencontrent, sympathisent. Ils ont eu la même enfance, bercée par les récits héroïques des demi-solde, vieux soldats de l'épopée napoléonienne, couru la même campagne, entre Alsace et Lorraine. L'année suivante, en 1848, ils fondent à Phalsbourg un club révolutionnaire. Lorsque, peu de temps après, Chatrian est renvoyé du collège pour des raisons politiques, Erckmann lui demande de tenter de placer ses récits auprès des éditeurs parisiens. Chatrian les lit, propose des corrections, puis finit par s'impliquer dans la rédaction. Ainsi naît leur collaboration littéraire, selon un rituel que le succès figera : Erckmann, de Phalsbourg, établit une première ébauche, un scénario, qu'il envoie par la poste à Chatrian, installé à Paris. Ce dernier l'étudie, puis, Erckmann l'ayant rejoint, ils passent ensemble à la rédaction définitive, Chatrian se chargeant plus précisément de la relecture et des corrections, du « polissage ». Erckmann reparti à Phalsbourg, Chatrian tente de placer le manuscrit auprès des éditeurs. Les débuts sont difficiles. Les premiers récits et contes paraissent dans des journaux. Leur premier succès, *le Fou Yegof* (1862) est suivi l'année suivante d'un titre qui fait leur renommée : *Madame Thérèse*. Les deux compères ont trouvé leur filon littéraire : l'histoire du Premier Empire, racontée à travers le destin des obscurs, des sans-grade, et du peuple alsacien. Ils puisent, pour les anecdotes et la couleur locale, dans leurs souvenirs d'enfance.

Jules Hetzel, qui publie Jules Verne, devient leur éditeur en 1864, et lance *Histoire d'un conscrit de 1813* (1864). C'est justement à cette époque que, dans le cadre de l'enseignement public, on encourage la littérature populaire. Erckmann-Chatrian deviennent célèbres dans la France entière. Leurs nouvelles et courts romans, réunis sous le titre de *Romans nationaux*, sont vendus en fascicules, en volumes... Ils fuient pourtant la notoriété, refusent les honneurs que Napoléon III, bien qu'ils soient républicains, serait prêt à leur accorder.

La défaite de 1870 sonne le glas de l'Empire, et celui de leur fructueuse collaboration. Erckmann a dû s'exiler à Saint-Dié, et pleure, avec Chatrian, l'Alsace-Lorraine perdue. Ils ont toujours un public, mais sont passés de mode. On leur reproche de raconter toujours les mêmes histoires, de ne pas savoir changer d'univers.

Chatrian, qui a adapté avec succès à la Comédie-Française *l'Ami Fritz* au théâtre, connaît la gloire sans son ancien complice, qui, de son côté, après un voyage en Orient en 1873, écrit seul *Une campagne en Kabylie*, et les *Souvenirs d'un chef de chantier à l'isthme de Suez*, sans parvenir — humiliation... — à trouver un journal pour les publier.

Chatrian commence à souffrir d'une maladie nerveuse, et prend sa retraite (il travaillait aussi dans une compagnie de chemin de fer). Erckmann se penche sur les comptes, et s'aperçoit que son associé et ancien ami l'a, sur certains ouvrages, spolié. C'est la brouille, définitive, quand Chatrian ose traiter Erckmann, qui est retourné en pèlerinage à Phalsbourg, annexée par Bismarck, de « Prussien ».

Triste vieillesse pour les deux anciens compères qui ont si joliment chanté, pendant plus de trente ans, la fraternité des armes et la chaleur de l'amitié des hommes de bonne volonté.

Alexandre Chatrian meurt, paralysé par une affection des centres nerveux, le 3 septembre 1890 à Villemomble, dans la région parisienne, à l'âge de 64 ans. Émile Erckmann lui survit neuf ans, solitaire, et s'éteint le 14 mars 1899, à Lunéville, à l'âge de 77 ans. Leurs romans resteront des classiques scolaires, et la postérité finira par croire, tant ils ont été discrets, de leur vivant, que sous la signature d'Erckmann-Chatrian, il n'y a qu'un seul auteur au nom composé.

L'Ami Fritz (publié en 1864) est l'un de leurs grands succès populaires. La faconde de ce joyeux célibataire qui décide soudain de se marier avec sa jolie servante a enchanté des générations de lecteurs de tout âge. C'est un délicieux tableau de la vie provinciale, plein de fraîcheur et d'authenticité, où éclatent la verve et la tendresse d'Erckmann-Chatrian pour leurs inoubliables personnages.

A NOTRE AMI

JOSEPH FUCHS

I

Lorsque Zacharias Kobus, juge de paix à Hunebourg, mourut en 1832, son fils Fritz Kobus, se voyant à la tête d'une belle maison sur la place des Acacias, d'une bonne ferme dans la vallée de Meisenthâl, et de pas mal d'écus placés sur solides hypothèques, essuya ses larmes, et se dit avec l'Ecclésiaste : « Vanité des vanités, tout est vanité ! Quel avantage a l'homme des travaux qu'il fait sur la terre ? Une génération passe et l'autre vient ; le soleil se lève et se couche aujourd'hui comme hier ; le vent souffle au nord, puis il souffle au midi ; les fleuves vont à la mer, et la mer n'en est pas remplie ; toutes choses travaillent plus que l'homme ne saurait dire ; l'œil n'est jamais rassasié de voir, ni l'oreille d'entendre ; on oublie les choses passées, on oubliera celles qui viennent : — le mieux est de ne rien faire, pour n'avoir rien à se reprocher ! »

C'est ainsi que raisonna Fritz Kobus en ce jour.

Et le lendemain, voyant qu'il avait bien raisonné la veille, il se dit encore :

« Tu te lèveras le matin, entre sept et huit heures, et la vieille Katel t'apportera ton déjeuner, que tu choisiras toi-même, selon ton goût. Ensuite tu pourras aller, soit au Casino lire le journal, soit faire un tour aux champs, pour te mettre en appétit. A midi, tu reviendras dîner ; après le dîner, tu vérifieras tes comptes, tu recevras tes rentes, tu feras tes marchés. Le soir, après souper, tu iras à la brasserie du Grand-Cerf, faire quelques parties de *youker* ou de *rams* avec les premiers venus. Tu fumeras des pipes, tu videras des chopes, et tu seras l'homme le plus heureux du monde. Tâche d'avoir toujours la tête froide, le ventre libre et les pieds chauds : c'est le précepte de la sagesse. Et surtout, évite ces trois choses : de devenir trop gras, de prendre des actions industrielles et de te marier. Avec cela, Kobus, j'ose te prédire que tu deviendras vieux comme Mathusalem ; ceux qui te suivront diront : « C'était un homme « d'esprit, un homme de bon sens, un joyeux « compère ! » Que peux-tu désirer de plus, quand le roi Salomon déclare lui-même que l'accident qui frappe l'homme, et celui qui frappe la bête sont un seul et même accident ; que la mort de l'un est la même mort que celle de l'autre, et qu'ils ont tous deux le même souffle !... »

Puisqu'il en est ainsi, pensa Kobus, tâchons au moins de profiter de notre souffle, pendant qu'il nous est permis de souffler. »

Or, durant quinze ans, Fritz Kobus suivit exactement la règle qu'il s'était tracée d'avance ; sa vieille servante Katel, la meilleure cuisinière de Hunebourg, lui servit toujours les morceaux qu'il aimait le plus, apprêtés de la façon qu'il voulait ; il eut toujours la meilleure choucroute, le meilleur jambon, les meilleures andouilles et le meilleur vin du pays ; il prit régulièrement ses cinq chopes de *bockbier* à la brasserie du Grand-Cerf ; il lut régulièrement le même journal à la même heure ; il fit régulièrement ses parties de *youker* et de *rams*, tantôt avec l'un, tantôt avec l'autre.

Tout changeait autour de lui, Fritz Kobus seul ne changeait pas ; tous ses anciens camarades montaient en grade, et Kobus ne leur portait pas envie ; au contraire, lisait-il dans son journal que Yéri-Hans venait d'être nommé capitaine de houzards, à cause de son courage ; que Frantz Sépel venait d'inventer une machine pour filer le chanvre à moitié prix ; que Pétrus venait d'obtenir une chaire de métaphysique à Munich ; que Nickel Bischof venait d'être décoré de l'ordre du Mérite pour ses belles poésies, aussitôt il se réjouissait et disait : « Voyez comme ces gaillards-là se donnent de la peine : les uns se font casser bras et jambes pour me garder mon bien; les autres font des inventions pour m'obtenir les choses à bon marché; les autres suent sang et eau pour écrire des poésies, et me faire passer un bon quart d'heure quand je m'ennuie... Ha! ha! ha! les bons enfants! »

Et les grosses joues de Kobus se relevaient, sa grande bouche se fendait jusqu'aux oreilles, son large nez s'épatait de satisfaction; il poussait un éclat de rire qui n'en finissait plus.

Du reste, ayant toujours eu soin de prendre un exercice modéré, Fritz se portait de mieux en mieux; sa fortune s'augmentait raisonnablement, parce qu'il n'achetait pas d'actions et ne voulait pas s'enrichir d'un seul coup. Il était exempt de tous les soucis de la famille, étant resté garçon; tout le secondait, tout le satisfaisait, tout le réjouissait; c'était un exemple vivant de la bonne humeur que vous procurent le bon sens et la sagesse humaine, et naturellement il avait des amis, ayant des écus.

On ne pouvait être plus content que Fritz, mais ce n'était pas tout à fait sans peine, car je vous laisse à penser les propositions de mariage innombrables qu'il avait dû refuser durant ces quinze ans; je vous laisse à penser toutes les veuves et toutes les jeunes filles qui avaient voulu se dévouer à son bonheur; toutes les ruses des bonnes mères de famille qui, de mois en mois et d'année en année, avaient essayé de l'attirer dans leur maison, et de le faire se décider en faveur de Charlotte ou de Gretchen; non, ce n'est pas sans peine que Kobus avait sauvé sa liberté de cette conspiration universelle.

Il y avait surtout le vieux rabbin, David Sichel, — le plus grand arrangeur de mariages qu'on ait jamais vu dans ce bas monde, — il y avait surtout ce vieux rabbin qui s'acharnait à vouloir marier Fritz. On aurait dit que son honneur était engagé dans le succès de l'affaire. Et le pire, c'est que Kobus aimait beaucoup ce vieux David; il l'aimait pour l'avoir vu dès son enfance assis du matin au soir chez le juge de paix, son respectable père; pour l'avoir entendu nasiller, discuter et crier autour de son berceau; pour avoir sauté sur ses vieilles cuisses maigres, en lui tirant la barbiche; pour avoir appris le *yudisch*[1] de sa propre bouche; pour s'être amusé dans la cour de la vieille synagogue, et enfin pour avoir dîné tout petit dans la tente de feuillage que David Sichel dressait chez lui, comme tous les fils d'Israël, au jour de la fête des Tabernacles.

Tous ces souvenirs se mêlaient et se confondaient dans l'esprit de Fritz avec les plus beaux jours de son enfance; aussi n'avait-il pas de plus grand plaisir que de voir, de près ou de loin, le profil du vieux *rebbe*[2], avec son chapeau râpé penché sur le derrière de la tête, son bonnet de coton noir tiré sur la nuque, sa vieille capote verte, au grand collet graisseux remontant jusque par-dessus les oreilles, son nez crochu barbouillé de tabac, sa barbiche grise, ses longues jambes maigres, revêtues de bas noirs formant de larges plis, comme autour de manches à balais, et ses souliers ronds à boucles de cuivre. Oui, cette bonne figure jaune, pleine de finesse et de bonhomie, avait le privilège d'égayer Kobus plus que tout autre à Hunebourg, et du plus loin qu'il l'apercevait dans la rue, il lui criait d'un accent nasillard, imitant le geste et la voix du vieux rebbe :

« Hé! hé! vieux *posché-isroel*[3], comment ça va-t-il? Arrive donc que je te fasse goûter mon kirschenwasser. »

Quoique David Sichel eût plus de soixante-dix ans, et que Fritz n'en eût guère que trente-six, ils se tutoyaient et ne pouvaient se passer l'un de l'autre.

Le vieux rebbe s'approchait donc, en agitant la tête d'un air grotesque, et psalmodiant :

« *Schaude..., schaude...*[4], tu ne changeras donc jamais, tu seras donc toujours le même fou que j'ai connu, que j'ai fait sauter sur mes genoux, et qui voulait m'arracher la barbe? Kobus, il y a dans toi l'esprit

1. Patois composé d'allemand et d'hébreu.
2. Rabbin.
3. Mauvais juif.
4. Braque.

de ton père : c'était un vieux braque, qui voulait connaître le Talmud et les prophètes mieux que moi, et qui se moquait des choses saintes, comme un véritable païen ! S'il n'avait pas été le meilleur homme du monde, et s'il n'avait pas rendu des jugements à son tribunal, aussi beaux que ceux de Salomon, il aurait mérité d'être pendu ! Toi, tu lui ressembles, tu es un *épikaures*[1] ; aussi je te pardonne, il faut que je te pardonne. »

Alors Fritz se mettait à rire aux larmes ; ils montaient ensemble prendre un verre de kirschenwasser, que le vieux rabbin ne dédaignait pas. Ils causaient en *yudisch* des affaires de la ville, du prix des blés, du bétail et de tout. Quelquefois David avait besoin d'argent, et Kobus lui avançait d'assez fortes sommes sans intérêt. Bref, il aimait le vieux rebbe, il l'aimait beaucoup, et David Sichel, après sa femme Sourlé et ses deux garçons Isidore et Nathan, n'avait pas de meilleur ami que Fritz ; mais il abusait de son amitié pour vouloir le marier.

A peine étaient-ils assis depuis vingt minutes en face l'un de l'autre, — causant d'affaires, et se regardant avec ce plaisir que deux amis éprouvent toujours à se voir, à s'entendre, à s'exprimer ouvertement sans arrière-pensée, ce qu'on ne peut jamais faire avec des étrangers, — à peine étaient-ils ainsi, et dans un de ces moments où la conversation sur les affaires du jour s'épuise, que la physionomie du vieux rebbe prenait un caractère rêveur, puis s'animait tout à coup d'un reflet étrange, et qu'il s'écriait :

« Kobus, connais-tu la jeune veuve du conseiller Rœmer ? Sais-tu que c'est une jolie femme, oui, une jolie femme ! Elle a de beaux yeux, cette jeune veuve, elle est aussi très aimable. Sais-tu qu'avant-hier, comme je passais devant sa maison, dans la rue de l'Arsenal, voilà qu'elle se penche à la fenêtre et me dit : « Hé ! c'est monsieur le rabbin Sichel ; que j'ai de plaisir « à vous voir, mon cher monsieur Sichel ! » Alors, Kobus, moi tout surpris, je m'arrête et je lui réponds en souriant : « Comment un vieux bonhomme tel que

1. Épicurien.

« David Sichel peut-il charmer d'aussi beaux yeux, « madame Rœmer ? Non, non, cela n'est pas possible, je « vois que c'est par bonté d'âme que vous dites ces « choses ! » Et vraiment, Kobus, elle est bonne et gracieuse, et puis elle a de l'esprit ; elle est, selon les paroles du Cantique des cantiques, comme la rose de Sârron et le muguet des vallées », disait le vieux rabbin en s'animant de plus en plus.

Mais, voyant Fritz sourire, il s'interrompait en balançant la tête, et s'écriait :

« Tu ris... il faut toujours que tu ries ! Est-ce une manière de converser, cela ? Voyons, n'est-elle pas ce que je dis... ai-je raison ?

— Elle est encore mille fois plus belle, répondait Kobus ; seulement raconte-moi le reste, elle t'a fait entrer chez elle, n'est-ce pas... elle veut se remarier ?

— Oui.

— Ah ! bon, ça fait la vingt-troisième...

— La vingt-troisième que tu refuses de ma propre main, Kobus ?

— C'est vrai, David, avec chagrin, avec grand chagrin ; je voudrais me marier pour te faire plaisir, mais tu sais... »

Alors le vieux rebbe se fâchait.

« Oui, disait-il, je sais que tu es un gros égoïste, un homme qui ne pense qu'à boire et à manger, et qui se fait des idées extraordinaires de sa grandeur. Eh bien, tu as tort, Fritz Kobus ; oui, tu as tort de refuser des personnes honnêtes, les meilleurs partis de Hunebourg, car tu deviens vieux ; encore trois ou quatre ans, et tu auras des cheveux gris. Alors tu m'appelleras, tu diras : « David, cherche-moi une femme, cours, n'en « vois-tu pas une qui me convienne. » Mais il ne sera plus temps, maudit *schaude*, qui ris de tout ! Cette veuve est encore bien bonne de vouloir de toi ! »

Plus le vieux rabbin se fâchait, plus Fritz riait.

« C'est cette manière de rire, criait David en se levant et balançant ses deux mains près de ses oreilles, c'est cette manière de rire que je ne peux pas voir : voilà ce qui me fâche ! ne faut-il pas être fou pour rire de cette façon ? »

Et s'arrêtant :

« Kobus, disait-il en faisant une grimace de dépit, avec ta façon de rire, tu me feras sauver de ta maison. Tu ne peux donc pas être grave une fois, une seule fois dans ta vie ?

— Allons, *posché-isroel*, disait Fritz à son tour, assieds-toi, vidons encore un petit verre de ce vieux kirsch.

— Que ce kirschenwasser me soit du poison, disait le vieux rebbe fort dépité, si je reviens encore une fois chez toi ! ta façon de rire est tellement bête, tellement bête, que ça me tourne sur le cœur. »

Et la tête roide, il descendait l'escalier en criant :

« C'est la dernière fois, Kobus, la dernière fois !

— Bah ! disait Fritz, penché sur la rampe et les joues épanouies de plaisir, tu reviendras demain.

— Jamais !

— Demain, David ; tu sais, la bouteille est encore à moitié pleine. »

Le vieux rabbin remontait la rue à grands pas, marmottant dans sa barbe grise, et Fritz, heureux comme un roi, renfermait la bouteille dans l'armoire et se disait :

« Ça fait la vingt-troisième ! Ah ! vieux *posché-isroel*, m'as-tu fait du bon sang ! »

Le lendemain ou le surlendemain, David revenait à l'appel de Kobus ; ils se rasseyaient à la même table, et de ce qui s'était passé la veille, il n'en était plus question.

II

Un jour, vers la fin du mois d'avril, Fritz Kobus s'était levé de grand matin, pour ouvrir ses fenêtres sur la place des Acacias, puis il s'était recouché dans son lit bien chaud, la couverture autour des épaules, le duvet sur les jambes, et regardait la lumière rouge à travers ses paupières, en bâillant avec une véritable satisfaction. Il songeait à différentes choses, et, de temps en temps entrouvrait les yeux pour voir s'il était bien éveillé.

Dehors, il faisait un de ces temps clairs de la fonte des neiges, où les nuages s'en vont, où le toit en face, les petites lucarnes miroitantes, la pointe des arbres, enfin tout vous paraît brillant; où l'on se croit redevenu plus jeune, parce qu'une sève nouvelle court dans vos membres, et que vous revoyez des choses cachées depuis cinq mois : le pot de fleurs de la voisine, le chat qui se remet en route sur les gouttières, les moineaux criards qui recommencent leurs batailles.

De petits coups de vent tiède soulevaient les rideaux de Fritz et les laissaient retomber; puis, aussitôt après, le souffle de la montagne, refroidi par les glaces qui s'écoulent lentement à l'ombre des ravines, remplissait de nouveau la chambre.

On entendait au loin, dans la rue, les commères rire entre elles, en chassant à grands coups de balais la neige fondante le long des rigoles, les chiens aboyer d'une voix plus claire, et les poules caqueter dans la cour.

Enfin, c'était le printemps.

Kobus, à force de rêver, avait fini par se rendormir, quand le son d'un violon, pénétrant et doux comme la voix d'un ami que vous entendez vous dire après une longue absence : « Me voilà, c'est moi ! » le tira de son sommeil, et lui fit venir les larmes aux yeux. Il respirait à peine pour mieux entendre.

C'était le violon du bohémien Iôsef, qui chantait, accompagné d'un autre violon et d'une contrebasse ; il chantait dans sa chambre, derrière ses rideaux bleus, et disait :

« C'est moi, Kobus, c'est moi, ton vieil ami ! Je te reviens avec le printemps, avec le beau soleil. — Écoute, Kobus, les abeilles bourdonnent autour des premières fleurs, les premières feuilles murmurent, la première alouette gazouille dans le ciel bleu, la première caille court dans les sillons. — Et je reviens t'embrasser ! — Maintenant Kobus, les misères de l'hiver sont oubliées. — Maintenant, je vais encore courir de village en village joyeusement, dans la poussière des chemins, ou sous la pluie chaude des orages. — Mais je n'ai pas voulu passer sans te voir, Kobus, je viens te chanter mon chant d'amour, mon premier salut au printemps. »

Tout cela le violon de Iôsef le disait, et bien d'autres choses encore, plus profondes ; de ces choses qui vous rappellent les vieux souvenirs de la jeunesse, et qui sont pour nous... pour nous seuls. Aussi le joyeux Kobus en pleurait d'attendrissement.

Enfin, tout doucement, il écarta les rideaux de son lit, pendant que la musique allait toujours, plus grave et plus touchante, et il vit les trois bohémiens sur le seuil de la chambre, et la vieille Katel derrière, sous la porte. Il vit Iôsef, grand, maigre, jaune, déguenillé comme toujours, le menton allongé sur le violon avec sentiment, l'archet frémissant sur les cordes avec amour, les paupières baissées, ses grands cheveux noirs, laineux, — recouverts du large feutre en loques, — tombant sur ses épaules comme la toison d'un mérinos, et ses narines aplaties sur sa grosse lèvre bleuâtre retroussée.

Il le vit ainsi, l'âme perdue dans sa musique ; et, près de lui, Kopel le bossu, noir comme un corbeau, ses longs doigts osseux, couleur de bronze, écarquillés sur les cordes de la basse, le genou rapiécé en avant et le soulier en lambeaux sur le plancher ; et, plus loin, le jeune Andrès, ses grands yeux noirs entourés de blanc, levés au plafond d'un air d'extase.

Fritz vit ces choses avec une émotion inexprimable.

Et maintenant, il faut que je vous dise pourquoi Iôsef venait lui faire de la musique au printemps, et pourquoi cela l'attendrissait.

Bien longtemps avant, un soir de Noël, Kobus se trouvait à la brasserie du Grand-Cerf. Il y avait trois pieds de neige dehors. Dans la grande salle, pleine de fumée grise, autour du grand fourneau de fonte, les fumeurs se tenaient debout ; tantôt l'un, tantôt l'autre s'écartait un peu vers la table, pour vider sa chope, puis revenait se chauffer en silence.

On ne songeait à rien, quand un bohémien entra, les pieds nus dans des souliers troués ; il grelottait, et se mit à jouer d'un air mélancolique. Fritz trouva sa musique très belle : c'était comme un rayon de soleil à travers les nuages gris de l'hiver.

Mais derrière le bohémien, près de la porte, se tenait dans l'ombre le wachtmann Foux, avec sa tête de loup à l'affût, les oreilles droites, le museau pointu, les yeux luisants. Kobus comprit que les papiers du bohémien n'étaient pas en règle, et que Foux l'attendait à la sortie pour le conduire au violon.

C'est pourquoi, se sentant indigné, il s'avança vers le bohémien, lui mit un *thaler* dans la main, et, le prenant bras dessus bras dessous, lui dit :

« Je te retiens pour cette nuit de Noël ; arrive ! »

Ils sortirent donc au milieu de l'étonnement universel, et plus d'un pensa : « Ce Kobus est fou d'aller bras dessus bras dessous avec un bohémien ; c'est un grand original. »

Foux, lui, les suivait en frôlant les murs. Le bohémien avait peur d'être arrêté, mais Fritz lui dit :

« Ne crains rien, il n'osera pas te prendre. »

Il le conduisit dans sa propre maison, où la table était dressée pour la fête du *Christ-Kind* : l'arbre de Noël au milieu, sur la nappe blanche ; et, tout autour, le pâté, les *küchlen* saupoudrés de sucre blanc, le *kougelhof* aux raisins de caisse, rangés dans un ordre convenable. Trois bouteilles de vieux bordeaux chauffaient dans des serviettes, sur le fourneau de porcelaine à plaque de marbre.

« Katel, va chercher un autre couvert, dit Kobus, en secouant la neige de ses pieds ; je célèbre ce soir la naissance du Sauveur avec ce brave garçon, et si quelqu'un vient le réclamer... gare ! »

La servante ayant obéi, le pauvre bohémien prit place, tout émerveillé de ces choses. Les verres furent remplis jusqu'au bord, et Fritz s'écria :

« A la naissance de Notre-Seigneur Jésus-Christ, le véritable Dieu des bons cœurs ! »

Dans le même instant Foux entrait. Sa surprise fut grande de voir le zigeiner assis à table avec le maître de la maison. Au lieu de parler haut, il dit seulement :

« Je vous souhaite une bonne nuit de Noël, monsieur Kobus.

— C'est bien ; veux-tu prendre un verre de vin avec nous ?

— Merci, je ne bois jamais dans le service. Mais connaissez-vous cet homme, monsieur Kobus ?

— Je le connais, et j'en réponds.

— Alors ses papiers sont en règle ? »

Fritz n'en put entendre davantage, ses grosses joues pâlissaient de colère ; il se leva, prit rudement le wachtmann au collet, et le jeta dehors en criant :

« Cela t'apprendra à entrer chez un honnête homme, la nuit de Noël ! »

Puis, il vint se rasseoir, et, comme le bohémien tremblait :

« Ne crains rien, lui dit-il, tu es chez Fritz Kobus. Bois, mange en paix, si tu veux me faire plaisir. »

Il lui fit boire du vin de Bordeaux ; et, sachant que Foux guettait toujours dans la rue, malgré la neige, il dit à Katel de préparer un bon lit à cet homme pour la nuit; de lui donner le lendemain des souliers et de vieux habits, et de ne pas le renvoyer sans avoir eu soin de lui mettre encore un bon morceau dans la poche.

Foux attendit jusqu'au dernier coup de la messe, puis il se retira; et le bohémien, qui n'était autre que Iôsef, étant parti de bonne heure, il ne fut plus question de cette affaire.

Kobus lui-même l'avait oubliée, quand, aux premiers jours du printemps de l'année suivante, étant au lit un beau matin, il entendit à la porte de sa chambre une douce musique : c'était la pauvre alouette qu'il avait sauvée dans les neiges, et qui venait le remercier au premier rayon de soleil.

Depuis, tous les ans Iôsef revenait à la même époque, tantôt seul, tantôt avec un ou deux de ses camarades, et Fritz le recevait comme un frère.

Donc Kobus revit ce jour-là son vieil ami le bohémien, ainsi que je viens de vous le raconter; et quand la basse ronflante se tut, quand Iôsef, lançant son dernier coup d'archet, leva les yeux, il lui tendit les bras derrière les rideaux en s'écriant : « Iôsef! »

Alors le bohémien vint l'embrasser, riant en montrant ses dents blanches et disant :

« Tu vois, je ne t'oublie pas; la première chanson de l'alouette est pour toi!

— Oui... et c'est pourtant la dixième année! » s'écria Kobus.

Ils se tenaient les mains et se regardaient, les yeux pleins de larmes.

Et comme les deux autres attendaient gravement, Fritz partit d'un éclat de rire et dit :

« Iôsef, passe-moi mon pantalon. »

Le bohémien ayant obéi, il tira de sa poche deux *thalers*.

« Voici pour vous autres, dit-il à Kopel et à Andrès; vous pouvez aller dîner aux Trois-Pigeons. Iôsef dîne avec moi. »

Puis, sautant de son lit, tout en s'habillant il ajouta :

« Est-ce que tu as déjà fait ton tour dans les brasseries, Iôsef?

— Non, Kobus.

— Eh bien, dépêche-toi d'y aller; car, à midi juste la table sera mise. Nous allons encore une fois nous faire du bon sang. Ha! ha! ha! le printemps est revenu; maintenant, il s'agit de bien le commencer. Katel! Katel!

— Alors je m'en vais tout de suite, dit Iôsef.

— Oui, mon vieux; mais n'oublie pas midi. »

Le bohémien et ses deux camarades descendirent l'escalier; et Fritz, regardant sa vieille servante lui dit avec un sourire de satisfaction :

« Et bien, Katel, voici le printemps. Nous allons faire une petite noce. Mais attends un peu : commençons par inviter les amis. »

Et se penchant à la fenêtre, il se mit à crier.

« Ludwig! Ludwig! »

Un bambin passait justement, c'était Ludwig, le fils du tisserand Koffel, sa tignasse blonde ébouriffée et les pieds nus dans l'eau de neige. Il s'arrêta le nez en l'air.

« Monte! » lui cria Kobus.

L'enfant se dépêcha d'obéir et s'arrêta sur le seuil, les yeux en dessous, se grattant la nuque d'un air embarrassé.

« Avance donc... écoute! Tiens, voilà d'abord deux *groschen*. »

Ludwig prit les deux *groschen* et les fourra dans la poche de son pantalon de toile, en se passant la manche sous le nez, comme pour dire :

« C'est bon! »

« Tu vas courir chez Frédéric Schoultz, dans la rue du Plat-d'Étain, et chez M. le percepteur Hâan, à l'hôtel de la Cigogne... tu m'entends? »

Ludwig inclina brusquement la tête.

« Tu leur diras que Fritz Kobus les invite à dîner pour midi juste.

— Oui, monsieur Kobus.

— Attends donc, il faut que tu ailles aussi chez le vieux rebbe David, et que tu lui dises que je l'attends vers une heure, pour le café. Maintenant, dépêche-toi! »

Le petit descendit l'escalier quatre à quatre; Kobus, de la fenêtre, le regarda quelques instants remonter la rue bourbeuse, sautant par-dessus les ruisseaux comme un chat. La vieille servante attendait toujours.

« Écoute, Katel, lui dit Fritz en se retournant, tu vas aller au marché tout de suite. Tu choisiras ce que tu trouveras de plus beau en fait de poisson et de gibier. S'il y a des primeurs, tu les achèteras, à n'importe quel prix : l'essentiel est que tout soit bon ! Je me charge de dresser la table et de monter les bouteilles, ainsi ne t'occupe que de ta cuisine. Mais dépêche-toi, car je suis sûr que le professeur Speck et tous les autres gourmands de la ville sont déjà sur la place, à marchander les morceaux les plus délicats. »

[illegible]

III

Après le départ de Katel, Fritz entra dans la cuisine allumer une chandelle, car il voulait passer l'inspection de sa cave, et choisir quelques vieilles bouteilles de vin, pour célébrer la fête du printemps.

Sa grosse figure exprimait le contentement intérieur; il revoyait déjà les beaux jours se suivre à la file jusqu'en automne : la fête des asperges, les parties de quilles au Panier-Fleuri, hors de Hunebourg; les parties de pêche avec Christel, son fermier de Meisenthâl; la descente du Losser en bateau, sous les ombres tremblotantes des grands ormes en demi-voûte de la rive; Christel, l'épervier sur l'épaule, lui disant : « Halte ! » près de la source aux truites, et tout à coup déployant son filet en rond, comme une immense toile d'araignée, sur l'eau dormante, et le retirant tout frétillant de poissons dorés. Il revoyait cela d'avance, et bien d'autres choses : le départ pour la chasse au bois de hêtres, près de Katzenbach; le char à bancs plein de joyeux compères, les hautes guêtres de cuir bouclées aux jambes, la gibecière au dos sur la blouse grise, la gourde et le sac à poudre sur la hanche, les fusils doubles entre les genoux dans la paille; les chiens, attachés derrière, japant, hurlant, se démenant; et lui, Fritz, assis près du timon, conduisant la voiture jusqu'à la maison du garde Rœdig, et les laissant partir, pour veiller à la cuisine, faire frire les petits oignons et rafraîchir le vin dans les cuveaux ! Puis le retour des chasseurs à la nuit, les uns la gibecière vide, les autres soufflant dans la trompe. Tous ces beaux jours lui passaient devant les yeux en allumant la chandelle : les moissons, la cueillette du houblon, les vendanges, et il poussait de petits éclats de rire : « Hé ! hé ! hé ! ça va bien... ça va bien ! »

Enfin il descendit, la main devant sa lumière, le trousseau de clefs dans sa poche, un panier au bras.

En bas, sous l'escalier, il ouvrit la cave, une vieille cave bien sèche, les murs couverts de salpêtre brillant comme le cristal, la cave des Kobus depuis cent cinquante ans, ou le grand-père Nicolas avait fait venir pour la première fois du *markobrunner*, en 1715, et qui, depuis, grâce à Dieu, s'était augmentée d'année en année, par la sage prévoyance des autres Kobus.

Il l'ouvrit, les yeux écarquillés de plaisir, et se vit en face des deux lucarnes bleues qui donnent sur la place des Acacias. Il passa lentement près des petits fûts cerclés de fer, rangés sur de grosses poutres le long des murs ; et, les contemplant, il se disait :

« Ce *gleiszeller* est de huit ans, c'est moi-même qui l'ai acheté à la côte ; maintenant il doit avoir assez déposé, il est temps de le mettre en bouteilles. Dans huit jours, je préviendrai le tonnelier Schweyer, et nous commencerons ensemble. Et ce *steinberg*-là est de onze ans ; il a fait une maladie, il a filé, mais ce doit être passé... nous verrons ça bientôt. Ah ! voici mon *forstheimer* de l'année dernière, que j'ai collé au blanc d'œuf ; il faudra pourtant que je l'examine ; mais aujourd'hui je ne veux pas me gâter la bouche. Demain, après-demain, il sera temps. »

Et, songeant à ces choses, Kobus avançait toujours rêveur et grave.

Au premier tournant, et comme il allait entrer dans la seconde cave, sa vraie cave, la cave des bouteilles, il s'arrêta pour moucher la chandelle, ce qu'il fit avec les doigts, ayant oublié les mouchettes ; et, après avoir posé le pied sur le lumignon, il s'avança le dos courbé, sous une petite voûte taillée dans le roc, et, tout au bout de ce boyau, il ouvrit une seconde porte, fermée d'un énorme cadenas ; l'ayant poussée, il se redressa tout joyeux, en s'écriant :

« Ah! ah! nous y sommes! »

Et sa voix retentit sous la haute voûte grise.

En même temps, un chat noir grimpait au mur et se retournait dans la lucarne, les yeux verts brillants, avant de se sauver vers la rue du Coin-Brûlé.

Cette cave, la plus saine de Hunebourg, était en partie creusée dans le roc, et, pour le surplus, construite d'énormes pierres de taille; elle n'était pas bien grande, ayant au plus vingt pieds de profondeur sur quinze de large; mais elle était haute partagée en deux par un lattis solide, et fermée d'une porte également en lattis. Tout le long s'étendaient des rayons, et sur ces rayons étaient couchées des bouteilles dans un ordre admirable. Il y en avait de toutes les années, depuis 1780 jusqu'à 1840. La lumière des trois soupiraux, se brisant dans le lattis, faisait étinceler le fond des bouteilles d'une façon agréable et pittoresque.

Kobus entra.

Il avait apporté un panier d'osier à compartiments carrés, une bouteille tenant dans chaque case; il posa ce panier à terre, et, la chandelle haute, il se mit à passer le long des rayons. La vue de tous ces bons vins, les uns au cachet bleu, les autres à capsule de plomb, l'attendrit, et au bout d'un instant il s'écria :

« Si les pauvres vieux qui, depuis cinquante ans, ont, avec tant de sagesse et de prévoyance, mis de côté ces bons vins, s'ils revenaient, je suis sûr qu'ils seraient contents de me voir suivre leur exemple, et qu'ils me trouveraient digne de leur avoir succédé dans ce bas monde. Oui, tous seraient contents! car ces trois rayons-là, c'est moi-même qui les ai remplis, et, j'ose dire, avec discernement : j'ai toujours eu soin de me transporter moi-même dans la vigne, et de traiter avec les vignerons en face de la cuvée. Et, pour les soins de la cave, je ne me suis pas épargné non plus. Aussi, ces vins-là, s'ils sont plus jeunes que les autres, ne sont pas d'une qualité inférieure; ils vieilliront et remplaceront dignement les anciens. C'est ainsi que se maintiennent les bonnes traditions, et qu'il y a toujours, non seulement du bon, mais du meilleur dans les mêmes familles.

« Oui, si le vieux Nicolas Kobus, le grand-père Frantz-Sépel, et mon propre père Zacharias, pouvaient revenir et goûter ces vins, ils seraient satisfaits de leur petit-fils ; ils reconnaîtraient en lui la même sagesse et les mêmes vertus qu'en eux-mêmes. Malheureusement ils ne peuvent pas revenir, c'est fini, bien fini ! Il faut que je les remplace en tout et pour tout. C'est triste tout de même ! des gens si prudents, de si bons vivants, penser qu'ils ne peuvent seulement plus goûter un verre de leur vin, et se réjouir en louant le Seigneur de ses grâces ! Enfin, c'est comme cela ; le même accident nous arrivera tôt ou tard, et voilà pourquoi nous devons profiter des bonnes choses pendant que nous y sommes ! »

Après ces réflexions mélancoliques, Kobus choisit les vins qu'il voulait boire en ce jour, et cela le remit de bonne humeur.

« Nous commencerons, se dit-il, par des vins de France, que mon digne grand-père Frantz-Sépel estimait plus que tous les autres. Il n'avait peut-être pas tout à fait tort, car ce vieux bordeaux est bien ce qu'il y a de mieux pour se faire un bon fond d'estomac. Oui, prenons d'abord ces six bouteilles de bordeaux ; ce sera un joli commencement. Et là-dessus, trois bouteilles de *rudesheim*, que mon pauvre père aimait tant !... mettons-en quatre en souvenir de lui. Cela fait déjà dix. Mais pour les deux autres, celles de la fin, il faut quelque chose de choisi, du plus vieux, quelque chose qui nous fasse chanter... Attendez, attendez, que je vous examine ça de près. »

Alors Kobus se courbant, remua doucement la paille du rayon d'en bas, et sur les vieilles étiquettes, il lisait : *Markobrunner de* 1798. — *Affenthâl de* 1804. — *Johannisberg des capucins*, sans date.

« Ah ! ah ! *Johannisberg des capucins !* » fit-il en se redressant et claquant de la langue.

Il leva la bouteille couverte de poussière, et la posa dans le panier avec recueillement.

« Je connais ça ! » dit-il.

Et durant plus d'une minute, il se prit à songer aux capucins de Hunebourg, qui s'étaient sauvés en 1792, lors de l'arrivée de Custine, abandonnant leurs caves, que les Français avaient mises au pillage, et dont le grand-père Frantz avait recueilli deux ou trois cents bouteilles. C'était un vin jaune d'or, tellement délicat, qu'en le buvant il vous semblait sentir comme un parfum oriental fondre dans votre bouche.

Kobus, se rappelant cela, fut content. Et, sans compléter le panier, il se dit :

« En voilà bien assez, encore une bouteille de *capucin*, et nous roulerions sous la table. Il faut user, comme le répétait sans cesse mon vertueux père, mais il ne faut pas abuser. »

Alors, plaçant avec précaution le panier hors du lattis, il referma soigneusement la porte, y remit le cadenas et reprit le chemin de la première cave. En passant, il compléta le panier avec une bouteille de vieux rhum, qui se trouvait à part, dans une sorte d'armoire enfoncée entre deux piliers de la voûte basse; et enfin il remonta, s'arrêtant chaque fois pour cadenasser les portes.

En arrivant près du vestibule, il entendit déjà le remue-ménage des casseroles et le pétillement du feu dans la cuisine : Katel était revenue du marché, tout était en train, cela lui fit plaisir.

Il monta donc, et, s'arrêtant dans l'allée, sur le seuil de la cuisine flamboyante, il s'écria :

« Voici les bouteilles! A cette heure, Katel, j'espère que tu vas te surpasser, que tu nous feras un dîner... mais un dîner...

— Soyez donc tranquille, monsieur, répondit la vieille cuisinière, qui n'aimait pas les recommandations, est-ce que vous avez jamais été mécontent de moi depuis vingt ans?

— Non, Katel, non, au contraire; mais tu sais, on peut faire bien, très bien, et tout à fait bien.

— Je ferai ce que je pourrai, dit la vieille, on ne peut pas en demander davantage. »

Kobus voyant alors sur la table deux gelinottes, un superbe brochet arrondi dans le cuveau, de petites truites pour la friture, un superbe pâté de foie gras, pensa que tout irait bien.

« C'est bon, c'est bon, fit-il en s'en allant, cela marchera, ha! ha! ha! nous allons rire. »

Au lieu d'entrer dans la salle à manger ordinaire, il prit la petite allée à droite, et devant une haute porte il déposa son panier, mit une clef dans la serrure et ouvrit : c'était la chambre de gala des Kobus; on ne dînait là que dans les grandes circonstances. Les persiennes des trois hautes fenêtres au fond étaient fermées; le jour grisâtre laissait voir dans l'ombre de vieux meubles, des fauteuils jaunes, une cheminée de marbre blanc, et, le long des murs, de grands cadres couverts de percale blanche.

Fritz ouvrit d'abord les fenêtres et poussa les persiennes pour donner de l'air.

Cette salle, boisée de vieux chêne, avait quelque chose de solennel et de digne; on comprenait, au premier coup d'œil, qu'on devait bien manger là-dedans de père en fils.

Fritz retira les voiles des portraits : c'étaient les portraits de Nicolas Kobus, conseiller à la cour de l'électeur Frédéric-Wilhelm, en l'an de grâce 1715. M. le conseiller portait l'immense perruque Louis XIV, l'habit marron à larges manches relevées jusqu'aux coudes, et le jabot de fines dentelles; sa figure était large, carrée et digne. Un autre portrait représentait Frantz-Sépel Kobus, enseigne dans le régiment de dragons de Leiningen, avec l'uniforme bleu de ciel à brandebourg d'argent, l'écharpe blanche au bras gauche, les cheveux poudrés et le tricorne penché sur l'oreille; il avait alors vingt ans au plus, et paraissait frais comme un bouton d'églantine. Un troisième portrait représentait Zacharias Kobus, le juge de paix, en habit noir carré; il tenait à la main sa tabatière et portait la perruque à queue de rat.

Ces trois portraits, de même grandeur, étaient de larges et solides peintures : on voyait que les Kobus avaient toujours eu de quoi payer grassement les artistes chargés de transmettre leur effigie à la postérité. Fritz avait avec chacun d'eux un grand air de ressemblance, c'est-à-dire les yeux bleus, le nez épaté, le menton rond frappé d'une fossette, la bouche bien fendue et l'air content de vivre.

Enfin, à droite, contre le mur, en face de la cheminée, était le portrait d'une femme, la grand-mère de Kobus, fraîche, riante, la bouche entrouverte pour laisser voir les plus belles dents blanches qu'il soit possible de se figurer, les cheveux relevés en forme de navire, et la robe de velours bleu de ciel bordée de rose.

D'après cette peinture, le grand-père Frantz-Sépel avait dû faire bien des envieux, et l'on s'étonnait que son petit-fils eût si peu de goût pour le mariage.

Tous ces portraits, entourés de cadres à grosses moulures dorées, produisaient un bel effet sur le fond brun de la haute salle.

Au-dessus de la porte, on voyait une sorte de moulure représentant l'Amour emporté sur un char par trois colombes. Enfin tous les meubles, les hautes portes d'armoires, la vieille chiffonnière en bois de rose, le buffet à larges panneaux sculptés, la table ovale à jambes torses, et jusqu'au parquet de chêne, palmé alternativement jaune et noir, tout annonçait la bonne figure que les Kobus, faisaient à Hunebourg depuis cent cinquante ans.

Fritz, après avoir ouvert les persiennes, poussa la table à roulettes au milieu de la salle, puis il ouvrit deux armoires, de ces hautes armoires à doubles battants, pratiquées dans les boiseries, et descendant du plafond jusque sur le parquet. Dans l'une était le linge de table, aussi beau qu'il soit possible de le désirer, sur une infinité de rayons; dans l'autre, la vaisselle, de cette magnifique porcelaine de vieux saxe, fleuronnée, moulée et dorée : les piles d'assiettes en bas, les services de toute sorte, les soupières rebondies, les tasses, les sucriers au-dessus; puis l'argenterie ordinaire dans une corbeille.

Kobus choisit une belle nappe damassée, et l'étendit sur la table soigneusement, passant une main dessus pour en effacer les plis, et faisant aux coins de gros nœuds, pour les empêcher de balayer le plancher. Il fit cela lentement, gravement, avec amour. Après quoi, il prit une pile d'assiettes plates et la posa sur la cheminée, puis une autre d'assiettes creuses. Il fit de même d'un plateau de verres de cristal, taillés à gros diamants, de ces verres lourds où le vin rouge a les reflets sombres du rubis, et le vin jaune ceux de la topaze. Enfin il déposa les couverts sur la table, régulièrement, l'un en face de l'autre; il plia les serviettes dessus avec soin, en bateau et en bonnet d'évêque, se plaçant tantôt à droite, tantôt à gauche, pour juger de la symétrie.

En se livrant à cette occupation, sa bonne grosse figure avait un air de recueillement inexprimable, ses lèvres se serraient, ses sourcils se fronçaient :

« C'est cela, se disait-il à voix basse, le grand Frédéric Schoultz du côté des fenêtres, le dos à la lumière, le percepteur Christian Hâan en face de lui, Iôsef de ce côté, et moi de celui-ci : ce sera bien... c'est bien comme cela; quand la porte s'ouvrira, je verrai tout d'avance, je saurai ce qu'on va servir, je pourrai faire signe à Katel d'approcher et d'attendre; c'est très bien. Maintenant les verres : à droite, celui du bordeaux pour commencer; au milieu, celui du *rudesheim* et ensuite celui du *johannisberg des capucins*. Toute chose doit venir en ordre et selon son temps : l'huilier sur la cheminée, le sel et le poivre sur la table, rien ne manque plus, et j'ose me flatter... Ah! le vin! comme il fait déjà chaud, nous le mettrons rafraîchir dans un baquet sous la pompe, excepté le bordeaux qui doit se boire tiède; je vais prévenir Katel. — Et maintenant, à mon tour, il faut que je me rase, que je change, que je mette ma belle redingote marron. — Ça va, Kobus, ah! ah! ah! quelle fête du printemps... Et dehors, donc, il fait un soleil superbe! — Hé! le grand Frédéric se promène déjà sur la place; il n'y a plus une minute à perdre! »

Fritz sortit; en passant devant la cuisine, il avertit Katel de faire chauffer le bordeaux et rafraîchir les autres vins; il était radieux et entra dans sa chambre en chantant tout bas : « Tra, ri, ro, l'été vient encore une fois... yoû! yoû! »

La bonne odeur de la soupe aux écrevisses remplissait toute la maison, et la grande Frentzel, la cuisinière du Bœuf-Rouge, avertie d'avance, entrait alors pour veiller au service, car la vieille Katel ne pouvait être à la fois dans la cuisine et dans la salle à manger.

La demie sonnait à l'église Saint-Landolphe, les convives ne pouvaient tarder à paraître.

IV

Est-il rien de plus agréable en ce bas monde que de s'asseoir, avec trois ou quatre vieux camarades, devant une table bien servie, dans l'antique salle à manger de ses pères; et là, de s'attacher gravement la serviette au menton, de plonger la cuiller dans une bonne soupe aux queues d'écrevisses, qui embaume, et de passer les assiettes en disant : « Goûtez-moi cela, mes amis, vous m'en donnerez des nouvelles. »

Qu'on est heureux de commencer un pareil dîner, les fenêtres ouvertes sur le ciel bleu du printemps ou de l'automne.

Et quand vous prenez le grand couteau à manche de corne pour découper des tranches de gigot fondantes, ou la truelle d'argent pour diviser tout du long avec délicatesse un magnifique brochet à la gelée, la gueule pleine de persil, avec quel air de recueillement les autres vous regardent!

Puis quand vous saisissez derrière votre chaise, dans la cuvette, une autre bouteille et que vous la placez entre vos genoux pour en tirer le bouchon sans secousse, comme ils rient en pensant : « Qu'est-ce qui va venir à cette heure? »

Ah! je vous le dis, c'est un grand plaisir de traiter ses vieux amis, et de penser : « Cela recommencera de la sorte d'année en année, jusqu'à ce que le Seigneur Dieu nous fasse signe de venir, et que nous dormions en paix dans le sein d'Abraham. »

Et quand, à la cinquième ou sixième bouteille, les figures s'animent, quand les uns éprouvent tout à coup le besoin de louer le Seigneur, qui nous comble de ses bénédictions, et les autres de célébrer la gloire de la vieille Allemagne, ses jambons, ses pâtés et ses nobles vins ; quand Kasper s'attendrit et demande pardon à Michel de lui avoir gardé rancune, sans que Michel s'en soit jamais douté ; et que Christian, la tête penchée sur l'épaule, rit tout bas en songeant au père Bischoff, mort depuis dix ans, et qu'il avait oublié ; quand d'autres parlent de chasse, d'autres de musique, tous ensemble, en s'arrêtant de temps en temps pour éclater de rire : c'est alors que la chose devient tout à fait réjouissante, et que le paradis, le vrai paradis, est sur la terre.

Eh bien, tel était précisément l'état des choses chez Fritz Kobus, vers une heure de l'après-midi : le vieux vin avait produit son effet.

Le grand Frédéric Schoulz, ancien secrétaire du père Kobus, et ancien sergent de la landwehr, en 1814, avec sa grande redingote bleue, sa perruque ficelée en queue de rat, ses longs bras et ses longues jambes, son dos plat et son nez pointu, se démenait d'une façon étrange, pour raconter comment il était réchappé de la campagne de France, dans certain village d'Alsace où il avait fait le mort, pendant que deux paysans lui retiraient ses bottes. Il serrait les lèvres, écarquillait les yeux, et criait, en ouvrant les mains comme s'il avait encore été dans la même position critique : « Je ne bougeais pas ! » Je pensais : « Si tu bouges, ils sont capables de te planter leur fourche dans le dos ! »

Il racontait cet événement au gros percepteur Hâan qui semblait l'écouter, son ventre arrondi comme un bouvreuil, la face pourpre, la cravate lâchée, ses gros yeux voilés de douces larmes, et qui riait en songeant à la prochaine ouverture de la chasse. De temps en temps il se rengorgeait, comme pour dire quelque chose ; mais il se recouchait lentement au dos de son fauteuil, sa main grasse, chargée de bagues, sur la table à côté de son verre.

Iôsef avait l'air grave, sa figure cuivrée exprimait la contemplation intérieure ; il avait rejeté ses grands cheveux laineux loin de ses tempes, et son œil noir se perdait dans l'azur du ciel, au haut des grandes fenêtres.

Kobus, lui, riait tellement en écoutant le grand Frédéric, que son nez épaté couvrait la moitié de sa figure, mais il n'éclatait pas, quoique ses joues relevées eussent l'apparence d'un masque de comédie.

« Allons, buvons, disait-il, encore un coup ! la bouteille est encore à moitié pleine. »

Et les autres buvaient, la bouteille passait de main en main.

C'est en ce moment que le vieux David Sichel entra, et l'on peut s'imaginer les cris d'enthousiasme qui l'accueillirent :

« Hé ! David !... Voici David !... A la bonne heure !... il arrive ! »

Le vieux rabbin promenant un regard sardonique sur les tartes découpées, sur les pâtés effondrés et les bouteilles vides, comprit aussitôt à quel diapason était montée la fête ; il sourit dans sa barbiche.

« Hé ! David, il était temps, s'écria Kobus tout joyeux, encore dix minutes, et je t'envoyais chercher par les gendarmes ; nous t'attendons depuis une demi-heure.

— Dans tous les cas, ce n'est pas au milieu des gémissements de Babylone, fit le vieux rebbe d'un ton moqueur.

— Il ne manquerait que cela ! dit Kobus en lui faisant place. Allons, prends une chaise, vieux, assieds-toi. Quel dommage que tu ne puisses pas goûter de ce pâté, il est délicieux !

— Oui, s'écria le grand Frédéric, mais c'est *treife* [1], il n'y a pas moyen ; le Seigneur a fait les jambons, les andouilles et les saucisses pour nous autres.

— Et les indigestions aussi, dit David en riant tout bas. Combien de fois ton père, Johann Schoulz, ne m'a-t-il pas répété la même chose : c'est une plaisanterie de ta famille, qui passe de père en fils, comme la perruque à queue de rat et la culotte de velours à deux boucles. Tout cela n'empêche pas que si ton père avait moins aimé le jambon, les saucisses et les andouilles, il serait

1. Déclaré impur par la loi de Moïse.

encore frais et solide comme moi. Mais vous autres, *schaude*, vous ne voulez rien entendre, et tantôt l'un, tantôt l'autre se fait prendre comme les rats dans les ratières, par amour du lard.

— Voyez-vous, le vieux *posché-isroel* qui prétend avoir peur des indigestions, s'écria Kobus, comme si ce n'était pas la loi de Moïse qui lui défende la chose.

— Tais-toi, interrompit David en nasillant, je dis cela pour ceux qui ne comprendraient pas de meilleures raisons; mais celle-là doit vous suffire; elle est très bonne pour un sergent de landwehr qui se laisse tirer les bottes dans une mare d'Alsace; les indigestions sont aussi dangereuses que les coups de fourche. »

Alors un immense éclat de rire s'éleva de tous côtés, et le grand Frédéric levant le doigt, dit :

« David, je te rattraperai plus tard! »

Mais il ne savait que répondre, et le vieux rabbin riait de bon cœur avec les autres.

La grande Frentzel, de l'auberge du Bœuf-Rouge, après avoir débarrassé la table, arrivait alors de la cuisine avec un plateau chargé de tasses, et Katel suivait, portant sur un autre plateau la cafetière et les liqueurs.

Le vieux rebbe prit place entre Kobus et Iôsef. Frédéric Schoulz tira gravement de la poche de sa redingote une grosse pipe d'Ulm, et Fritz alla chercher dans l'armoire une boîte de cigares.

Mais Katel venait à peine de sortir, et la porte restait encore ouverte, qu'une petite voix fraîche et gaie s'écriait dans la cuisine :

« Hé! bonjour mademoiselle Katel; mon Dieu, que vous avez donc un grand dîner! toute la ville en parle.

— Chut! » fit la vieille servante.

Et la porte se referma.

Toutes les oreilles s'étaient dressées dans la salle, et le gros percepteur Hâan dit :

« Tiens! quelle jolie voix! Avez-vous entendu? Hé! hé! hé! ce gueux de Kobus, voyez-vous ça!

— Katel! Katel! » s'écria Kobus en se retournant tout étonné.

La porte de la cuisine se rouvrit.

« Est-ce qu'on a oublié quelque chose, monsieur? demanda Katel.

— Non, mais qui donc est dehors?

— C'est la petite Sûzel, vous savez, la fille de Christel, votre fermier de Meisenthâl? Elle apporte des œufs et du beurre frais.

— Ah! c'est la petite Sûzel, tiens! tiens!... Eh bien, qu'elle entre; voilà plus de cinq mois que je ne l'ai vue. »

Katel se retourna :

« Sûzel, monsieur demande que tu entres.

— Ah! mon Dieu, mademoiselle Katel, moi qui ne suis pas habillée?

— Sûzel, cria Kobus, arrive! »

Alors une petite fille blonde et rose, de seize à dix-sept ans, fraîche comme un bouton d'églantine, les yeux bleus, le petit nez droit aux narines délicates, les lèvres gracieusement arrondies, en petite jupe de laine blanche et casaquin de toile bleue, parut sur le seuil, la tête baissée, toute honteuse.

Tous les amis la regardaient d'un air d'admiration, et Kobus parut comme surpris de la voir.

« Que te voilà devenue grande, Sûzel! dit-il. Mais avance donc, n'aie pas peur, on ne veut pas te manger.

— Ah! je sais bien, fit la petite; mais c'est que je ne suis pas habillée, monsieur Kobus.

— Habillée! s'écria Hâan, est-ce que les jolies filles ne sont pas toujours assez bien habillées! »

Alors Fritz, se retournant, dit en hochant la tête et haussant les épaules :

« Hâan! Hâan! une enfant... une véritable enfant! Allons, Sûzel, viens prendre le café avec nous; Katel, apporte une tasse pour la petite.

— Ah! monsieur Kobus, je n'oserai jamais!

— Bah! bah! Katel, dépêche-toi. »

Lorsque la vieille servante revint avec une tasse, Sûzel, rouge jusqu'aux oreilles, était assise, toute droite sur le bord de sa chaise, entre Kobus et le vieux rebbe.

« Eh bien, qu'est-ce qu'on fait à la ferme, Sûzel? Le père Christel va toujours bien?

— Oh! oui, monsieur, Dieu merci, fit la petite, il va toujours bien; il m'a chargée de bien des compliments pour vous, et la mère aussi.

— A la bonne heure, ça me fait plaisir. Vous avez eu beaucoup de neige, cette année ?

— Deux pieds autour de la ferme pendant trois mois, et il n'a fallu que huit jours pour la fondre.

— Alors les semailles ont été bien couvertes.

— Oui, monsieur Kobus. Tout pousse, la terre est déjà verte jusqu'au creux des sillons.

— C'est bien. Mais bois donc, Sûzel, tu n'aimes peut-être pas le café ? Si tu veux un verre de vin ?

— Oh ! non, j'aime bien le café, monsieur Kobus. »

Le vieux rebbe regardait la petite d'un air tendre et paternel ; il voulut sucrer lui-même son café, disant :

« Ça, c'est une bonne petite fille, oui, une bonne petite fille, mais elle est un peu trop craintive. Allons, Sûzel, bois un petit coup, cela te donnera du courage.

— Merci, monsieur David », répondit la petite à voix basse.

Et le vieux rebbe se redressa content, la regardant d'un air tendre tremper ses lèvres roses dans la tasse.

Tous regardaient avec un véritable plaisir cette jolie fille, si douce et si timide ; Iôsef lui-même souriait. Il y avait en elle comme un parfum des champs, une bonne odeur de printemps et de grand air, quelque chose de riant et de doux, comme le babillement de l'alouette au-dessus des blés, en la regardant, il vous semblait être en pleine campagne, dans la vieille ferme, après la fonte des neiges.

« Alors, tout reverdit là-bas, reprit Fritz ; est-ce qu'on a commencé le jardinage ?

— Oui, monsieur Kobus ; la terre est encore un peu fraîche, mais, depuis ces huit jours de soleil, tout vient ; dans une quinzaine nous aurons des petits radis. Ah ! le père voudrait bien vous voir ; nous avons tous le temps long après vous, nous attendons tous les jours ; le père aurait bien des choses à vous dire. La Blanchette a fait veau la semaine dernière, et le petit vient bien ; c'est une génisse blanche.

— Une génisse blanche, ah ! tant mieux.

— Oui, les blanches donnent plus de lait, et puis c'est aussi plus joli que les autres. »

Il y eut un silence. Kobus voyant que la petite avait bu son café, et qu'elle était tout embarrassée, lui dit :

« Allons, mon enfant, je suis bien content de t'avoir vue; mais puisque tu es si gênée avec nous, va voir la vieille Katel qui t'attend; elle te mettra un bon morceau de pâté dans ton panier, tu m'entends, tu lui diras ça, et une bouteille de bon vin pour le père Christel.

— Merci, monsieur Kobus », dit la petite en se levant bien vite.

Elle fit une jolie révérence pour se sauver.

« N'oublie pas de dire là-bas que j'arriverai dans la quinzaine au plus tard, lui cria Fritz.

— Non, monsieur, je n'oublierai rien; on sera bien content. »

Elle s'échappa comme un oiseau de sa cage, et le vieux David, les yeux pétillants de joie, s'écria :

« Voilà ce qu'on peut appeler une jolie petite fille, et qui fera bientôt une bonne petite femme de ménage, je l'espère.

— Une bonne petite femme de ménage, j'en étais sûr, s'écria Kobus en riant aux éclats; le vieux *posché-isroel* ne peut voir une fille ou un garçon sans songer aussitôt à les marier. Ha! ha! ha!

— Eh bien, oui! s'écria le vieux rebbe, la barbiche hérissée, oui, j'ai dit et je répète : une bonne petite femme de ménage! Quel mal y a-t-il à cela? Dans deux ans, cette petite Sûzel peut être mariée, elle peut même avoir un petit poupon rose dans les bras.

— Allons, tais-toi, vieux, tu radotes.

— Je radote... c'est toi qui radotes, *épicaures*, pour tout le reste, tu parais avoir assez de bon sens, mais sur le chapitre du mariage, tu es un véritable fou.

— Bon, maintenant c'est moi qui suis le fou, et David Sichel l'homme raisonnable. Quelle diable d'idée possède le vieux rebbe, de vouloir marier tout le monde?

— N'est-ce pas la destination de l'homme et de la femme? Est-ce que Dieu n'a pas dit dès le commencement : « Allez, croissez et multipliez! » Est-ce que ce n'est pas une folie que de vouloir aller contre Dieu, de vouloir vivre... »

Mais alors Fritz se mit tellement à rire, que le vieux rebbe en devint tout pâle d'indignation :

« Tu ris, fit-il en se contenant, c'est facile de rire. Quand tu ferais « ha ! ha ! ha ! hé ! hé ! hé ! hi ! hi ! hi ! » jusqu'à la fin des siècles, cela prouverait grand-chose, n'est-ce pas ? Si seulement une fois tu voulais raisonner avec moi, comme je t'aplatirais ! Mais tu ris, tu ouvres ta grande bouche : « ha ! ha ! ha ! » ton nez s'étend sur tes joues comme une tache d'huile, et tu crois m'avoir vaincu. Ce n'est pas cela, Kobus, ce n'est pas ainsi qu'on raisonne. »

En parlant, le vieux rebbe faisait des gestes si comiques, il imitait la façon de rire de Kobus avec des grimaces si grotesques, que toute la salle ne put y tenir, et que Fritz lui-même dut se serrer l'estomac pour ne pas éclater.

« Non, ce n'est pas ça, poursuivit David avec une vivacité singulière. Tu ne penses pas, tu n'as jamais réfléchi.

— Moi, je ne fais que cela, dit Kobus en essuyant ses grosses joues, où serpentaient les larmes ; si je ris, c'est à cause de tes idées étranges. Tu me crois aussi par trop innocent. Voilà quinze ans que je vis tranquille avec ma vieille Katel, que j'ai tout arrangé chez moi pour être à mon aise ; quand je veux me promener, je me promène ; quand je veux m'asseoir et dormir, je m'assois et je dors ; quand je veux prendre une chope, je la prends ; si l'idée me passe par la tête d'inviter trois, quatre, cinq amis, je les invite. Et tu voudrais me faire changer tout cela ! tu voudrais m'amener une femme, qui bouleverserait tout de fond en comble ! Franchement, David, c'est trop fort !

— Tu crois donc, Kobus, que tout ira de même jusqu'à la fin ? Détrompe-toi, garçon, l'âge arrive, et, d'après le train que tu mènes, je prévois que ton gros orteil t'avertira bientôt que la plaisanterie a duré trop longtemps. Alors, tu voudras bien avoir une femme !

— J'aurai Katel.

— Ta vieille Katel a fait son temps comme moi. Tu seras forcé de prendre une autre servante qui te grugera, qui te volera, Kobus, pendant que tu seras en train de soupirer dans ton fauteuil, avec la goutte au pied.

— Bah ! interrompit Fritz, si la chose arrive... alors comme alors, il sera temps d'aviser. En attendant, je suis heureux, parfaitement heureux. Si je prenais maintenant une femme, et je me suppose de la chance, je suppose que ma femme soit excellente, bonne ménagère et tout ce qui s'ensuit, eh bien, David, il ne faudrait pas moins la mener promener de temps en temps, la conduire au bal de M. le bourgmestre ou de Mme la sous-préfète ; il faudrait changer mes habitudes, je ne pourrais plus aller le chapeau sur l'oreille, ou sur la nuque, la cravate un peu débraillée, il faudrait renoncer à la pipe... ce serait l'abomination de la désolation, je tremble rien que d'y penser. Tu vois que je raisonne mes petites affaires, aussi bien qu'un vieux rebbe qui prêche à la synagogue. Avant tout, tâchons d'être heureux.

— Tu raisonnes mal, Kobus.

— Comment ! je raisonne mal. Est-ce que le bonheur n'est pas notre but à tous ?

— Non, ce n'est pas notre but, sans cela, nous serions tous heureux : on ne verrait pas tant de misérables ; Dieu nous aurait donné les moyens de remplir notre but, il n'aurait eu qu'à le vouloir. Ainsi, Kobus, il veut que les oiseaux volent, et les oiseaux ont des ailes ; il veut que les poissons nagent, et les poissons ont des nageoires ; il veut que les arbres fruitiers portent des fruits en leur saison, et ils portent des fruits ; chaque être reçoit les moyens d'atteindre son but. Et puisque l'homme n'a pas de moyens pour être heureux, puisque peut-être en ce moment sur toute la terre, il n'y a pas un seul homme heureux, ayant les moyens de rester toujours heureux, cela prouve que Dieu ne le veut pas.

— Et qu'est-ce qu'il veut donc, David ?

— Il veut que nous méritions le bonheur, et cela fait une grande différence, Kobus, car pour mériter le bonheur, soit dans ce bas monde, soit dans un autre, il faut commencer par remplir ses devoirs, et le premier de ces devoirs, c'est de se créer une famille, d'avoir une femme et des enfants, d'élever d'honnêtes gens, et de transmettre à d'autres le dépôt de la vie qui nous a été confié.

— Il a de drôles d'idées tout de même, ce vieux rebbe, dit alors Frédéric Schoultz en remplissant sa tasse de kirschenwasser, on croirait qu'il pense ce qu'il dit.

— Mes idées ne sont pas drôles, répondit David gravement ; elles sont justes. Si ton père le boulanger avait raisonné comme toi, s'il avait voulu se débarrasser de tous les tracas et mener une vie inutile aux autres, et si le père Zacharias Kobus avait eu la même façon de voir, vous ne seriez pas là, le nez rouge et le ventre à table, à vous goberger aux dépens de leur travail. Vous pouvez rire du vieux rebbe, mais il a la satisfaction de vous dire au moins ce qu'il pense. Ces anciens-là plaisantaient aussi quelquefois ; seulement pour les choses sérieuses ils raisonnaient sérieusement, et je vous dis qu'ils se connaissaient mieux en bonheur que vous. Te rappelles-tu, Kobus, ton père, le vieux Zacharias, si grave à son tribunal, te rappelles-tu quand il revenait à la maison entre onze heures et midi, son grand carton sous le bras, et qu'il te voyait de loin jouer sur la porte, comme sa figure changeait, comme il se mettait à sourire en lui-même, on aurait dit qu'un rayon de soleil descendait sur lui. Et quand, dans cette même chambre où nous sommes, il te faisait sauter sur ses genoux, et que tu disais mille sottises comme à l'ordinaire, était-il heureux le pauvre homme ! Va donc chercher dans ta cave ta meilleure bouteille de vin, et pose-la devant toi, nous verrons si tu ris comme lui, si ton cœur saute de plaisir, si tes yeux brillent, et si tu te mets à chanter l'air des *Trois houzards*, comme il le chantait pour te réjouir !

— David, s'écria Fritz tout attendri, parlons d'autre chose !

— Non ! tous vos plaisirs de garçon, tout votre vieux vin que vous buvez entre vous, toutes vos plaisanteries, tout cela n'est rien... c'est de la misère auprès du bonheur de la famille ; c'est là que vous êtes vraiment heureux, parce que vous êtes aimé ; c'est là que vous louez le Seigneur de ses bénédictions. Mais vous ne comprenez pas ces choses ; je vous dis ce que je pense de plus vrai, de plus juste, et vous ne m'écoutez pas. »

En parlant ainsi, le vieux rebbe semblait tout ému ; le gros percepteur Hâan le regardait, les yeux écarquillés, et Iôsef, de temps en temps murmurait des paroles confuses.

« Que penses-tu de cela, Iôsef? dit à la fin Kobus au bohémien.

— Je pense comme le rebbe David, dit-il, mais je ne peux pas me marier, puisque j'aime le grand air, et que mes petits pourraient mourir sur la route. »

Fritz était devenu rêveur.

« Oui, il ne parle pas mal, pour un vieux *poschéisroel*, fit-il en riant ; mais je m'en tiens à mon idée, je suis garçon et je resterai garçon.

— Toi ! s'écria David. Eh bien, écoute ceci, Kobus ; je n'ai jamais fait le prophète, mais, aujourd'hui, je prédis que tu te marieras.

— Que je me marierai, ha ! ha ! ha ! David, tu ne me connais pas encore.

— Tu te marieras ! s'écria le vieux rebbe, en nasillant d'un air ironique, tu te marieras !

— Je parierais que non.

— Ne parie pas, Kobus, tu perdrais.

— Eh bien, si !... je te parie... voyons... je te parie mon coin de vigne de Sonneberg ; tu sais, ce petit clos qui produit de si bon vin blanc, mon meilleur vin, et que tu connais, rebbe, je te le parie...

— Contre quoi ?

— Contre rien du tout.

— Et moi, j'accepte, fit David, ceux-ci sont témoins que j'accepte ! Je boirai de bon vin qui ne me coûtera rien, et, après moi, mes deux garçons en boiront aussi : hé ! hé ! hé !

— Sois tranquille, David, fit Kobus en se levant, ce vin-là ne vous montera jamais à la tête.

— C'est bon, c'est bon, j'accepte ; voici ma main, Fritz.

— Et voici la mienne, rebbe. »

Kobus alors, se tournant, demanda :

« Est-ce que nous n'irons pas nous rafraîchir au Grand-Cerf ?

— Oui, allons à la brasserie, s'écrièrent les autres,

cela finira bien notre journée. Dieu de Dieu ! quel dîner nous venons de faire. »

Tous se levèrent et prirent leurs chapeaux ; le gros percepteur Hâan et le grand Frédéric Schoultz marchaient en avant, Kobus et Iôsef ensuite, et le vieux David Sichel tout joyeux derrière. Ils remontèrent bras dessus, bras dessous, la rue des Capucins, et entrèrent à la brasserie du Grand-Cerf, en face des vieilles halles.

V

Le lendemain vers neuf heures, Fritz Kobus assis au bord de son lit d'un air mélancolique, mettait lentement ses bottes et se faisait à lui-même la morale :

« Nous avons bu trop de bière hier soir, se disait-il en se grattant derrière les oreilles ; c'est une boisson qui vous ruine la santé. J'aurais mieux fait de prendre une bouteille de plus et quatre ou cinq chopes de moins. »

Puis élevant la voix :

« Katel ! Katel ! » s'écria-t-il.

La vieille servante parut sur le seuil, et, le voyant bâiller, les yeux rouges et la tignasse ébouriffée :

« Hé ! hé ! hé ! fit-elle, vous avez mal aux cheveux, monsieur Kobus ?

— Oui, c'est cette bière qui en est cause ; si l'on m'y rattrape !...

— Ah ! vous dites toujours la même chose, fit la vieille en riant.

— Qu'est-ce que tu pourrais bien me préparer pour me remettre ? reprit Fritz.

— Voulez-vous du thé ?

— Du thé ! Parle-moi d'une bonne soupe aux oignons, à la bonne heure ; et puis, attends...

— Une oreille de veau à la vinaigrette ?

— Oui, c'est cela, une oreille à la vinaigrette. Quelle mauvaise idée on a de prendre tant de bière ! Enfin, puisque c'est fait, n'en parlons plus. Dépêche-toi, Katel, j'arrive. »

Katel rentra dans sa cuisine en riant, et Kobus, au bout d'un quart d'heure, finit de se laver, de se peigner et de s'habiller. Il pouvait à peine lever les bras et les jambes. Enfin, il passa sa capote, et entra dans la salle s'asseoir devant une bonne soupe aux oignons, qui lui fit du bien. Il mangea son oreille à la vinaigrette, et but un bon coup de *forstheimer* par là-dessus, ce qui lui rendit courage. Il avait pourtant encore la tête un peu lourde, et regardait le beau soleil qui s'étendait sur les vitres.

« Quelle boisson pernicieuse que la bière! dit-il, on aurait dû tordre le cou de ce Gambrinus, lorsqu'il s'avisa de faire bouillir de l'orge avec du houblon. C'est une chose contraire à la nature de mêler le doux et l'amer; les hommes sont fous d'avaler un pareil poison. Mais la fumée est cause de tout; si l'on pouvait renoncer à la pipe, on se moquerait de la chope. Enfin, voilà. — Katel!

— Quoi, monsieur?

— Je sors, je vais prendre l'air; il faut que je fasse un grand tour.

— Mais vous reviendrez à midi?

— Oui, je pense. Dans tous les cas, si je ne suis pas rentré pour une heure, tu lèveras la table, c'est que j'aurai poussé jusque dans quelque village aux environs. »

Tout en disant cela, Fritz se coiffait de son feutre; il prenait sa canne à pomme d'ivoire au coin de la cheminée, et descendait dans le vestibule.

Katel ôtait la nappe en riant et se disait :

« Demain, sa première visite, après dîner, sera pour le Grand-Cerf. Voilà pourtant comme sont les hommes, ils ne peuvent jamais se corriger. »

Une fois dehors, Kobus remonta gravement la rue de Hildebrandt. Le temps était magnifique; toutes les fenêtres s'ouvraient au printemps.

« Eh! bonjour, monsieur Kobus, voici les beaux jours, lui criaient les commères.

— Oui, Berbel... oui, Catherine, cela promet », disait-il.

Les enfants dansaient, sautaient et criaient sur toutes les portes; on ne pouvait rien voir de plus joyeux.

Après être sorti de la ville par la vieille porte de Hildebrandt, où les femmes étendaient déjà leur linge et leurs robes rouges au soleil, le long des anciens remparts, Fritz monta sur le talus de l'avancée. Les dernières neiges fondaient à l'ombre des chemins couverts, et, tout autour de la ville, aussi loin que pouvaient s'étendre les regards, on ne voyait que de jeunes pousses d'un vert tendre sur les haies, sur les arbres des vergers et les allées de peupliers, le long de la Lauter. Au loin, bien loin, les montagnes bleues des Vosges conservaient à leur sommet quelques plaques blanches presque imperceptibles ; et par là-dessus s'étendait le ciel immense, où voguaient de légers nuages dans l'infini.

Kobus, voyant ces choses, fut véritablement heureux, et portant la vue au loin, il pensa :

« Si j'étais là-bas, sur la côte des Genêts, je n'aurais plus qu'une demi-lieue pour être à ma ferme de Meisenthâl ; je pourrais causer avec le vieux Christel de mes affaires, et je verrais les semailles et la génisse blanche dont me parlait Sûzel hier soir. »

Comme il regardait ainsi, tout rêveur, une bande de ramiers passait bien haut au-dessus de la côte lointaine, se dirigeant vers la grande forêt de hêtres.

Fritz, les yeux pleins de lumière, les suivit du regard jusqu'à ce qu'ils eussent disparu dans les profondeurs sans bornes ; et tout aussitôt, il résolut d'aller à Meisenthâl.

Le vieux jardinier Bosser passait justement dans l'avancée, la houe sur l'épaule.

« Hé ! père Bosser », lui cria-t-il.

L'autre leva le nez.

« Faites-moi donc le plaisir, puisque vous entrez en ville, de prévenir Katel que je vais à Meisenthâl, et que je ne rentrerai pas avant six ou sept heures.

— C'est bon, monsieur Kobus, c'est bon, je m'en charge.

— Oui, vous me rendrez service. »

Bosser s'éloigna, et Fritz prit à gauche le sentier qui descend dans la vallée des Ablettes, derrière le Postthâl, et qui remonte en face, à la côte des Genêts.

Ce sentier était déjà sec, mais des milliers de petits filets d'eau de neige se croisaient au-dessous dans la grande prairie du Gresselthal, et brillaient au soleil comme des veines d'argent.

Kobus, en remontant la côte en face, aperçut deux ou trois couples de tourterelles des bois, qui filaient deux à deux le long des roches grises de la Hoûpe, et se becquetaient sur les corniches, la queue en éventail. C'était un plaisir de les voir glisser dans l'air, sans bruit, on aurait dit qu'elles n'avaient pas besoin de remuer les ailes : l'amour les portait; elles ne se quittaient pas et tourbillonnaient tantôt dans l'ombre des roches, tantôt en pleine lumière, comme des bouquets de fleurs qui tomberaient du ciel en frémissant. Il faudrait être sans cœur pour ne pas aimer ces jolis oiseaux. Fritz, le dos appuyé à sa canne, les regarda longtemps; il ne les avait jamais si bien vues se becqueter, car les tourterelles des bois sont très sauvages. Elles finirent par l'apercevoir et s'éloignèrent. Alors il se remit à marcher tout pensif, et vers onze heures il était sur la côte des Genêts.

De là, Hunebourg avec ses vieilles rues tortueuses, son église, sa fontaine Saint-Arbogast, sa caserne de cavalerie, ses trois vieilles portes décrépites où pendent le lierre et la mousse, était comme peint en bleu sur la côte en face; toutes les petites fenêtres et les lucarnes sur les toits lançaient des éclairs. La trompette des hussards, sonnant le rappel, s'entendait comme le bourdonnement d'une guêpe. Par la porte de Hildebrandt s'avançait comme une file de fourmis; Kobus se rappela que la veille était morte la sage-femme Lehnel : c'était son enterrement!

Après avoir vu ces choses, il se mit à traverser le plateau d'un bon pas; et le sentier sablonneux commençait à descendre, lorsque tout à coup le grand toit de tuiles grises de la ferme, avec les deux autres toits plus petits du hangar et du pigeonnier, apparurent au-dessous de lui, dans le creux du vallon de Meisenthâl tout au pied de la côte.

C'était une vieille ferme, bâtie à l'ancienne mode, avec une grande cour carrée entourée d'un petit mur de pierres sèches; la fontaine au milieu de la cour, le guévoir devant l'auge verdâtre; les étables et les écuries à droite; les granges et le pigeonnier surmonté d'une tourelle en pointe, à gauche; le corps de logis au milieu. Derrière se trouvaient la distillerie, la buanderie, le pressoir, le poulailler et les réduits à porcs : tout cela, vieux de cent cinquante ans, car c'était le grand-père Nicolas Kobus qui l'avait bâti. Mais vingt arpents de prairies naturelles, quarante-cinq de terres labourables, tout le tour de la côte couvert d'arbres fruitiers, et dans un coin au soleil, un hectare de vignes en plein rapport, donnaient à cette ferme une grande valeur et de beaux revenus.

Tout en descendant le sentier en zigzag, Fritz regardait la petite Sûzel faire la lessive à la fontaine, les pigeons tourbillonner par volées de dix à douze autour du pigeonnier; et le père Christel, sa grande *cougie*[1] au poing, ramenant les bœufs de l'abreuvoir. Cet ensemble champêtre le réjouissait; il écoutait avec une véritable satisfaction, la voix du chien Mopsel résonner avec les coups de battoir dans la vallée silencieuse, et les mugissements des bœufs se prolonger jusque dans la forêt de hêtres, en face, où restaient encore quelques plaques de neige jaunâtre au pied des arbres.

Mais ce qui lui faisait le plus de plaisir, c'était la petite Sûzel, courbée sur sa planchette, savonnant le linge, le battant et le tordant à tour de bras, comme une bonne petite ménagère. Chaque fois qu'elle levait son battoir, tout luisant d'eau de savon, le soleil brillant dessus envoyait un éclair jusqu'au haut de la côte.

Fritz, jetant par hasard un coup d'œil dans le fond de la gorge, où la Lauter serpente au milieu des prairies, vit, à la pointe d'un vieux chêne, un busard qui observait les pigeons tourbillonnant autour de la ferme. Il le mit en joue avec sa canne; aussitôt l'oiseau partit, jetant un miaulement sauvage dans la vallée, et tous les pigeons, à ce cri de guerre, se replièrent comme un éventail dans le colombier.

Alors Kobus, riant en lui-même, repartit en trottant

1. Fouet.

dans le sentier, jusqu'à ce qu'une petite voix claire se mit à crier :

« M. Kobus!... voici M. Kobus! »

C'était Sûzel qui venait de l'apercevoir, et qui s'élançait sous le hangar pour appeler son père.

Il atteignait à peine le chemin des voitures, au pied de la côte, que le vieux fermier anabaptiste, avec son large collier de barbe, son chapeau de crin, sa camisole de laine grise garnie d'agrafes de laiton, venait à sa rencontre, la figure épanouie, et s'écriait d'un ton joyeux :

« Soyez le bienvenu, monsieur Kobus, soyez le bienvenu. Vous nous faites un grand plaisir en ce jour; nous n'espérions pas vous voir sitôt. Que le Ciel soit loué de vous avoir décidé pour aujourd'hui.

— Oui, Christel, c'est moi, dit Fritz en donnant une poignée de main au brave homme; l'idée de venir m'a pris tout à coup, et me voilà. Hé! hé! hé! je vois avec satisfaction que vous avez toujours bonne mine, père Christel.

— Oui, le Ciel nous a conservé la santé, monsieur Kobus, c'est le plus grand bien que nous puissions souhaiter; qu'il en soit béni! Mais tenez, voici ma femme, que la petite est allée prévenir. »

En effet, la bonne mère Orchel, grosse et grasse, avec sa coiffe de taffetas noir, son tablier blanc et ses gros bras ronds sortant des manches de chemise, accourait aussi, la petite Sûzel derrière elle.

« Ah! Seigneur Dieu! c'est vous, monsieur Kobus, disait la bonne femme toute riante; de si bonne heure? Ah! quelle bonne surprise vous nous faites.

— Oui, mère Orchel. Tout ce que je vois me réjouit. J'ai donné un coup d'œil sur les vergers, tout pousse à souhait; et j'ai vu tout à l'heure le bétail qui rentrait de l'abreuvoir, il m'a paru en bon état.

— Oui, oui, tout est bien », dit la grosse fermière.

On voyait qu'elle avait envie d'embrasser Kobus, et la petite Sûzel paraissait aussi bien heureuse.

Deux garçons de labour, en blouse, sortaient alors avec la charrue attelée; ils levèrent leur bonnet en criant :

« Bonjour, monsieur Kobus!

— Bonjour Johann, bonjour Kasper », dit-il tout joyeux.

Il s'approchait de la vieille ferme, dont la façade était couverte d'un lattis, où grimpaient jusque sous le toit six ou sept gros ceps de vigne noueux; mais les bourgeons se montraient à peine.

A droite de la petite porte ronde se trouvait un banc de pierre. Plus loin, sous le toit du hangar, qui s'avançait en auvent jusqu'à douze pieds du sol, étaient entassés pêle-mêle les herses, les charrues, les hache-paille, les scies, et les échelles. On voyait aussi, contre la porte de la grange, une grande trouble à pêcher; et au-dessus, entre les poutres du hangar, pendaient deux bottes de paille, où des nichées de pierrots avaient élu domicile. Le chien Mopsel, un petit chien de berger à poils gris de fer, grosse moustache et queue traînante, venait se frotter à la jambe de Fritz, qui lui passait la main sur la tête.

C'est ainsi qu'au milieu des éclats de rire et des joyeux propos qu'inspirait à tous l'arrivée de ce bon Kobus, ils entrèrent ensemble dans l'allée, puis dans la chambre commune de la ferme, une grande salle blanchie à la chaux, haute de huit à neuf pieds, et le plafond rayé de poutres brunes. Trois fenêtres, à vitres octogones, s'ouvraient sur la vallée; une autre petite, derrière, prenait jour sur la côte; le long des fenêtres s'étendait une longue table de hêtre, les jambes en X, avec un banc de chaque côté, derrière la porte, à gauche, se dressait le fourneau de fonte en pyramide, et sur la table se trouvaient cinq ou six petits gobelets et la cruche de grès à fleurs bleues; de vieilles images de saints, enluminées de vermillon et encadrées de noir, complétaient l'ameublement de cette pièce.

« Monsieur, dit Christel, vous dînerez ici n'est-ce pas?

— Cela va sans dire.

— Bon. Tu sais, Orchel, ce qu'aime M. Kobus?

— Oui, sois tranquille; nous avons justement fait la pâte ce matin.

— Alors, asseyons-nous. Êtes-vous fatigué, monsieur Kobus? Voulez-vous changer de souliers, mettre mes sabots?

— Vous plaisantez, Christel; j'ai fait ces deux petites lieues sans m'en apercevoir.

— Allons, tant mieux. Mais tu ne dis rien à M. Kobus, Sûzel?

— Que veux-tu que je lui dise? Il voit bien que je suis là, et que nous avons tous du plaisir à le recevoir chez nous.

— Elle a raison, père Christel. Nous avons assez causé hier, nous deux; elle m'a raconté tout ce qui se passe ici. Je suis content d'elle : c'est une bonne petite fille. Mais puisque nous y sommes, et que la mère Orchel nous apprête des *noudels*, savez-vous ce que nous allons faire en attendant? Allons voir un peu les champs, le verger, le jardin; il y a si longtemps que je n'étais sorti, que cette petite course n'a fait que me dégourdir les jambes.

— Avec plaisir, monsieur Kobus. Sûzel, tu peux aider ta mère; nous reviendrons dans une heure. »

Alors Fritz et le père Christel sortirent, et comme ils reprenaient le chemin de la cour, Kobus, en passant, vit le reflet de la flamme au fond de la cuisine. La fermière pétrissait déjà la pâte sur l'évier.

« Dans une heure, monsieur Kobus, lui cria-t-elle.

— Oui, mère Orchel, oui, dans une heure. »

Et ils sortirent.

« Nous avons beaucoup pressé de fruits cet hiver, dit Christel; cela nous fait au moins dix mesures de cidre et vingt de poiré. C'est une boisson plus rafraîchissante que le vin, pendant les moissons.

— Et plus saine que la bière, ajouta Kobus. On n'a pas besoin de la fortifier, ni de l'étendre d'eau, c'est une boisson naturelle. »

Ils longeaient alors le mur de la distillerie; Fritz jeta les yeux à l'intérieur par une lucarne.

« Et des pommes de terre, Christel, en avez-vous distillé?

— Non, monsieur, vous savez que l'année dernière elles n'ont pas donné; il faut attendre une récolte abondante, pour que cela vaille la peine.

— C'est juste.

— Tiens, il me semble que vous avez plus de poules que l'année dernière, et de plus belles?

— Ah! ça, monsieur Kobus, ce sont des cochinchinoises. Depuis deux ans, il y en a beaucoup dans le pays; j'en avais vu chez Daniel Stenger, à la ferme de Lauterbach, et j'ai voulu en avoir. C'est une espèce magnifique, mais il faudra voir si ces cochinchinoises sont bonnes pondeuses. »

Ils étaient devant la grille de la basse-cour, et des quantités de poules grandes et petites, des huppées et des pattues, un coq superbe à l'œil roux, au milieu, se tenaient là dans l'ombre, regardant, écoutant et se peignant du bec. Quelques canards se trouvaient aussi dans le nombre.

« Sûzel! Sûzel! » cria le fermier.

La petite parut aussitôt.

« Quoi, mon père?

— Mais ouvre donc aux poules, qu'elles prennent l'air et que les canards aillent à l'eau; il sera temps de les enfermer quand il y aura de l'herbe, et qu'elles iront tout déterrer au jardin. »

Sûzel s'empressa d'ouvrir, et Christel se mit à descendre la prairie, Fritz derrière lui. A cent pas de la rivière, et comme le terrain devenait humide, l'anabaptiste fit halte, et dit :

« Voyez, monsieur Kobus, depuis dix ans cette pente ne produisait que des osiers et des flèches d'eau, il y avait à peine de quoi paître une vache; eh bien, cet hiver, nous nous sommes mis à niveler, et maintenant toute l'eau suit sa pente à la rivière. Que le soleil donne quinze jours, ce sera sec, et nous sèmerons là ce que nous voudrons : du trèfle, du sainfoin, de la luzerne; je vous réponds que le fourrage sera bon.

— Voilà ce que j'appelle une fameuse idée, dit Fritz.

— Oui, monsieur, mais il faut que je vous parle d'une autre chose; quand nous reviendrons à la ferme, et que nous serons à l'endroit où la rivière fait un coude, je vous expliquerai cela, vous le comprendrez mieux. »

Ils continuèrent à se promener ainsi tout autour de la vallée, jusque vers midi. Christel exposait à Kobus ses intentions.

« Ici, disait-il, je planterai des pommes de terre; là,

nous sèmerons du blé ; après le trèfle c'est un bon assolement. »

Fritz n'y comprenait rien; mais il avait l'air de s'y entendre, et le vieux fermier était heureux de parler des choses qui l'intéressaient le plus.

La chaleur devenait grande. A force de marcher dans ces terres grasses, labourées profondément, et qui vous laissaient à chaque pas une motte au talon, Kobus avait fini par sentir la sueur lui couler le long du dos ; et comme ils étaient au haut de la côte, en train de reprendre haleine, cet immense bourdonnement des insectes, qui sortent de terre aux premiers beaux jours, se fit entendre pour la première fois à ses oreilles.

« Écoutez, Christel, dit-il, quelle musique... hein! C'est tout de même étonnant, cette vie qui sort de terre sous la forme de chenilles, de hannetons, de mouches, et qui remplit l'air du jour au lendemain ; c'est quelque chose de grand !

— Oui, c'est même trop grand, dit l'anabaptiste. Si nous n'avions pas le bonheur d'avoir des moineaux, des pinsons, des hirondelles et des centaines d'autres petits oiseaux, comme les chardonnerets et les fauvettes, pour exterminer toute cette vermine, nous serions perdus, monsieur Kobus : les hannetons, les chenilles et les sauterelles nous mangeraient tout ! Heureusement le Seigneur vient à notre aide. On devrait défendre la chasse des petits oiseaux ; moi j'ai toujours défendu de dénicher les moineaux de la ferme : ça nous pille beaucoup de grain, mais ça nous en sauve encore plus.

— Oui, reprit Fritz, voilà comme tout marche dans ce bas monde : les insectes dévorent les plantes, les oiseaux dévorent les insectes, et nous mangeons les oiseaux avec le reste. Depuis le commencement, les choses ont été arrangées pour que nous mangions tout : nous avons trente-deux dents pour cela ; les unes pointues, les autres tranchantes, et les autres, ce qu'on appelle les grosses dents, pour écraser. Cela prouve que nous sommes les rois de la terre. — Mais écoutez, Christel !... qu'est-ce que c'est ?

— Ça, c'est la grosse cloche de Hunebourg qui sonne midi, le son entre là-bas dans la vallée, près de la roche des Tourterelles. »

Ils se mirent à redescendre, et, sur le bord de la rivière, à cent pas de la ferme, l'anabaptiste, s'arrêtant de nouveau dit :

« Monsieur Kobus, voici l'idée dont je vous parlais tout à l'heure. Voyez comme la rivière est basse ici; tous les ans, à la fonte des neiges, ou quand il tombe une grande averse en été, la rivière déborde; elle avance de cent pas au moins dans ce coin; si vous étiez arrivé la semaine dernière, vous l'auriez vu plein d'écume; maintenant encore la terre est très humide.

« Eh bien, j'ai pensé que si l'on creusait de cinq ou six pieds dans ce tournant, ça nous donnerait d'abord deux ou trois cents tombereaux de terre grasse, qui formeraient un bon engrais pour la côte; car il n'y a rien de mieux que de mêler la terre glaise à la terre de chaux. Ensuite, en bâtissant un petit mur bien solide du côté de la rivière, nous aurions le meilleur réservoir qu'on puisse souhaiter pour tenir de la truite, du barbeau, de la tanche, et toutes les espèces de la Lauter. L'eau entrerait par une écluse grillée, et sortirait par une claie bien serrée de l'autre côté : les poissons seraient là dans l'eau vive comme chez eux, et l'on n'aurait qu'à jeter le filet pour en prendre ce qu'on voudrait.

« Au lieu que maintenant, surtout depuis que l'horloger de Hunebourg et ses deux fils viennent pêcher toute la sainte journée, et qu'ils emportent tous les soirs des truites plein leurs sacs, il n'y a plus moyen d'en avoir. Que pensez-vous de cela, monsieur Kobus, vous qui aimez le poisson d'eau courante? Toutes les semaines Sûzel vous en porterait avec le beurre, les œufs et le reste.

— Ça, dit Fritz, la bouche pleine d'admiration, c'est une idée magnifique. Christel, vous êtes un homme rempli de bon sens. Depuis longtemps j'aurais dû penser à ce réservoir, car j'aime beaucoup la truite. Oui, vous avez raison. Tiens, tiens, c'est tout à fait juste! Pas plus tard que demain nous commencerons, entendez-vous, Christel? Ce soir, je vais à Hunebourg chercher des ouvriers, des tombereaux et des brouettes. Il faut que l'architecte Lang arrive, pour que la chose soit faite en règle. Et, l'affaire terminée, nous sèmerons là-dedans des truites, des perches, des barbeaux, comme on sème des choux, des raves et des carottes dans son jardin. »

Kobus partit alors d'un grand éclat de rire, et le vieil anabaptiste parut heureux de le voir approuver son plan.

Tout en regagnant la ferme, Fritz disait :

« Je vais m'établir chez vous, Christel, huit, dix, quinze jours, pour surveiller et pousser ce travail. Je veux tout voir de mes propres yeux. Il faudra, du côté de la rivière, un mur solide, de bonne chaux et de bonnes fondations; nous aurons aussi besoin de sable et de gravier pour le fond du réservoir, car les poissons d'eau courante veulent du gravier. Enfin nous établirons cela pour durer longtemps. »

Ils entraient alors dans la grande cour en face du hangar; Sûzel se trouvait sur la porte.

« Est-ce que ta mère nous attend? lui demanda le vieil anabaptiste.

— Pas encore; elle est seulement en train de dresser la table.

— Bon! nous avons le temps de voir les écuries. »

Il traversa la cour et ouvrit la lucarne. Kobus regarda l'étable blanchie à la chaux et pavée de moellons, une rigole au milieu en pente douce, les bœufs et les vaches à la file dans l'ombre. Comme tous ces bons animaux tournaient la tête vers la lumière, le père Christel dit :

« Ces deux grands bœufs, sur le devant, sont à l'engrais depuis trois mois; le boucher juif, Isaac Schmoûle, en a envie; il est déjà venu deux ou trois fois. Les six autres nous suffiront cette année pour le labour. Mais voyez ce petit noir, monsieur, il est magnifique, et c'est bien dommage que nous n'ayons pas la paire. J'ai déjà couru tout le pays pour en trouver un pareil. Quant aux vaches, ce sont les mêmes que l'année dernière; Rœsel est fraîche à lait; je veux lui laisser nourrir sa petite génisse blanche.

— C'est bon, fit Kobus, je vois que tout est bien. Maintenant, allons dîner, je me sens une pointe d'appétit. »

VI

L'idée du réservoir aux poissons avait enthousiasmé Fritz. A peine le dîner terminé, vers une heure, il se remettait en marche pour Hunebourg. Et le lendemain il revenait avec une voiture de pioches, de pelles et de brouettes, quelques ouvriers de la carrière des Trois-Fontaines et l'architecte Lang, qui devait tracer le plan de l'ouvrage.

On descendit aussitôt à la rivière, on examina le terrain. Lang, son mètre au poing, prit les mesures ; il discuta l'entreprise avec le père Christel et Kobus planta lui-même les piquets. Finalement, lorsqu'on se trouva d'accord sur la chose et le prix, les ouvriers se mirent à l'œuvre.

Lang avait cette année-là sa grande entreprise du pont de pierre sur la Lauter, entre Hunebourg et Biewerkirch ; il ne put donc surveiller les travaux ; mais Fritz, installé chez l'anabaptiste, dans la belle chambre du premier, se chargea de ce soin.

Ses deux fenêtres s'ouvraient sur le toit du hangar ; il n'avait pas même besoin de se lever pour voir où l'ouvrage en était ; car de son lit il découvrait d'un coup d'œil la rivière, le verger en face et la côte au-dessus. C'était comme fait exprès pour lui.

Au petit jour, quand le coq lançait son cri dans la vallée encore toute grise, et qu'au loin, bien loin, les échos du Bichelberg lui répondaient dans le silence ; quand Mopsel se retournait dans sa niche, après avoir lancé deux ou trois aboiements; quand la haute grive faisait entendre sa première note dans les bois sonores; puis, quand tout se taisait de nouveau quelques secondes : que les feuilles se mettaient à frissonner, — sans que l'on ait jamais su pourquoi, et comme pour saluer, elles aussi, le père de la lumière et de la vie, — et qu'une sorte de pâleur s'étendait dans le ciel, alors Kobus s'éveillait; il avait entendu ces choses avant d'ouvrir les yeux et regardait.

Tout était encore sombre autour de lui, mais en bas, dans l'allée, le garçon de labour marchait d'un pas pesant; il entrait dans la grange et ouvrait la lucarne du fenil, sur l'écurie, pour donner le fourrage aux bêtes. Les chaînes remuaient, les bœufs mugissaient tout bas, comme endormis, les sabots allaient et venaient.

Bientôt après, la mère Orchel descendait dans la cuisine; Fritz, tout en écoutant la bonne femme allumer du feu et remuer les casseroles, écartait ses rideaux et voyait les petites fenêtres grises se découper en noir sur l'horizon pâle.

Quelquefois un nuage, léger comme un écheveau de pourpre, indiquait que le soleil allait paraître entre les deux côtes en face, dans dix minutes, un quart d'heure.

Mais déjà la ferme était pleine de bruit : dans la cour, le coq, les poules, le chien, tout allait, venait, caquetait, aboyait. Dans la cuisine, les casseroles tintaient, le feu pétillait, les portes s'ouvraient et se refermaient. Une lanterne passait dehors sous le hangar. On entendait trotter au loin les ouvriers arrivant du Bichelberg.

Puis, tout à coup tout devenait blanc : c'était lui... Le soleil, qui venait enfin de paraître. Il était là, rouge, étincelant comme de l'or. Fritz, le regardant monter entre les deux côtes, pensait : « Dieu est grand ! »

Et plus bas, voyant les ouvriers piocher, traîner la brouette, il se disait : « Ça va bien ! »

Il entendait aussi la petite Sûzel monter et descendre l'escalier en trottant comme une perdrix, déposer ses souliers cirés à la porte, et faire doucement, pour ne pas l'éveiller. Il souriait en lui-même, surtout quand le chien Mopsel se mettait à aboyer dans la cour, et qu'il entendait la petite lui crier d'une voix étouffée : « Chut ! chut ! Ah ! le gueux, il est capable d'éveiller M. Kobus ! »

« C'est étonnant, pensait-il, comme cette petite prend soin de moi; elle devine tout ce qui peut me faire plaisir : à force de *damfnoudels*, j'en avais assez; j'aurais voulu des œufs à la coque, elle m'en a fait sans que j'aie dit un mot; ensuite, j'avais assez d'œufs, elle m'a fait des côtelettes aux fines herbes. C'est une enfant pleine de bon sens; cette petite Sûzel m'étonne! »

Et, songeant à ces choses, il s'habillait et descendait; les gens de la ferme avaient fini leur repas du matin; ils attachaient la charrue, et se mettaient en route.

La petite nappe blanche était mise au bout de la table, le couvert, la chopine de vin et la grosse carafe d'eau fraîche dessus, toute scintillante de gouttelettes. Les fenêtres de la salle, ouvertes sur la vallée, laissaient entrer par bouffées les âpres parfums des bois.

En ce moment le père Christel arrivait déjà quelquefois de la côte, la blouse trempée de rosée et les souliers chargés de glèbe jaune.

« Eh bien, monsieur Kobus, s'écriait le brave homme, comment ça va-t-il ce matin?

— Mais, très bien, père Christel, je me plais de plus en plus ici, je suis comme un coq en pâte, votre petite Sûzel ne me laisse manquer de rien. »

Si Sûzel se trouvait là, aussitôt elle rougissait et se sauvait bien vite, et le vieil anabaptiste disait :

« Vous faites trop d'éloges à cette enfant, monsieur Kobus; vous la rendrez orgueilleuse d'elle-même.

— Bah! bah! il faut bien l'encourager, que diable; c'est tout à fait une bonne petite femme de ménage; elle fera la satisfaction de vos vieux jours, père Christel.

— Dieu le veuille, monsieur Kobus, Dieu le veuille, pour son bonheur et pour le nôtre! »

Ils déjeunaient alors ensemble, puis ils allaient voir les travaux, qui marchaient très bien et prenaient une belle tournure. Après cela, le fermier retournait aux champs, et Fritz rentrait fumer une bonne pipe dans sa chambre, les deux coudes au bord de sa fenêtre, sous le toit, regardant travailler les ouvriers, les gens de la ferme aller et venir : mener le bétail à la rivière, piocher le jardin; la mère Orchel semer des haricots, et Sûzel entrer dans l'étable avec un petit cuveau de sapin bien propre, pour traire les vaches, ce qu'elle faisait le matin vers sept heures, et le soir à six heures, avant le souper.

Souvent alors il descendait, afin de jouir de ce spectacle, car il avait fini par prendre goût au bétail, et c'était un véritable plaisir pour lui, de voir ces bonnes vaches, calmes et paisibles, se retourner à l'approche de la petite Sûzel, avec leurs museaux roses ou bleuâtres, et se mettre à mugir en chœur comme pour la saluer.

« Allons, Schwartz, allons, Horni... retournez-vous... laissez-moi passer ! » leur criait Sûzel en les poussant de sa petite main potelée.

Ils ne la quittaient pas de l'œil, tant ils l'aimaient ; et quand, assise sur son tabouret de bois à trois pieds, elle se mettait à traire, la grande Blanche ou la petite Rœsel se retournaient sans cesse pour lui donner un coup de langue, ce qui la fâchait plus qu'on ne peut dire.

« Je n'en viendrai jamais à bout, c'est fini ! » s'écriait-elle.

Et Fritz, regardant cela par la lucarne, riait de bon cœur.

Quelquefois, l'après-midi, il détachait la nacelle et descendait jusqu'aux roches grises de la forêt de bouleaux. Il jetait le filet sur ces fonds de sable, mais rarement il prenait quelque chose, et, toujours en ramant pour remonter le courant jusqu'à la ferme, il pensait :

« Ah ! quelle bonne idée nous avons eue de creuser un réservoir ; d'un coup de filet, je vais avoir plus de poisson que je n'en prendrais en quinze jours dans la rivière. »

Ainsi s'écoulait le temps à la ferme, et Kobus s'étonnait de regretter si peu sa cave, sa cuisine, sa vieille Katel et la bière du Grand-Cerf, dont il s'était fait une habitude depuis quinze ans.

« Je ne pense pas plus à tout cela, se disait-il parfois le soir, que si ces choses n'avaient jamais existé. J'aurais du plaisir à voir le vieux rebbe David, le grand Frédéric Schoultz, le percepteur Hâan, c'est vrai ; je ferais volontiers le soir une partie de *youcker* avec eux, mais je m'en passe très bien, il me semble même que je me porte mieux, que j'ai les jambes plus dégourdies et meilleur appétit; cela vient du grand air. Quand je retournerai là-bas, je vais avoir une mine de chanoine, fraîche, rose, joufflue; on ne verra plus mes yeux, tant j'engraisse, ha! ha! ha! »

Un jour, Sûzel, ayant eu l'idée de chercher en ville une poitrine de veau bien grasse, de la farcir de petits oignons hachés et de jaunes d'œufs, et d'ajouter à ce dîner des beignets d'une sorte particulière, saupoudrés de cannelle et de sucre, Fritz trouva cela de si bon goût, qu'ayant appris que Sûzel avait seule préparé ces friandises, il ne put s'empêcher de dire à l'anabaptiste, après le repas :

« Écoutez, Christel, vous avez une enfant extraordinaire pour le bon sens et l'esprit. Où diable Sûzel peut-elle avoir appris tant de choses? Cela doit être naturel.

— Oui, monsieur Kobus, dit le vieux fermier, c'est naturel; les uns naissent avec des qualités, et les autres n'en ont pas, malheureusement pour eux. Tenez, mon chien Mopsel, par exemple, est très bon pour aboyer contre les gens; mais si quelqu'un voulait en faire un chien de chasse, il ne serait plus bon à rien. Notre enfant, monsieur Kobus, est née pour conduire un ménage; elle sait rouir le chanvre, filer, laver, battre le beurre, presser le fromage et faire la cuisine aussi bien que ma femme. On n'a jamais eu besoin de lui dire : « Sûzel, il faut s'y prendre de telle manière. » C'est venu tout seul, et voilà ce que j'appelle une vraie femme de ménage; dans deux ou trois ans, bien entendu, car, maintenant, elle n'est pas encore assez forte pour les grands travaux; mais ce sera une vraie femme de ménage; elle a reçu le don du Seigneur, elle fait ces choses avec plaisir. « Quand on est forcé de porter son « chien à la chasse, disait le vieux garde Frœlig, cela va « mal; les vrais chiens de chasse y vont tout seuls, on « n'a pas besoin de leur dire : Ça, c'est un moineau, ça « une caille ou une perdrix; ils ne tombent jamais en « arrêt devant une motte de terre, comme devant un « lièvre. » Mopsel, lui, ne ferait pas la différence. Mais quant à Sûzel, j'ose dire qu'elle est née pour tout ce qui regarde la maison.

— C'est positif, répondit Fritz. Mais le don de la cuisine, voyez-vous, est une véritable bénédiction. On peut rouir le chanvre, filer, laver, tout ce que vous voudrez, avec des bras, des jambes et de la bonne volonté ; mais distinguer une sauce d'une autre, et savoir les appliquer à propos, voilà quelque chose de rare. Aussi j'estime plus ces beignets que tout le reste ; et pour les faire aussi bons, je soutiens qu'il faut mille fois plus de talent, que pour filer et blanchir cinquante aunes de toile.

— C'est possible, monsieur Kobus ; vous êtes plus fort sur ces articles que moi.

— Oui, Christel, et je suis si content de ces beignets, que je voudrais savoir comment elle s'y est prise pour les faire.

— Eh ! nous n'avons qu'à l'appeler, dit le vieux fermier, elle nous expliquera cela. — Sûzel ! Sûzel ! »

Sûzel était justement en train de battre le beurre dans la cuisine, le tablier blanc à bavette serré à la taille, agrafé sur la nuque, et remontant du bas de sa petite jupe de laine bleue, à son joli menton rose. Des centaines de petites taches blanches mouchetaient ses bras dodus et ses joues ; il y en avait jusque dans ses cheveux, tant elle mettait d'ardeur à son ouvrage. C'est ainsi qu'elle entra tout animée, demandant : « Quoi donc, mon père ? »

Et Fritz, la voyant fraîche et souriante, ses grands yeux bleus écarquillés d'un air naïf, et sa petite bouche entrouverte laissant apercevoir de jolies dents blanches, Fritz ne peut s'empêcher de faire la réflexion qu'elle était appétissante comme une assiette de fraises à la crème.

« Qu'est-ce qu'il y a, mon père ? fit-elle de sa petite voix gaie ; vous m'avez appelée ?

— Oui, voici M. Kobus qui trouve tes beignets si bons, qu'il voudrait bien en connaître la recette. »

Sûzel devint toute rouge de plaisir.

« Oh ! monsieur Kobus veut rire de moi.

— Non, Sûzel, ces beignets sont délicieux ; comment les as-tu faits, voyons ?

— Oh ! monsieur Kobus, ça n'est pas difficile ; j'ai mis... mais, si vous voulez, j'écrirai cela... vous pourriez oublier.

— Comment! elle sait écrire, père Christel?

— Elle tient tous les comptes de la ferme depuis deux ans, dit le vieil anabaptiste.

— Diable... diable... Voyez-vous cela... mais c'est une vraie ménagère... Je n'oserai plus la tutoyer tout à l'heure... Eh bien, Sûzel, c'est convenu, tu écriras la recette. »

Alors Sûzel, heureuse comme une petite reine, rentra dans la cuisine, et Kobus alluma sa pipe en attendant le café.

Les travaux du réservoir se terminèrent le lendemain de ce jour, vers cinq heures. Il avait trente mètres de long sur vingt de large, un mur solide l'entourait; mais avant de poser les grilles commandées au Klingenthal, il fallait attendre que la maçonnerie fût bien sèche.

Les ouvriers partirent donc la pioche et la pelle sur l'épaule; et Fritz, le même soir, pendant le souper, déclara qu'il retournerait le lendemain à Hunebourg. Cette décision attrista tout le monde.

« Vous allez partir au plus beau moment de l'année, dit l'anabaptiste. Encore deux ou trois jours et les noisettes auront leurs pompons, les sureaux et les lilas auront leurs grappes, tous les genêts de la côte seront fleuris, on ne trouvera que des violettes à l'ombre des haies.

— Et, dit la mère Orchel, Sûzel qui pensait vous servir de petits radis un de ces jours.

— Que voulez-vous, répondit Fritz, je ne demanderais pas mieux que de rester; mais j'ai de l'argent à recevoir, des quittances à donner; j'ai peut-être des lettres qui m'attendent. Et puis, dans une quinzaine, je reviendrai poser les grilles, alors je verrai tout ce que vous me dites.

— Enfin, puisqu'il le faut, dit le fermier, n'en parlons plus; mais c'est fâcheux tout de même.

— Sans doute, Christel, je le regrette aussi. »

La petite Sûzel ne dit rien, mais elle paraissait toute triste, et ce soir-là Kobus, fumant comme d'habitude une pipe à sa fenêtre, avant de se coucher, ne l'entendit pas chanter de sa jolie voix de fauvette, en lavant la vaisselle. Le ciel, à droite vers Hunebourg, était rouge comme une braise, tandis que les coteaux en face, à l'autre bout de l'horizon, passaient des teintes d'azur au violet sombre, et finissaient par disparaître dans l'abîme.

La rivière, au fond de la vallée, fourmillait de poussière d'or; et les saules, avec leurs longues feuilles pendantes, les joncs avec leurs flèches aiguës, les osiers et les trembles, papillotant à la brise, se dessinaient en larges hachures noires sur ce fond lumineux. Un oiseau des marais, quelque martin-pêcheur sans doute, jetait de seconde en seconde dans le silence son cri bizarre. Puis tout se tut, et Fritz se coucha.

Le lendemain, à huit heures, il avait déjeuné, et debout, le bâton à la main devant la ferme avec le vieil anabaptiste et la mère Orchel, il allait partir.

« Mais, où donc est Sûzel, s'écria-t-il, je ne l'ai pas encore vue ce matin ?

— Elle doit être à l'étable ou dans la cour, dit la fermière.

— Eh bien, allez la chercher, je ne puis quitter le Meisenthâl sans lui dire adieu. »

Orchel entra dans la maison, et quelques instants après Sûzel paraissait, toute rouge.

« Hé ! Sûzel, arrive donc, lui cria Kobus, il faut que je te remercie ; je suis très content de toi, tu m'as bien traité. Et pour te prouver ma satisfaction, tiens, voici un *goulden*, dont tu feras ce que tu voudras. »

Mais Sûzel, au lieu d'être joyeuse à ce cadeau, parut toute confuse.

« Merci, monsieur Kobus », dit-elle.

Et comme Fritz insistait, disant :

« Prends donc cela, Sûzel, tu l'as bien gagné ! »

Elle, détournant la tête, se prit à fondre en larmes.

« Qu'est-ce que cela signifie ? dit alors le père Christel ; pourquoi pleures-tu ?

— Je ne sais pas, mon père », fit-elle en sanglotant.

Et Kobus, de son côté, pensa :

« Cette petite est fière, elle croit que je la traite comme une servante, cela lui fait de la peine. »

C'est pourquoi, remettant le *goulden* dans sa poche, il dit :

« Écoute, Sûzel, je t'achèterai moi-même quelque chose, cela vaudra mieux. Seulement, il faut que tu me donnes la main ; sans cela, je croirais que tu es fâchée contre moi. »

Alors Sûzel, sa jolie figure cachée dans son tablier, et la tête penchée en arrière sur l'épaule, lui tendit la main ; et quand Fritz l'eut serrée, elle rentra dans l'allée en courant.

« Les enfants ont de drôles d'idées, dit l'anabaptiste. Tenez, elle a cru que vous vouliez la payer des choses qu'elle a faites de bon cœur.

— Oui, dit Kobus, je suis bien fâché de l'avoir chagrinée.

— Hé ! s'écria la mère Orchel, elle est aussi trop orgueilleuse. Cette petite nous fera de grands chagrins.

— Allons, calmez-vous mère Orchel, dit Fritz en riant ; il vaut mieux être un peu trop fier que pas assez, croyez-moi, surtout pour les filles. Et, maintenant, au revoir ! »

Il se mit en route avec Christel, qui l'accompagna jusque sur la côte ; ils se séparèrent près des roches, et Kobus poursuivit seul sa route d'un bon pas vers Hunebourg.

VII

Malgré tout le plaisir qu'avait eu Fritz à la ferme, ce n'est pas sans une vive satisfaction qu'il découvrit Hunebourg sur la côte en face. Autant tout était humide dans la vallée le jour de son départ, autant alors tout était sec et clair. La grande prairie de Finckmath s'étendait comme un immense tapis de verdure, des glacis jusqu'au ruisseau des Ablettes, et, tout au haut, les grands fumiers de cavalerie du Postthâl, les petits jardins des vétérans, entourés de haies vives, et les vieux remparts moussus, produisaient un effet superbe.

Il voyait aussi, derrière les acacias en boule de la petite place, près de l'hôtel de ville, la façade blanche de sa maison; et la distance ne l'empêchait pas de reconnaître que les fenêtres étaient ouvertes pour donner de l'air.

Tout en marchant, il se représentait la brasserie du Grand-Cerf; avec sa cour au fond entourée de platanes; les petites tables au-dessous, encombrées de monde, les chopes débordant de mousse. Il se revoyait dans sa chambre, en manches de chemise, les pantalons serrés aux hanches, les pieds dans ses pantoufles, et se disait tout joyeux :

« On n'est pourtant jamais mieux que chez soi, dans ses vieux habits et ses vieilles habitudes. J'ai passé quinze jours agréables au Meisenthâl, c'est vrai; mais s'il avait fallu rester encore, j'aurais trouvé le temps long. Nous allons donc recommencer nos discussions, le vieux David Sichel et moi ; nous allons nous remettre à nos bonnes parties de *youker* avec Frédéric Schoultz, le percepteur Hâan, Speck et les autres. Voilà ce qui me convient le mieux, quand je suis assis en face de ma table, pour dîner ou pour régler un compte, tout est dans l'ordre naturel. Partout ailleurs je puis être assez content, mais jamais aussi calme, aussi paisible que dans mon bon vieux Hunebourg. »

Au bout d'une demi-heure, tout en rêvant de la sorte, il avait parcouru le sentier de la Finckmath, et passait derrière les fumiers du Postthâl, pour entrer en ville.

« Qu'est-ce que la vieille Katel va me dire ! pensait-il. Elle va me dévider son chapelet ; elle va me reprocher une si longue absence. »

Et tout en allongeant le pas sous la porte de Hildebrandt, il souriait et regardait en passant les portes et les fenêtres ouvertes dans la grande rue tortueuse : le ferblantier Schwartz, taillant son fer-blanc, les bésicles sur son petit nez camard et les yeux écarquillés ; le tourneur Sporte faisant siffler sa roue et dévidant ses ételles en rubans sans fin, le tisserand Koffel, tout petit et tout jaune, devant son métier, lançant sa navette avec un bruit de ferraille interminable ; le forgeron Nickel ferrant le cheval du gendarme Hierthès, à la porte de sa forge ; et le tonnelier Scheweyer enfonçant les douves de ses tonnes à grands coups de maillet, au fond de sa voûte retentissante.

Tous ces bruits, ce mouvement, cette lumière blanche sur les toits, cette ombre dans la rue ; le passage de tous ces gens qui le saluaient d'un air particulier, comme pour dire : « Voilà M. Kobus de retour ; il faut que je me dépêche de raconter cette nouvelle à ma femme » ; les enfants criant en chœur à l'école : « B-A BA, B-E BE ; les commères réunies par cinq ou six devant leur porte, tricotant, babillant comme des pies, pelant des pommes de terre, et lui criant, en se fourrant l'aiguille derrière l'oreille : « Hé ! c'est vous, monsieur Kobus ; qu'il y a longtemps qu'on ne vous a vu ! » tout cela le réjouissait et le remettait dans son assiette ordinaire.

« Je vais changer en arrivant, se disait-il, et puis j'irai prendre une chope à la brasserie du Grand-Cerf. »

Dans ces agréables pensées il tournait au coin de la mairie, et traversait la place des Acacias, où se promenaient gravement les anciens capitaines en retraite, chauffant leurs rhumatismes au soleil, et sept ou huit officiers de hussards, roides dans leurs uniformes comme des soldats de bois.

Mais il n'avait pas encore gravi les cinq ou six marches en péristyle de sa maison, que la vieille Katel criait déjà dans le vestibule :

« Voici M. Kobus !

— Oui... oui... c'est moi, fit-il en montant quatre à quatre.

— Ah ! monsieur Kobus, s'écria la vieille en joignant les mains, quelles inquiétudes vous m'avez données !

— Comment, Katel, est-ce que je ne t'avais pas prévenue, en venant chercher les ouvriers, que je serais absent quelques jours ?

— Oui, monsieur, mais c'est égal... d'être seule à la maison... de faire la cuisine pour une seule personne.

— Sans doute... sans doute... je comprends ça... je me suis dérangé ; mais une fois tous les quinze ans, ce n'est pas trop. Allons, me voilà revenu... tu vas faire la cuisine pour nous deux. Et maintenant, Katel, laisse-moi, il faut que je me change, je suis tout en sueur.

— Oui, monsieur, dépêchez-vous, on attrape si vite un coup d'air. »

Fritz entra dans sa chambre, et refermant la porte, il s'écria :

« Nous y voilà donc ! »

Il n'était plus le même homme. Tout en tirant les rideaux, en se lavant, en changeant de linge et d'habits, il riait et se disait :

« Hé ! hé ! hé ! je vais donc me refaire du bon sang, je vais donc pouvoir rire encore ! Ces bœufs, ces vaches, ces poules de la ferme m'avaient rendu mélancolique. »

Et le grand Schoultz, le percepteur Hâan, le vieux rebbe David, la brasserie du Grand Cerf, la vieille cour de la synagogue, la halle, la place du marché, toute la ville lui repassait devant les yeux, comme des figures de lanterne magique.

Enfin, au bout de vingt minutes, frais, dispos, joyeux, il ressortit, son large feutre sur l'oreille, la face épanouie, et dit à Katel en passant :

« Je sors, je vais faire un tour en ville.

— Oui, monsieur... mais vous reviendrez !

— Sois tranquille, sois tranquille ; au coup de midi je serai à table. »

Et il descendit dans la rue en se demandant :

« Où vais-je aller ? à la brasserie ? il n'y a personne avant midi. Allons voir le vieux David, oui, allons chez le vieux rebbe. C'est drôle, rien que de penser à lui, mon ventre en galope. Il faut que je le mette en colère ; il faut que je lui dise quelque chose pour le fâcher, cela me secouera la rate, et j'en dînerai mieux. »

Dans cette agréable perspective, il descendit la rue des Capucins jusqu'à la cour de la synagogue, où l'on entrait par une antique porte cochère. Tout le monde traversait alors cette cour, pour descendre par le petit escalier en face, dans la rue des Juifs. C'était vieux comme Hunebourg ; on ne voyait là-dedans que de grandes ombres grises, de hautes bâtisses décrépites, sillonnées de chéneaux rouillés ; et toute la Judée pendait aux lucarnes d'alentour ; jusqu'à la cime des airs, ses bas troués, ses vieux jupons crasseux, ses culottes rapiécées, son linge filandreux. A tous les soupiraux apparaissaient des têtes branlantes, des bouches édentées, des nez et des mentons en carnaval ; on aurait dit que ces gens arrivaient de Ninive, de Babylone, ou qu'ils étaient réchappés de la captivité d'Égypte, tant ils paraissaient vieux.

Les eaux grasses des ménages suintaient le long des murs, et, pour dire la vérité, cela ne sentait pas bon.

A la porte de la cour se trouvait un mendiant chrétien, assis sur ses deux jambes croisées ; il avait la barbe longue de trois semaines, toute grise, les cheveux plats, et les favoris en crosse de pistolet ; c'était un ancien soldat de l'Empire : on l'appelait *der Frantzoze*[1].

Le vieux David demeurait au fond avec sa femme, la vieille Sourlé, toute ronde et toute grasse, — mais d'une

1. Le Français.

graisse jaunâtre —, les joues entourées de grosses rides en demi-cercle; son nez était camard, ses yeux très bruns, et sa bouche ornée de petites rides en étoile, comme un trou.

Elle portait un bandeau sur le front, selon la loi de Moïse, pour cacher ses cheveux, afin de ne pas séduire les étrangers. Du reste elle avait bon cœur, et le vieux David se faisait un plaisir de la proclamer le modèle accompli de son sexe.

Fritz mit un *groschen* dans la sébile du *Frantzoze*; il avait allumé sa pipe, et fumait à grosses bouffées pour traverser le cloaque. En face du petit escalier, dont chaque marche est creusée comme la pierre d'une gargouille, il fit halte, se pencha de côté dans une petite fenêtre ronde, à ras de terre, et vit le rabbin au fond d'une grande chambre enfumée assis devant une table de vieux chêne; les deux coudes sur un gros bouquin à tranche rouge, et son front ridé entre ses mains.

La figure du vieux David, dans cette attitude réfléchie, et sous cette lumière grise, ne manquait pas d'un grand caractère; il y avait dans l'ensemble de ses traits quelque chose de l'esprit rêveur et contemplatif du dromadaire, ce qui se retrouve du reste chez toutes les races orientales.

« Il lit le Talmud », se dit Fritz.

Puis, descendant deux marches, il ouvrit la porte en s'écriant :

« Tu es donc toujours enfoncé dans la loi et les prophètes, vieux *posché-isroel*?

— Ah! c'est toi, *schaude*! fit le vieux rabbin, dont la figure prit aussitôt une expression de joie intérieure, en même temps que d'ironie fine, quoique pleine de bonhomie; tu n'as donc pu te passer de moi plus longtemps, tu t'ennuyais et tu es content de me voir?

— Oui, c'est toujours avec un nouveau plaisir que je te revois, fit Kobus en riant; c'est un grand plaisir pour moi, de me trouver en face d'un véritable croyant, d'un petit-fils du vertueux Jacob, qui dépouilla son frère...

— Halte! s'écria le rebbe, halte! tes plaisanteries sur ce chapitre ne peuvent aller. Tu es un *épicaures* sans foi ni loi. J'aimerais mieux soutenir une discussion en règle contre deux cents prêtres, cinquante évêques et le pape lui-même, que contre toi. Du moins, ces gens sont forcés d'admettre les textes, de reconnaître qu'Abraham, Jacob, David et tous les prophètes, étaient d'honnêtes gens; mais toi, maudit *schaude*, tu nies tout, tu rejettes tout, tu déclares que tous nos patriarches étaient des gueux; tu es pire que la peste, on ne peut rien t'opposer! et c'est pourquoi, Kobus, je t'en prie, laissons cela. C'est très mauvais de ta part de m'attaquer sur des choses où j'aurais en quelque sorte honte de me défendre; envoie-moi plutôt le curé. »

Alors Fritz partit d'un immense éclat de rire, et, s'étant assis, il s'écria :

« Rebbe, je t'aime! tu es le meilleur homme et le plus réjouissant que je connaisse. Puisque tu as honte de défendre Abraham, parlons d'autre chose.

— Il n'a pas besoin d'être défendu, s'écria David, il se défend assez lui-même.

— Oui, il serait difficile de lui faire du mal maintenant, dit Fritz; enfin, enfin, laissons cela. Mais dis donc, David, je m'invite à prendre un verre de kirs chenwasser chez toi; je sais que tu en as de très bon. »

Cette proposition dérida tout à fait le vieux rabbin, qui n'aimait réellement pas discuter avec Kobus de choses religieuses. Il se leva souriant, ouvrit la porte de la cuisine, et dit à la bonne vieille Sourlé, qui pétrissait justement la pâte d'un *schaled*[1] :

« Sourlé, donne-moi les clefs de l'armoire; mon ami Kobus est là qui veut prendre un verre de kirschenwasser.

— Bonjour, monsieur Kobus! s'écria la bonne femme; je ne peux pas venir, j'ai de la pâte jusqu'aux coudes. »

Fritz s'était levé; il regardait dans la petite cuisine toute sombre, éclairée par un vitrail de plomb, la bonne vieille qui pétrissait, tandis que David lui tirait les clefs de la poche.

« Ne vous dérangez pas, Sourlé, dit-il, ne vous dérangez pas. »

1. Gâteau juif.

David revint, referma la cuisine et ouvrit la porte d'un petit placard, où se trouvaient le kirschenwasser et trois petits verres; il les apporta sur la table, heureux de pouvoir offrir quelque chose à Kobus. Celui-ci, voyant ce sentiment, s'écria que le kirsch était délicieux.

« Tu en as de meilleur, fit le vieux rebbe en goûtant.

— Non, non, David, peut-être d'aussi bon, mais pas de meilleur.

— En veux-tu encore un verre?

— Merci, il ne faut pas abuser des bonnes choses, comme disait mon père; je reviendrai. »

Alors, ils étaient réconciliés.

Le vieux rebbe reprit en plissant les yeux avec malice :

« Et qu'est-ce que tu as fait là-bas, *schaude*? Je me suis laissé dire que tu as fait de grosses dépenses, pour creuser un réservoir à poissons. Est-ce vrai?

— C'est vrai, David.

— Ah! s'écria le vieux rebbe, cela ne m'étonne pas; quand il s'agit de manger et de boire, tu ne connais plus la dépense. »

Et, hochant la tête, il dit d'un ton nasillard :

« Tu seras toujours le même! »

Fritz souriait.

« Écoute, David, fit-il, dans six ou sept mois d'ici, lorsque le poisson sera rare, et que tu auras fait ton tour sur le marché, le nez long d'une aune, sans rien trouver de bon... — car, vieux, tu aimes aussi les bons morceaux, tu as beau hocher la tête, tu es de la race des chats, et le poisson te plaît...

— Mais, Kobus, Kobus! s'écria David, vas-tu maintenant me faire passer pour un *épicaures* de ton espèce? Sans doute, j'aime mieux un beau brochet qu'une queue de vache sur mon assiette, cela va sans dire; je ne serais pas un homme si j'avais d'autres idées; mais je n'y pense point d'avance, Sourlé s'occupe de ces choses.

— Ta! ta! ta! fit Kobus; quand, dans six mois, je t'enverrai des plats de truites, avec des bouteilles de *forstheimer*, à la fête de *Simres-Thora*[1], nous verrons, nous verrons si tu me reprocheras mon réservoir. »

David sourit.

« Le Seigneur, dit-il, a tout bien fait ; aux uns il donne la prudence, aux autres la sobriété. Tu es prudent ; je ne te reproche pas ta prudence, c'est un don de Dieu, et quand les truites viendront, elles seront les bienvenues.

— Amen ! » s'écria Fritz.

Et tous deux se mirent à rire de bon cœur.

Cependant Kobus voulait faire enrager le vieux rebbe. Tout à coup il lui dit :

« Et les femmes, David, les femmes ? Est-ce que tu ne n'en as pas trouvé une ? la vingt-quatrième ! Tu dois être pressé de gagner ma vigne du Sonneberg. Je serais curieux de la connaître, la vingt-quatrième. »

Avant de répondre, David Sichel prit un air grave :

« Kobus, dit-il, je me rappelle une vieille histoire, dont chacun peut faire son profit. Avant d'être des ânes, disait cette histoire, les ânes étaient des chevaux ; ils avaient le jarret solide, la tête petite, les oreilles courtes et du crin à la queue, au lieu d'une touffe de poils. Or, il advint qu'un de ces chevaux, le grand-père de tous les ânes, se trouvant un jour dans l'herbe jusqu'au ventre, se dit à lui-même : « Cette herbe est « trop grossière pour moi, ce qu'il me faut c'est de la « fine fleur, tellement délicate qu'aucun autre cheval « n'en ait encore goûté de pareille. » Il sortit de ce pâturage, à la recherche de sa fine fleur. Plus loin, il trouva des herbes plus grossières que celles qu'il venait de quitter ; il s'en indigna. Plus loin, au bord d'un marais, il trouva des flèches d'eau et marcha dessus. Puis il fit le tour du marais, entra dans un pays aride, toujours à la recherche de sa fine fleur ; mais il ne trouva même plus de mousse. Il eut faim, il regarda de tous côtés, vit des chardons dans un creux... et les mangea de bon appétit. Alors ses oreilles poussèrent ; il eut une touffe de poils à la queue ; il voulut hennir, et se mit à braire : c'était le premier des ânes ! »

1. Fête de réjouissance, en mémoire de la promulgation de la Loi au peuple juif.

Fritz, au lieu de rire à cette histoire, en fut vexé sans savoir pourquoi.

« Et s'il n'avait pas mangé de chardons ? dit-il.

— Alors il aurait été moins qu'un âne vivant, il aurait été un âne mort.

— Tout cela ne signifie rien, David.

— Non ; seulement, il vaut mieux se marier jeune, que de prendre sa servante pour femme, comme font tous les vieux garçons. Crois-moi...

— Va-t'en au diable ! s'écria Kobus, en se levant. Voici midi qui sonne, je n'ai pas le temps de te répondre. »

David l'accompagna jusque sur le seuil, riant en lui-même.

Et comme ils se séparaient :

« Écoute, Kobus, fit-il d'un air fin, tu n'as pas voulu des femmes que je t'ai présentées, tu n'as peut-être pas eu tort. Mais bientôt tu t'en chercheras une toi-même.

— *Posché-isroel*, répondit Kobus, *posché-isroel !* »

Il haussa les épaules, joignit les mains d'un air de pitié, et s'en alla.

« David, criait Sourlé dans la cuisine, le dîner est prêt, mets donc la table. »

Mais le vieux rebbe, ses yeux fins plissés d'un air ironique, suivit Fritz du regard jusque hors la porte cochère ; puis il rentra, riant tout bas de ce qui venait d'arriver.

VIII

Après midi, Kobus se rendit à la brasserie du Grand-Cerf, et retrouva là ses vieux camarades, Frédéric Schoultz, Hâan et les autres, en train de faire leur partie de *youker*, comme tous les jours, de une à deux heures, depuis le 1er janvier jusqu'à la Saint-Sylvestre.

Naturellement ils se mirent tous à crier : « Hé ! Kobus... Voici Kobus ! »

Et chacun s'empressa de lui faire place ; lui, tout riant et jubilant, distribuait des poignées de main à droite et à gauche. Il finit par s'asseoir au bout de la table, en face des fenêtres. La petite Lotchen, le tablier blanc en éventail sur sa jupe rouge, vint déposer une chope devant lui ; il la prit, la leva gravement entre son œil et la lumière, — pour en admirer la belle couleur d'ambre jaune, — souffla la mousse du bord, et but avec recueillement, les yeux à demi fermés. Après quoi il dit : « Elle est bonne ! » et se pencha sur l'épaule du grand Frédéric, pour voir les cartes qu'il venait de lever.

C'est ainsi qu'il rentra simplement dans ses habitudes.

« Du trèfle ! du carreau ! Coupez l'as ! criait Schoultz.

— C'est moi qui donne », faisait Hâan en ramassant les cartes.

Les verres cliquetaient, les canettes tintaient, et Fritz ne songeait pas plus alors au vallon de Meisenthâl qu'au Grand Turc ; il croyait n'avoir jamais quitté Hunebourg.

A deux heures entra M. le professeur Speck, avec ses larges souliers carrés au bout de ses grandes jambes maigres, sa longue redingote marron et son nez tourné à la friandise. Il se découvrit d'un air solennel, et dit :

« J'ai l'honneur d'annoncer à la compagnie, que les cigognes sont arrivées. »

Aussitôt les échos de la brasserie répétèrent dans tous les coins : « Les cigognes sont arrivées ! les cigognes sont arrivées ! »

Il se fit un grand tumulte ; chacun quittait sa chope à moitié vide, pour aller voir les cigognes. En moins d'une minute, il y avait plus de cent personnes, le nez en l'air, devant le Grand-Cerf.

Tout au haut de l'église, une cigogne, debout sur son échasse, ses ailes noires repliées au-dessus de sa queue blanche, le grand bec roux incliné d'un air mélancolique, faisait l'admiration de toute la ville. Le mâle tourbillonnait autour et cherchait à se poser sur la roue, où pendaient encore quelques brins de paille.

Le rebbe David venait aussi d'arriver ; et, regardant, son vieux chapeau penché sur la nuque, il s'écriait :

« Elles arrivent de Jérusalem !... Elles se sont reposées sur les pyramides d'Égypte !... Elles ont traversé les mers ! »

Tout le long de la rue, devant la halle, on ne voyait que des commères, de vieux papas et des enfants, le cou replié, dans une sorte d'extase. Quelques vieilles disaient en s'essuyant les yeux : « Nous les avons encore revues une fois. »

Kobus, en regardant tous ces braves gens, leurs mines attendries, et leurs attitudes émerveillées, pensait : « C'est drôle... comme il faut peu de chose pour amuser le monde. »

Et la figure émue du vieux rabbin surtout le mettait de bonne humeur.

« Eh bien, rebbe, eh bien, lui dit-il, ça te paraît donc bien beau ? »

Alors, l'autre, abaissant les yeux et le voyant rire, s'écria :

« Tu n'as donc pas d'entrailles ? Tu ne vois donc partout que des sujets de moquerie ? Tu ne sens donc rien ?

— Ne crie pas si haut, *schaude*, tout le monde nous regarde.

— Et s'il me plaît de crier haut! S'il me plaît de te dire tes vérités! s'il me plaît... »

Heureusement les cigognes, après un instant de repos, venaient de se remettre en route pour faire le tour de la ville, et prendre possession des nuages de Hunebourg; et toute la place, transportée d'enthousiasme, poussait un cri d'admiration.

Les deux oiseaux, comme pour répondre à ce salut, tout en planant, faisaient claquer leur bec, et une troupe d'enfants les suivaient dans la rue des Capucins, criant: « Tra, ri, ro, l'été vient encore une fois! You, you, l'été vient encore une fois. »

Kobus alors rentra dans la brasserie avec les autres; et, jusqu'à sept heures, il ne fut plus question que du retour des cigognes, et de la protection qu'elles étendent sur les villes où elles nichent; sans parler d'une foule d'autres services particuliers à Hunebourg, comme d'exterminer les crapauds, les couleuvres et les lézards, dont les vieux fossés seraient infestés sans elles, et non seulement les fossés, mais encore les deux rives de la Lauter, où l'on ne verrait que des reptiles, si ces oiseaux n'étaient pas envoyés du ciel pour détruire la vermine des champs.

David Sichel étant aussi entré, Fritz, pour se moquer de lui, se mit à soutenir que les juifs avaient l'habitude de tuer les cigognes et de les manger à la Pâque avec l'agneau pascal, et que cette habitude avait causé jadis la grande plaie d'Égypte, où l'on voyait des grenouilles en si grand nombre, qu'elles entraient par les fenêtres, et qu'il vous en tombait même par les cheminées; de sorte que les Pharaons ne trouvèrent d'autre moyen pour se débarrasser de ce fléau, que de chasser les fils d'Abraham du pays.

Cette explication exaspéra tellement le vieux rebbe, qu'il déclara que Kobus méritait d'être pendu.

Alors Fritz fut vengé de l'apologue de l'âne et des chardons; de douces larmes coulèrent sur ses joues. Et ce qui mit le comble à son triomphe, c'est que le grand Frédéric Schoultz, Hâan et le professeur Speck s'écrièrent qu'il fallait rétablir la paix, que deux vieux amis comme David et Kobus ne pouvaient rester fâchés à propos de cigognes.

Ils proposèrent à Fritz de rétracter son explication, moyennant quoi David serait forcé de l'embrasser. Il y consentit; alors David et lui s'embrassèrent avec attendrissement; et le vieux rebbe pleurait, disant : « Que sans le défaut qu'il avait de rire à tort et à travers, Kobus serait le meilleur homme du monde. »

Je vous laisse à penser le bon sang que se faisait l'ami Fritz de toute cette histoire. Il ne cessa d'en rire qu'à minuit, et même plus tard il se réveillait de temps en temps pour en rire encore :

« On irait bien loin, pensait-il, pour trouver d'aussi braves gens qu'à Hunebourg. Ce pauvre rebbe David est-il honnête dans sa croyance ! Et le grand Frédéric, quelle bonne tête de cheval ! Et Hâan, comme il glousse bien ! Quel bonheur de vivre dans un pareil endroit ! »

Le lendemain, à huit heures, il dormait encore comme un bienheureux, lorsqu'une sorte de grincement bizarre l'éveilla. Il prêta l'oreille, et reconnut que le rémouleur Higuebic était venu s'établir, comme tous les vendredis, au coin de sa maison, pour repasser les couteaux et les ciseaux de la ville, chose qui l'ennuya beaucoup, car il avait encore sommeil.

A chaque instant, le babillage des commères venait interrompre le sifflement de la roue; puis c'était le caniche qui grondait, puis l'âne qui se mettait à braire, puis une discussion qui s'engageait sur le prix du repassage; puis autre chose.

« Que le diable t'emporte ! pensait Kobus. Est-ce que le bourgmestre ne devrait pas défendre ces choses-là ? Le dernier paysan peut dormir à son aise, et de bons bourgeois sont éveillés à huit heures, par la négligence de l'autorité. »

Tout à coup Higuebic se mit à crier d'une voix nasillarde : « Couteaux, ciseaux à repasser ! »

Alors il n'y tint plus et se leva furieux.

« Il faudra que je parle de cela, se dit-il; je porterai l'affaire devant la justice de paix. Ce Higuebic finirait par croire que le coin de ma maison est à lui; depuis quarante-cinq ans qu'il nous ennuie tous, mon grand-père, mon père et moi, c'est assez : il est temps que cela finisse ! »

Ainsi rêvait Kobus en s'habillant ; l'habitude de dormir à la ferme sans autre bruit que le murmure du feuillage, l'avait gâté. Mais après le déjeuner il ne songeait plus à cette misère. L'idée lui vint de mettre en bouteilles deux tonnes de vin du Rhin qu'il avait achetées l'automne précédent. Il envoya Katel chercher le tonnelier, et se revêtit d'une grosse camisole de laine grise, qu'il mettait pour vaquer aux soins de la cave.

Le père Schweyer, arriva, son tablier de cuir aux genoux, le maillet à la ceinture, la tarière sous le bras, et sa grosse figure épanouie.

« Eh bien, monsieur Kobus, eh bien, fit-il, nous allons donc commencer aujourd'hui ?

— Oui, père Schweyer, il est temps, le *markobrunner* est en fût depuis quinze mois, et le *steinberg* depuis deux ans.

— Bon... et les bouteilles ?

— Elles sont rincées et égouttées depuis trois semaines.

— Oh ! pour les soins à donner au noble vin, dit Schweyer, les Kobus s'y entendent de père en fils ; nous n'avons donc plus qu'à descendre ?

— Oui, descendons. »

Fritz alluma une chandelle dans la cuisine ; il prit une anse du panier à bouteilles, Schweyer empoigna l'autre, et ils descendirent à la cave. Arrivés au bas, le vieux tonnelier s'écria :

« Quelle cave, comme tout est sec ici ! Houm ! houm ! Quel son clair. Ah ! monsieur Kobus, je l'ai dit cent fois, vous avez la meilleure cave de la ville. »

Puis s'approchant d'une tonne, et la frappant du doigt :

« Voici le *markobrunner*, n'est-ce pas ?

— Oui ; et celui-là, c'est le *steinberg*.

— Bon, bon, nous allons lui dire deux mots. »

Alors se courbant, la tarière au creux de l'estomac, il perça la tonne de *markobrunner*, et poussa lestement le robinet dans l'ouverture. Après quoi Kobus lui passa une bouteille, qu'il emplit et qu'il boucha; Fritz enduisit le bouchon de cire bleue et posa le cachet. L'opération se poursuivit de la sorte, à la grande satisfaction de Kobus et de Schweyer.

« Hé! hé! hé! faisaient-ils de temps en temps, reposons-nous.

— Oui, et buvons un coup », disait Fritz.

Alors, prenant le petit gobelet sur la bonde, ils se rafraîchissaient d'un verre de cet excellent vin, et se remettaient ensuite à l'ouvrage.

Toutes les précédentes fois, Kobus, après deux ou trois verres se mettait à chanter d'une voix terriblement forte, de vieux airs qui lui passaient par la tête, tels que le *Miserere*, l'*Hymne de Gambrinus*, ou la chanson des *Trois hussards*.

« Cela résonne comme dans une cathédrale, faisait-il en riant.

— Oui, disait Schweyer, vous chantez bien; c'est dommage que vous n'ayez pas été de notre grande société chorale de Johannisberg; on n'aurait entendu que vous. »

Il se mettait alors à raconter, comme de son temps — il y avait de cela trente-cinq à quarante ans —, il existait une société de tonneliers, amateurs de musique, dans le pays de Nassau; que, dans cette société, on ne chantait qu'avec accompagnement de tonnes, de tonneaux et de brocs; que les canettes et les chopes faisaient le fifre, et que les foudres formaient la basse; qu'on n'avait jamais rien entendu d'aussi moelleux et d'aussi touchant; que les filles des maîtres tonneliers distribuaient des prix à ceux qui se distinguaient, et que lui Schweyer, avait reçu deux grappes et une coupe d'argent, à cause de sa manière harmonieuse de taper sur une tonne de cinquante-trois mesures.

Il disait cela tout ému de ses souvenirs, et Fritz avait peine à ne pas éclater de rire.

Il racontait encore beaucoup d'autres choses curieuses, et célébrait la cave du grand-duc de Nassau, « laquelle, disait-il, renferme des vins précieux, dont la date se perd dans la nuit des temps ».

C'est ainsi que le vieux Schweyer égayait le travail.

Ces propos joyeux n'empêchaient pas les bouteilles de se remplir, de se cacheter et de se mettre en place ; au contraire, cela se faisait avec plus de mesure et d'entrain.

Kobus avait l'habitude d'encourager Schweyer, lorsque sa gaieté venait à se ralentir, soit en lui lançant quelque bon mot, ou bien en le remettant sur la piste de ses histoires. Mais, en ce jour, le vieux tonnelier crut remarquer qu'il était préoccupé de pensées étrangères.

Deux ou trois fois il essaya de chanter ; mais, après quelques ronflements, il se taisait, regardant un chat s'enfuir par la lucarne, un enfant se pencher curieusement, pour voir ce qui se passait dans la cave ; ou bien écoutant les sifflements de la pierre du rémouleur, les aboiements de son caniche, ou telle autre chose semblable.

Son esprit n'était pas dans la cave, et Schweyer, naturellement discret, ne voulut pas interrompre ses réflexions.

Les choses continuèrent ainsi trois ou quatre jours.

Chaque soir Fritz allait à son ordinaire faire quelques parties de *youker* au Grand-Cerf. Là, ses camarades remarquaient également une préoccupation étrange en lui : il oubliait de jouer à son tour.

« Allons donc, Kobus, allons donc, c'est à toi ! » lui criait le grand Frédéric.

Alors il jetait sa carte au hasard, et naturellement il perdait.

« Je n'ai pas de chance », se disait-il en rentrant.

Comme Schweyer avait de l'ouvrage à la maison, il ne pouvait venir que deux heures par jour, le matin ou le soir, de sorte que l'affaire traînait en longueur, et même elle se termina d'une façon singulière.

En mettant le *steinberg* en perce, le vieux tonnelier s'attendait à ce que Kobus allait comme toujours, emplir le gobelet et le lui présenter. Or Fritz, par distraction, oublia cette partie importante du cérémonial.

Schweyer en fut indigné.

« Il me fait boire de sa piquette, se dit-il ; mais quand le vin est de qualité supérieure, il le trouve trop bon pour moi. »

Cette réflexion le mit de mauvaise humeur, et quelques instants après, comme il était baissé, Kobus ayant laissé tomber deux gouttes de cire sur ses mains, sa colère éclata :

« Monsieur Kobus, dit-il en se levant, je crois que vous devenez fou! Dans le temps, vous chantiez le *Miserere*, et je ne voulais rien dire, quoique ce fût une offense contre notre sainte religion, et surtout à l'égard d'un vieillard de mon âge : vous aviez l'air de m'ouvrir en quelque sorte les portes de la tombe; et c'était abominable, quand on considère que je ne vous avais rien fait. D'ailleurs, la vieillesse n'est pas crime; chacun désire devenir vieux; vous le deviendrez peut-être, monsieur Kobus, et vous comprendrez alors votre indignité. Maintenant, vous me faites tomber de la cire sur les mains par malice.

— Comment, par malice? s'écria Fritz stupéfait.

— Oui, par malice; vous riez de tout!... Même en ce moment, vous avez envie de rire; mais je ne veux pas être votre *hans-wurst*[1] entendez-vous? C'est la dernière fois que je travaille avec un braque de votre espèce. »

Ce disant, Schweyer détacha son tablier, prit sa tarière, et gravit l'escalier.

La véritable raison de sa colère, ce n'étaient ni le *Miserere*, ni les gouttes de cire, c'était l'oubli du *steinberg*.

Kobus, qui ne manquait pas de finesse, comprit très bien le vrai motif de sa colère, mais il ne regretta pas moins sa maladresse, et son oubli des vieux usages; car tous les tonneliers du monde ont le droit de boire un bon coup du vin qu'ils mettent en bouteilles, et si le maître est là son devoir est de l'offrir.

« Où diable ai-je la tête depuis quelque temps? se dit-il. Je suis toujours à rêvasser, à bâiller, à m'ennuyer; rien ne me manque, et j'ai des absences; c'est étonnant... il faudra que je me surveille. »

Cependant, comme il n'y avait pas moyen de faire revenir Schweyer, il finit de mettre son vin en bouteilles lui-même, et les choses en restèrent là.

1. Polichinelle allemand.

IX

Les mardis et les vendredis matin, jours de marché, Kobus avait l'habitude de fumer des pipes à sa fenêtre, en regardant les ménagères de Hunebourg aller et venir, d'un air affairé, entre les longues rangées de paniers, de hottes, de cages d'osier, de baraques, de poteries et de charrettes alignées sur la place des Acacias. C'étaient, en quelque sorte, ses jours de grand spectacle : toutes ces rumeurs, ces mille attitudes d'acheteurs et de vendeurs débattant leur prix, criant, se disputant le réjouissaient plus qu'on ne saurait dire.

Apercevait-il de loin quelque belle pièce, aussitôt il appelait Katel et lui disait :

« Vois-tu, là-bas, ce chapelet de grives ou de mésanges ? vois-tu ce grand lièvre roux, au troisième banc de la dernière rangée ? Va voir. »

Katel sortait, il suivait avec intérêt la marche de la discussion, et la vieille servante revenait-elle avec les mésanges, les grives ou le lièvre, il se disait : « Nous les avons ! »

Or, un matin, il se trouvait là, tout rêveur contre son habitude, bâillant dans ses mains et regardant avec indifférence. Rien n'excitait son envie : le mouvement, les allées et les venues de tout ce monde lui paraissaient quelque chose de monotone. Parfois il se dressait, et regardant la côte des Genêts tout au loin, il se disait : « Quel beau coup de soleil là-bas, sur le Meisenthâl. »

Mille idées lui passaient par la tête : il entendait mugir le bétail ; il voyait la petite Sûzel, en manches de chemise, le petit cuveau de sapin à la main, entrer dans l'étable — Mopsel sur ses talons —, et le vieil anabaptiste monter gravement la côte. Ces souvenirs l'attendrissaient.

« Le mur du réservoir doit être sec maintenant, pensait-il ; bientôt, il faudra poser le grillage. »

En ce moment, et comme il se perdait au milieu de ces réflexions, Katel entra :

« Monsieur, dit-elle, voici quelque chose que j'ai trouvé dans votre capote d'hiver. »

C'était un papier ; il le prit et l'ouvrit.

« Tiens ! tiens ! fit-il avec une sorte d'émotion, la recette des beignets ! Comment ai-je pu oublier cela depuis trois semaines ? Décidément je n'ai plus la tête à moi ? »

Et regardant la vieille servante :

« C'est une recette pour faire des beignets, mais des beignets délicieux ! s'écria-t-il comme attendri. Devine un peu, Katel, qui m'a donné cette recette ?

— La grande Frentzel du Bœuf-Rouge.

— Frentzel, allons donc ! Est-ce qu'elle est capable d'inventer quelque chose, et surtout des beignets pareils ? Non... c'est la petite Sûzel, la fille de l'anabaptiste.

— Oh ! dit Katel, cela ne m'étonne pas, cette petite est remplie de bonnes idées.

— Oui, elle est au-dessus de son âge. Tu vas me faire de ces beignets, Katel. Tu suivras la recette exactement, entends-tu, sans cela tout serait manqué.

— Soyez tranquille, monsieur, soyez tranquille, je vais vous soigner cela. »

Katel sortit, et Fritz, bourrant une pipe avec soin, se remit à la fenêtre. Alors, tout avait changé sous ses yeux : les figures, les mines, les discours, les cris des uns et des autres ! c'était comme un coup de soleil sur la place.

Et rêvant encore à la ferme, il se prit à songer que le séjour des villes n'est vraiment agréable qu'en hiver ; qu'il fait bon aussi changer de nourriture quelquefois, car la même cuisine, à la longue, devient insipide. Il se rappela que les bons œufs frais et le fromage blanc chez l'anabaptiste, lui faisaient plus de plaisir au déjeuner, que tous les petits plats de Katel.

« Si je n'avais pas besoin, en quelque sorte, de faire ma partie de *youker*, de prendre mes chopes, de voir David, Frédéric Schoultz et le gros Hâan, se dit-il, j'aimerais bien passer six semaines ou deux mois de l'année à Meisenthâl. Mais il ne faut pas y songer, mes plaisirs et mes affaires sont ici ; c'est fâcheux qu'on ne puisse pas avoir toutes les satisfactions ensemble. »

Ces pensées s'enchaînaient dans son esprit.

Enfin, onze heures ayant sonné, la vieille servante vint dresser la table.

« Eh bien, Katel, lui dit-il en se retournant, et mes beignets ?

— Vous avez raison, monsieur, ils sont tout ce qu'on peut appeler de plus délicat.

— Tu les as réussis ?

— J'ai suivi la recette ; cela ne pouvait pas manquer.

— Puisqu'ils sont réussis, dit Kobus, tout doit aller ensemble, je descends à la cave chercher une bouteille de *forstheimer*. »

Il sortait son trousseau à la main, quand une idée le fit revenir ; il demanda :

« Et la recette ?

— Je l'ai dans ma poche, monsieur.

— Eh bien, il ne faut pas la perdre : donne que je la mette dans le secrétaire ; nous serons contents de la retrouver. »

Et, déployant le papier, il se mit à le relire.

« C'est qu'elle écrit joliment bien, fit-il, une écriture ronde, comme moulée ! Elle est extraordinaire, cette petite Sûzel, sais-tu ?

— Oui, monsieur, elle est pleine d'esprit. Si vous l'entendiez à la cuisine, quand elle vient, elle a toujours quelque chose pour vous faire rire.

— Tiens ! tiens ! moi qui la croyais un peu triste.

— Triste ! ah ! bien oui !

— Et qu'est-ce qu'elle dit donc ? demanda Kobus, dont la large figure s'épatait d'aise, en pensant que la petite était gaie.

— Qu'est-ce que je sais ? Rien que d'avoir passé sur la place, elle a tout vu, et elle vous raconte la mine de chacun, mais d'un air si drôle...

— Je parie qu'elle s'est aussi moquée de moi, s'écria Fritz.

— Oh ! pour cela, jamais, monsieur ; du grand Frédéric Schoultz, je ne dis pas, mais de vous...

— Ha ! ha ! ha ! interrompit Kobus, elle s'est moquée de Schoultz ! Elle le trouve un peu bête, n'est-ce pas ?

— Oh ! non, pas justement ; je ne peux pas me rappeler... vous comprenez...

— C'est bon, Katel, c'est bon », dit-il en s'en allant tout joyeux.

Et jusqu'au bas de l'escalier, la vieille servante l'entendit rire tout haut en répétant : « Cette petite Sûzel me fait du bon sang. »

Quand il revint, la table était mise et le potage servi. Il déboucha sa bouteille, se mit la serviette au menton d'un air de satisfaction profonde, se retroussa les manches et dîna de bon appétit.

Katel vint servir les beignets avant le dessert.

Alors, remplissant son verre, il dit :

« Nous allons voir cela. »

La vieille servante restait près de la table, pour entendre son jugement. Il prit donc un beignet, et le goûta d'abord sans rien dire ; puis un autre, un troisième ; enfin, se retournant, il prononça ces paroles avec poids et mesure :

« Les beignets sont excellents, Katel, excellents ! Il est facile de reconnaître que tu as suivi la recette aussi bien que possible. Et cependant, écoute bien ceci — ce n'est pas un reproche que je veux te faire —, mais ceux de la ferme étaient meilleurs ; ils avaient quelque chose de plus fin, de plus délicat, une espèce de parfum particulier — fit-il en levant le doigt —, je ne peux pas t'expliquer cela ; c'était moins fort, si tu veux, mais beaucoup plus agréable.

— J'ai peut-être mis trop de cannelle ?

— Non, non, c'est bien, c'est très bien ; mais cette petite Sûzel, vois-tu, a l'inspiration des beignets, comme toi l'inspiration de la dinde farcie aux châtaignes.

— C'est bien possible, monsieur.

— C'est positif. J'aurais tort de ne pas trouver ces beignets délicieux; mais au-dessus des meilleures choses, il y a ce que le professeur Speck appelle « l'idéal! » cela veut dire quelque chose de poétique, de...

— Oui, monsieur, je comprends, fit Katel : par exemple comme les saucisses de la mère Hâfeu, que personne ne pouvait réussir aussi bien qu'elle, à cause des trois clous de girofle qui manquaient.

— Non, ce n'est pas mon idée; rien n'y manque, et malgré tout... »

Il allait en dire plus, lorsque la porte s'ouvrit et que le vieux rabbin entra.

« Hé! c'est toi, David, s'écria-t-il; arrive donc, et tâche d'expliquer à Katel ce qu'il faut entendre par "l'idéal". »

David, à ces mots, fronça le sourcil.

« Tu veux te moquer de moi? fit-il.

— Non, c'est très sérieux; dis à Katel pourquoi vous regrettiez tous les carottes et les oignons d'Égypte...

— Écoute, Kobus, s'écria le vieux rebbe, j'arrive, et voilà que tu commences tout de suite par m'attaquer sur les choses saintes; ce n'est pas beau.

— Tu prends tout de travers, *posché-isroel*. Assieds-toi, et, puisque tu ne veux pas que je parle des oignons d'Égypte, qu'il n'en soit plus question. Mais si tu n'étais pas juif...

— Allons, je vois bien que tu veux me chasser.

— Mais non! je dis seulement que si tu n'étais pas juif, tu pourrais manger de ces beignets, et que tu serais forcé de reconnaître qu'ils valent mille fois mieux que la manne, qui tombait du ciel pour vous purger de la lèpre, et des autres maladies que vous aviez attrapées chez les infidèles.

— Ah! maintenant je m'en vais; c'est aussi trop fort! »

Katel sortit, et Kobus, retenant le vieux rebbe par la manche, ajouta :

« Voyons donc, que diable! assieds-toi. J'éprouve un véritable chagrin.

— Quel chagrin !

— De ce que tu ne puisses pas vider un verre de vin avec moi et goûter ces beignets : quelque chose d'extraordinaire ! »

David s'assit en riant à son tour.

« Tu les as inventés, n'est-ce pas ? dit-il. Tu fais toujours des inventions pareilles.

— Non, rebbe, non ; ce n'est ni moi ni Katel. Je serais fier d'avoir inventé ces beignets, mais rendons à César ce qui est à César : l'honneur en revient à la petite Sûzel... tu sais, la fille de l'anabaptiste ?

— Ah ! dit le vieux rebbe, en attachant sur Kobus son œil gris, tiens ! tiens ! et tu les trouves si bons ?

— Délicieux, David !

— Hé ! hé ! hé ! oui... cette petite est capable de tout... même de satisfaire un gourmand de ton espèce. »

Puis, changeant de ton :

« Cette petite Sûzel m'a plu d'abord, dit-il ; elle est intelligente. Dans trois ou quatre ans elle connaîtra la cuisine comme ta vieille Katel ; elle conduira son mari par le bout du nez ; et, si c'est un homme d'esprit, lui-même reconnaîtra que c'était le plus grand bonheur qui pût lui arriver.

— Ha ! ha ! ha ! cette fois, David, je suis d'accord avec toi, fit Kobus, tu ne dis rien de trop. C'est étonnant que le père Christel et la mère Orchel, qui n'ont pas quatre idées dans la tête, aient mis ce joli petit être au monde. Sais-tu qu'elle conduit déjà tout à la ferme ?

— Qu'est-ce que je disais, s'écria David, j'en étais sûr ! Vois-tu, Kobus, quand une femme a de l'esprit, qu'elle n'est point glorieuse, qu'elle ne cherche pas à rabaisser son mari pour s'élever elle-même, tout de suite elle se rend maîtresse ; on est heureux, en quelque sorte, de lui obéir. »

En ce moment, je ne sais quelle idée passa par la tête de Fritz ; il observa le vieux rebbe du coin de l'œil et dit :

« Elle fait très bien les beignets, mais quant au reste...

— Et moi, s'écria David, je dis qu'elle fera le bonheur du brave fermier qui l'épousera, et que ce fermier-là deviendra riche et sera très heureux! Depuis que j'observe les femmes — et il n'y a pas mal de temps —, je crois m'y connaître; je sais tout de suite ce qu'elles sont et ce qu'elles valent, ce qu'elles seront et ce qu'elles vaudront. Eh bien, cette petite Sûzel m'a plu, et je suis content d'apprendre qu'elle fasse si bien les beignets. »

Fritz était devenu rêveur. Tout à coup il demanda :

« Dis donc, *posché-isroel*, pourquoi donc es-tu venu me voir à midi? ce n'est pas ton heure.

— Ah! c'est juste; il faut que tu me prêtes deux cents florins.

— Deux cents florins? oh! oh! fit Kobus d'un air moitié sérieux et moitié railleur, d'un seul coup, rebbe?

— D'un seul coup.

— Et pour toi?

— C'est pour moi si tu veux, car je m'engage seul à te rendre la somme, mais c'est pour rendre service à quelqu'un.

— A qui, David?

— Tu connais le père Hertzberg, le colporteur; eh bien, sa fille est demandée en mariage par le fils Salomon; deux braves enfants, — fit le vieux rebbe en joignant les mains d'un air attendri; — seulement, tu comprends, il faut une petite dot, et Hertzberg est venu me trouver...

— Tu seras donc toujours le même? interrompit Fritz; non content de tes propres dettes, il faut que tu te mettes sur le dos celles des autres?

— Mais Kobus! mais Kobus! s'écria David d'une voix perçante et pathétique, le nez courbé et les yeux tournés en louchant vers le sol, si tu voyais ces chers enfants! Comment leur refuser le bonheur de la vie? Et d'ailleurs le père Hertzberg est solide, il me remboursera dans un an ou deux, au plus tard.

— Tu le veux, dit Fritz en se levant, soit; mais écoute : tu paieras des intérêts cette fois, cinq pour cent. Je veux bien te prêter sans intérêts, mais aux autres...

— Eh! mon Dieu, qui te dit le contraire, fit David, pourvu que ces pauvres enfants soient heureux! le père me rendra les cinq pour cent. »

Kobus ouvrit son secrétaire et compta deux cents florins sur la table, pendant que le vieux rebbe regardait avec impatience; puis il sortit le papier, l'écritoire, la plume et dit :

« Allons, David, vérifie le compte.

— C'est inutile, j'ai regardé, et tu comptes bien.

— Non, non, compte ! »

Alors le vieux rebbe compta, fourrant les piles dans la grande poche de sa culotte, avec une satisfaction visible.

« Maintenant assieds-toi là, et fais mon billet à cinq pour cent. Et souviens-toi que si tu n'es pas content de mes plaisanteries, je puis te mener loin avec ce morceau de papier. »

David, souriant de bonheur, se mit à écrire. Fritz regardait par-dessus son épaule, et, le voyant près de marquer les cinq pour cent :

« Halte ! vieux *posché-isroel*, halte !

— Tu en veux six ?

— Ni six, ni cinq. Est-ce que nous ne sommes pas de vieux amis ? Mais tu ne comprends rien à la plaisanterie ; il faut toujours être grave avec toi, comme un âne qu'on étrille. »

Le vieux rebbe alors se leva, lui serra la main et dit tout attendri :

« Merci, Kobus. »

Puis, après avoir signé, il s'en alla.

« Brave homme ! faisait Fritz, en le voyant remonter la rue, le dos courbé et la main sur sa poche ; le voilà qui court chez l'autre, comme s'il s'agissait de son propre bonheur ; il voit les enfants heureux et rit tout bas, une larme dans l'œil. »

Sur cette réflexion, il prit sa canne et sortit pour aller lire son journal.

X

Deux ou trois jours après, un soir, au Casino, on causait par hasard des anciens temps. Le gros percepteur Hâan célébrait les mœurs d'autrefois : les promenades en traîneaux, l'hiver, le bon papa Christian — dans sa houppelande doublée de renard et ses grosses bottes fourrées d'agneau, le bonnet de loutre tiré sur les oreilles, et les gants jusqu'aux coudes — , conduisant toute sa famille à la cime du Rothalps, admirer les bois couverts de givre ; et les jeunes gens de la ville suivant à cheval la promenade, et jetant à la dérobée un regard d'amour sur la jolie couvée de jeunes filles, enveloppées de leurs pèlerines, le petit nez rose enfoui dans le minon de cygne, plus blanc que la neige.

« Ah ! le bon temps, disait-il. Bientôt après, toute la ville apprenait que le jeune conseiller Lobstein, ou M. le tabellion Müntz, était fiancé avec la petite Lotchen, la jolie Rosa, ou la grande Wilhelmine, et c'était au milieu des neiges que l'amour avait pris naissance sous l'œil même des parents. D'autres fois on se réunissait dans la Madame-Hüte [1], en pleine foire ; tous les rangs se confondaient : la noblesse, la bourgeoisie, le peuple. On ne s'inquiétait pas de savoir si vous étiez comte ou baron, mais bon valseur. Allez donc trouver un abandon pareil de nos jours ! Depuis qu'on fait tant de nouveaux nobles, ils ont toujours peur qu'on les confonde avec la populace. »

1. Salle de danse.

Hâan vantait aussi les petits concerts, la bonne musique de chambre, élégante et naïve, des vieux temps, à laquelle on a substitué le fracas des grandes ouvertures, et la mélodie sombre des symphonies.

Rien qu'à l'entendre, il vous semblait voir le vieux conseiller Baumgarten, en perruque poudrée à la frimas et grand habit carré, le violoncelle appuyé contre la jambe et l'archet en équerre sur les cordes, Mlle Séraphia Schmidt au clavecin, entre les deux candélabres, les violons penchés tout autour, l'œil sur le cahier, et plus loin, le cercle des amis dans l'ombre.

Ces images touchaient tout le monde, et le grand Schoultz lui-même, se balançant sur sa chaise, un de ses genoux pointus entre les mains et les yeux au plafond, s'écriait :

« Oui, oui, ces temps sont loin de nous ! C'est pourtant vrai, nous vieillissons... Quels souvenirs tu nous rappelles, Hâan, quels souvenirs ! Tout cela ne nous fait pas jeunes. »

Kobus, en retournant chez lui par la rue des Capucins, avait la tête pleine des idées de Hâan :

« Il a raison, se disait-il, nous avons vu ces choses, qui nous paraissent reculées d'un siècle. »

Et regardant les étoiles qui tremblotaient dans le ciel immense, il pensait :

« Tout cela reste en place, tout cela revient aux mêmes époques ; il n'y a que nous qui changions. Quelle terrible aventure de changer un peu tous les jours, sans qu'on s'en aperçoive. De sorte qu'à la fin du compte, on est tout gris, tout ratatiné, et qu'on produit aux yeux du nouveau monde qui passe, l'effet de ces vieilles défroques, ou de ces respectables perruques dont parlait Hâan tout à l'heure. On a beau faire, il faut que cela nous arrive comme aux autres. »

Ainsi rêvait Fritz en entrant dans sa chambre, et, s'étant couché, ces idées le suivirent encore quelque temps, puis il s'endormit.

Le lendemain, il n'y songeait plus, quand ses yeux tombèrent sur le vieux clavecin, entre le buffet et la porte. C'était un petit meuble en bois de rose, à pieds grêles, terminés en poire, et qui n'avait que cinq octaves. Depuis trente ans il restait là; Katel y déposait ses assiettes avant le dîner, et Kobus y jetait ses habits. A force de le voir, il n'y pensait plus; mais alors il lui sembla le retrouver après une longue absence. Il s'habilla tout rêveur; puis, regardant par la fenêtre, il vit Katel dehors, en train de faire ses provisions au marché. S'approchant aussitôt du clavecin, il l'ouvrit et passa les doigts sur ses touches jaunes : un son grêle s'échappa du petit meuble, et le bon Kobus en moins d'une seconde, revit les trente années qui venaient de s'écouler. Il se rappela Mme Kobus, sa mère, une femme jeune encore, à la figure longue et pâle, jouant du clavecin; M. Kobus le juge de paix, assis auprès d'elle, son tricorne au bâton de la chaise, écoutant; et lui, Fritz, tout petit, assis à terre avec le cheval de carton, criant : « Hue ! hue ! » pendant que le bonhomme levait le doigt et faisait : « Chut ! » Tout cela lui passa devant les yeux, et bien d'autres choses encore.

Il s'assit, essaya quelques vieux airs et joua le *Troubadour* et l'antique romance du *Croisé*.

« Je n'aurais jamais cru me rappeler une seule note, se dit-il; c'est étonnant comme ce vieux clavecin a gardé l'accord; il me semble l'avoir entendu hier. »

Et se baissant, il se mit à tirer les vieux cahiers de leur caisse : le *Siège de Prague*, la *Cenerentola*, l'ouverture de la *Vestale* et puis les vieilles romances d'amour, de petits airs gais, mais toujours de l'amour : l'amour qui rit et l'amour qui pleure; rien en deçà, rien au-delà !

Kobus, deux ou trois mois avant, n'aurait pas manqué de se faire du bon sang, avec tous ces Lucas aux jarretières roses, et ces Arthurs au plumet noir; il avait lu jadis *Werther*, et s'était tenu les côtes tout le long de l'histoire; mais, en ce moment, il trouva cela fort beau.

« Hâan a bien raison, se disait-il, on ne fait plus d'aussi jolis couplets :

« Rosette,
« Si bien faite,
« Donne-moi ton cœur, ou je vas mourir ! »

« Comme c'est simple, comme c'est naturel !

« Donne-moi ton cœur, ou je vas mourir ! »

« A la bonne heure ! voilà de la poésie ; cela dit des choses profondes, dans un langage naïf. Et la musique ! »

Il se mit à jouer en chantant :

« Rosette,
« Si bien faite,
« Donne-moi ton cœur, ou je vas mourir ! »

Il ne se lassait pas de répéter la vieille romance, et cela durait bien depuis vingt minutes, lorsqu'un petit bruit s'entendit à la porte : quelqu'un frappait.

« Voici David, se dit-il en renfermant bien vite le clavecin ; c'est lui qui rirait, s'il m'entendait chanter *Rosette* ! »

Il attendit un instant, et, voyant que personne n'entrait, il alla lui-même ouvrir. Mais qu'on juge de sa surprise en apercevant la petite Sûzel, toute rose et toute timide, avec son petit bonnet blanc, un fichu bleu de ciel et son panier, qui se tenait derrière la porte.

« Eh ! c'est toi, Sûzel ! fit-il comme émerveillé.

— Oui, monsieur Kobus, dit la petite ; depuis longtemps j'attends Mlle Katel dans la cuisine, et, comme elle ne vient pas, j'ai pensé qu'il fallait tout de même faire ma commission, avant de partir.

— Quelle commission donc, Sûzel ?

— Mon père m'envoie vous prévenir que les grilles sont arrivées, et qu'on n'attend que vous pour les mettre.

— Comment ! il t'envoie exprès pour cela ?

— Oh ! j'ai encore à dire au juif Schmoule, qu'il doit venir chercher les bœufs, s'il ne veut pas payer la nourriture.

— Ah ! les bœufs sont vendus ?

— Oui, monsieur Kobus, trois cent cinquante florins.

— C'est un bon prix. Mais entre donc, Sûzel, tu n'as pas besoin de te gêner.

— Oh ! je ne me gêne pas.

— Si, si... tu te gênes, je le vois bien, sans cela tu serais entrée tout de suite. Tiens, assieds-toi là. »

Il lui avançait une chaise, et rouvrait le clavecin d'un air de satisfaction extraordinaire :

« Et tout le monde se porte bien là-bas, le père Christel, la mère Orchel?

— Tout le monde, monsieur Kobus, Dieu merci. Nous serions bien contents si vous pouviez venir.

— Je viendrai, Sûzel; demain ou après, bien sûr, j'irai vous voir. »

Fritz avait alors une grande envie de jouer devant Sûzel; il la regardait en souriant et finit par lui dire :

« Je jouais tout à l'heure de vieux airs, et je chantais. Tu m'as peut-être entendu de la cuisine; ça t'a bien fait rire, n'est-ce pas?

— Oh! monsieur Kobus, au contraire, ça me rendait toute triste; la belle musique me rend toujours triste. Je ne savais pas qui faisait cette belle musique.

— Attends, dit Fritz, je vais te jouer quelque chose de gai pour te réjouir. »

Il était heureux de montrer son talent à Sûzel, et commença la *Reine de Prusse*. Ses doigts sautaient d'un bout du clavecin à l'autre, il marquait la mesure du pied, et, de temps en temps, regardait la petite dans le miroir en face, en se pinçant les lèvres comme il arrive lorsqu'on a peur de faire des fausses notes. On aurait dit qu'il jouait devant toute la ville. Sûzel, elle, ses grands yeux bleus écarquillés d'admiration, et sa petite bouche rose entrouverte, semblait en extase.

Et quand Kobus eut fini sa valse, et qu'il se retourna tout content de lui-même :

« Oh! que c'est beau, dit-elle, que c'est beau!

— Bah! fit-il, ça, ce n'est encore rien. Mais tu vas entendre quelque chose de magnifique, le *Siège de Prague*; on entend rouler les canons; écoute un peu. »

Il se mit alors à jouer le *Siège de Prague* avec un enthousiasme extraordinaire; le vieux clavecin bourdonnait et frissonnait jusque dans ses petites jambes. Et quand Kobus entendait Sûzel soupirer tout bas : « Oh! que c'est beau! » cela lui donnait une ardeur, mais une ardeur vraiment incroyable; il ne se sentait plus de bonheur.

Après le *Siège de Prague*, il joua le *Cenerentola*; après le *Cenerentola*, la grande ouverture de la *Vestale*; et puis, comme il ne savait plus que jouer, et que Sûzel disait toujours : « Oh ! que c'est beau, monsieur Kobus ! oh ! quelle belle musique vous faites ! » il s'écria :

« Oui, c'est beau ; mais si je n'étais pas enrhumé, je te chanterais quelque chose, et c'est alors que tu verrais, Sûzel ! Mais c'est égal, je vais essayer tout de même ; seulement je suis enrhumé, c'est dommage. »

Et tout en parlant de la sorte, il se mit à chanter d'une voix aussi claire qu'un coq qui s'éveille au milieu de ses poules :

« Rosette,
« Si bien faite,
« Donne-moi ton cœur, ou je vas mourir ! »

Il balançait la tête lentement, la bouche ouverte jusqu'aux oreilles ; et chaque fois qu'il arrivait à la fin d'un couplet, pendant une demi-heure il répétait d'un ton lamentable, en se penchant au dos de sa chaise, le nez en l'air, et en se balançant comme un malheureux :

« Donne-moi ton cœur,
« Donne-moi ton cœur...
« Ou je vas mourir... ou je vas mourir.
« Je vas mourir... mourir... mourir !... »

De sorte qu'à la fin, la sueur lui coulait sur la figure.

Sûzel, toute rouge, et comme honteuse d'une pareille chanson, se penchait sans oser le regarder ; et Kobus s'étant retourné pour lui entendre dire : « Que c'est beau ! que c'est beau ! » il la vit ainsi soupirant tout bas, les mains sur ses genoux, les yeux baissés.

Alors lui-même, se regardant par hasard dans le miroir, s'aperçut qu'il devenait pourpre ; et ne sachant que faire dans une circonstance aussi surprenante, il passa ses doigts du haut en bas et du bas en haut du clavecin, en soufflant dans ses joues et criant : « Prrouh ! prrouh ! » les cheveux droits sur la tête.

Au même instant, Katel refermait la porte de la cuisine ; il l'entendit, et, se levant, il se mit à crier : « Katel ! Katel ! » d'une voix d'homme qui se noie.

Katel entra :

« Ah ! c'est bon, fit-il. Tiens... voilà Sûzel qui t'attend depuis une heure. »

Et comme Sûzel alors levait sur lui ses grands yeux troublés, il ajouta :

« Oui, nous avons fait de la musique... ce sont de vieux airs... ça ne vaut pas le diable !... Enfin, enfin, j'ai fait comme j'ai pu... On ne saurait tirer une bonne mouture d'un mauvais sac. »

Sûzel avait repris son panier et s'en allait avec Katel, disant : « Bonjour, monsieur Kobus ! » d'une voix si douce, qu'il ne sut que répondre, et resta plus d'une minute au milieu de la salle, regardant vers la porte, tout effaré ; puis il se prit à dire :

« Voilà de belles affaires, Kobus ! tu viens de te distinguer sur cette maudite patraque... Oui... oui... c'est du beau... tu peux t'en vanter... ça te va bien à ton âge. Que le diable soit de la musique ! S'il m'arrive encore de jouer seulement *Père capucin*, je veux qu'on me torde le cou ! »

Alors il prit sa canne et son chapeau sans attendre le déjeuner, et sortit faire un tour du côté des remparts, pour réfléchir à son aise sur les choses surprenantes qui venaient de s'accomplir.

XI

On peut s'imaginer les réflexions que fit Kobus sur les remparts. Il se promenait derrière la Manutention, la tête penchée, la canne sous le bras, regardant à droite et à gauche si personne ne venait. Il lui semblait que chacun allait découvrir son état au premier coup d'œil.

« Un vieux garçon de trente-six ans amoureux d'une petite fille de dix-sept, quelle chose ridicule ! se disait-il. Voilà donc d'où venaient tes ennuis, Fritz, tes distractions et tes rêveries depuis trois semaines ! voilà pourquoi tu perdais toujours à la brasserie, pourquoi tu n'avais plus la tête à toi dans la cave, pourquoi tu bâillais à ta fenêtre comme un âne, en regardant le marché. Peut-on être aussi bête à ton âge ?

« Encore si c'était de la veuve Windling ou de la grande Salomé Rœdig que tu sois amoureux, cela pourrait aller. Il vaudrait mieux te pendre mille fois, que de te marier avec l'une d'elles ; mais au moins, aux yeux des gens, un pareil mariage serait raisonnable. Mais être amoureux de la petite Sûzel, la fille de ton propre fermier, une enfant, une véritable enfant, qui n'est ni de ton rang, ni de ta condition, et dont tu pourrais être le père, c'est trop fort ! C'est tout à fait contre nature, ça n'a pas même le sens commun. Si par malheur quelqu'un s'en doutait, tu n'oserais plus te montrer au Grand-Cerf, au Casino, nulle part. C'est alors qu'on se moquerait de toi, Fritz, de toi qui t'es tant moqué des autres. Ce serait l'abomination de la désolation; le vieux David lui-même, malgré son amour du mariage, te rirait au nez; il t'en ferait des apologues! il t'en ferait!

« Allons, allons, c'est encore un grand bonheur que personne ne sache rien, et que tu te sois aperçu de la chose à temps. Il faut étouffer tout cela, déraciner bien vite cette mauvaise herbe de ton jardin. Tu seras peut-être un peu triste trois ou quatre jours, mais le bon sens te reviendra. Le vieux vin te consolera, tu donneras des dîners, tu feras des tours aux environs dans la voiture de Hâan. Et justement, avant-hier il m'engageait, pour la centième fois, à l'accompagner en perception. C'est cela, nous causerons, nous rirons, nous nous ferons du bon sang, et dans une quinzaine tout sera fini. »

Deux hussards s'approchaient alors, bras dessus, bras dessous avec leurs amoureuses. Kobus les vit venir de loin, sur le bastion de l'hôpital, et descendit dans la rue des Ferrailles, pour retourner à la maison.

« Je vais commencer par écrire au père Christel de poser le grillage, se dit-il, et de remplir le réservoir lui-même. Si l'on me rattrape à retourner au Meisenthâl, ce sera dans la semaine des quatre jeudis. »

Lorsqu'il rentra, Katel mettait le couvert. Sûzel était partie depuis longtemps. Fritz ouvrit son secrétaire, écrivit au père Christel qu'il ne pouvait pas venir, et qu'il le chargeait de poser le grillage lui-même; puis il cacheta la lettre, s'assit à table et dîna sans rien dire.

Après le dîner, il ressortit vers une heure et se rendit chez Hâan, qui demeurait à l'hôtel de la Cigogne, en face des halles. Hâan était dans son petit bureau rempli de tabac, la pipe aux lèvres, il préparait des sacs et serrait dans un fourreau de cuir, de grands registres reliés en veau. Son garçon Gaysse l'aidait.

« Hé, Kobus! s'écria-t-il, d'où me vient ta visite? Je ne te vois pas souvent ici.

— Tu m'as dit, avant-hier, que tu partais en tournée, répondit Fritz en s'asseyant au coin de la table.

— Oui, demain matin, à cinq heures; la voiture est commandée. Tiens, regarde! je viens justement de préparer mon livre à souches et mes sacs. J'en aurai pour sept ou huit jours.

— Eh bien, je t'accompagne.

— Tu m'accompagnes? s'écria Hâan d'une voix joyeuse, en frappant de ses grosses mains carrées sur la table. Enfin, enfin, tu finis par te décider une fois, ça n'est pas malheureux. Ha! ha! ha! »

Et plein d'enthousiasme, il jeta son petit bonnet de soie noire de côté, s'ébouriffa les cheveux sur sa grosse tête rouge à demi chauve, et se mit à crier:

« A la bonne heure!... à la bonne heure!... Nous allons nous faire du bon sang!

— Oui, le temps m'a paru favorable, dit Fritz.

— Un temps magnifique, s'écria Hâan, en écartant les rideaux derrière son fauteuil, un temps d'or, un temps comme on n'en a pas vu depuis dix ans. Nous partirons, demain au petit jour, nous courrons le pays... c'est décidé... mais ne va pas te dédire!

— Sois tranquille.

— Ah! ma foi, s'écria le gros homme, tu ne pouvais pas me faire un plus grand plaisir. — Gaysse! Gaysse!

— Monsieur?

— Ma capote! Tenez... pendez ma robe de chambre derrière la porte. Vous fermerez le bureau, et vous donnerez la clef à la mère Lehr. Nous allons au Grand-Cerf, Kobus?

— Oui, prendre des chopes; il n'y a pas de bonne bière en route.

— Pourquoi pas? A Hackmat, elle est bonne.

— Alors tu n'as plus rien à préparer, Hâan?

— Non, tout est prêt. Ah! dis donc, si tu voulais mettre deux ou trois chemises et des bas dans ma valise.

— J'aurai la mienne.

— Eh bien, en route », s'écria Hâan, en prenant son bras.

Ils sortirent, et le gros percepteur se mit à énumérer les villages qu'ils auraient à voir, dans la plaine et dans la montagne.

« Dans la plaine, à Hackmatt, à Mittelbronn, à Lixheim, c'est tout pays protestant, tous gens riches, bien établis, belles maisons, bons vins, bonne table, bon lit. Nous serons comme des coqs en pâte les six premiers jours ; pas de difficulté pour la perception, les sommes du roi sont prêtes d'avance. Et seulement, à la fin, nous aurons un petit coin de pays, le Wildland, une espèce de désert, où l'on ne voit que des croix sur la route, et où les voyageurs tirent la langue d'une aune ; mais ne crains rien, nous ne mourrons pas de faim, tout de même. »

Fritz écoutait en riant, et c'est ainsi qu'ils entrèrent à la brasserie du Grand-Cerf. Là, les choses se passèrent comme toujours : on joua, on but des chopes, et, vers sept heures, chacun retourna chez soi pour souper...

Kobus, en traversant sa petite allée, entra dans la cuisine, selon son habitude, pour voir ce que Katel lui préparait. Il vit la vieille servante assise au coin de l'âtre sur un tabouret de bois, un torchon sur les genoux, en train de graisser ses souliers de fatigue.

« Qu'est-ce que tu fais donc là ? dit-il.

— Je graisse vos gros souliers pour aller à la ferme, puisque vous partez demain ou après.

— C'est inutile, dit Fritz, je n'irai pas ; j'ai d'autres affaires.

— Vous n'irez pas ? fit Katel toute surprise ; c'est le père Christel, Sûzel et tout le monde, qui vont avoir de la peine, monsieur !

— Bah ! ils se sont passés de moi jusqu'à présent, et j'espère, avec l'aide de Dieu, qu'ils s'en passeront encore. J'accompagne Hâan dans sa tournée, pour régler quelques comptes. Et, puisque je me le rappelle maintenant, il y a une lettre sur la cheminée pour Christel ; tu enverras demain le petit Yéri la porter, et ce soir, tu mettras dans ma valise trois chemises et tout ce qu'il faut pour rester quelques jours dehors.

— C'est bon, monsieur. »

Kobus entra dans la salle à manger, tout fier de sa résolution, et ayant soupé d'assez bon appétit, il se coucha, pour être prêt à partir de grand matin.

Il était à peine cinq heures, et le soleil commençait à poindre au milieu des grandes vapeurs du Losser, lorsque Fritz Kobus et son ami Hâan, accroupis dans un vieux char à bancs tressé d'osier, en forme de corbeille, à l'ancienne mode de pays, sortirent au grand trot par la porte de Hildebrandt, et se mirent à rouler sur la route de Hunebourg à Michelsberg.

Hâan avait sa grande houppelande de castorine et son bonnet de renard à longs poils, la queue flottant sur le dos, Kobus, sa belle capote bleue, son gilet de velours à carreaux verts et rouges, et son large feutre noir.

Quelques vieilles, le balai à la main, les regardaient passer en disant : « Ils vont ramasser l'argent des villages; ça prouve qu'il est temps d'apprêter notre magot; la note des portes et fenêtres va venir. Quel gueux que ce Hâan! Penser que tout le monde doit s'échiner pour lui, qu'il n'en a jamais assez, et que la gendarmerie le soutient! »

Puis elles se remettaient à balayer de mauvaise humeur.

Une fois hors de l'avancée, Hâan et Kobus se trouvèrent dans les brouillards de la rivière.

« Il fait joliment frais ce matin, dit Kobus.

— Ha! ha! ha! répondit Hâan en claquant du fouet, je t'en avais bien prévenu hier. Il fallait mettre ta camisole de laine; maintenant, allonge-toi dans la paille, mon vieux, allonge-toi. — Hue! Foux, hue!

— Je vais fumer une pipe, dit Kobus, cela me réchauffera. »

Il battit le briquet, tira sa grande pipe de porcelaine d'une poche de côté, et se mit à fumer gravement.

Le cheval, une grande haridelle du Mecklembourg, trottait les quatre fers en l'air; les arbres suivaient les arbres, les broussailles les broussailles. Hâan ayant déposé le fouet dans un coin, sous son coude, fumait aussi tout rêveur, comme il arrive au milieu des brouillards, où l'on ne voit pas les choses clairement.

Le soleil jaune avait de la peine à dissiper ces masses de brume. Le Losser grondait derrière le talus de la route; il était blanc comme du lait, et, malgré son bruit sourd, il semblait dormir sous les grands saules.

Parfois, à l'approche de la voiture, un martin-pêcheur jetait son cri perçant et filait; puis, une alouette se mettait à gazouiller quelques notes. En regardant bien, on voyait ses ailes grises s'agiter en accent circonflexe à quelques pieds au-dessus des champs; mais elle redescendait au bout d'une seconde, et l'on n'entendait plus que le bourdonnement de la rivière et le frémissement des peupliers.

Kobus éprouvait alors un véritable bien-être, il se réjouissait et se glorifiait de la résolution qu'il avait prise d'échapper à Sûzel par une fuite héroïque; cela lui semblait le comble de la sagesse humaine.

« Combien d'autres, pensait-il, se seraient endormis dans ces guirlandes de roses, qui t'entouraient de plus en plus, et qui, finalement, n'auraient été que de bonnes cordes, semblables à celles que la vertueuse Dalila tressait pour Samson! Oui, oui, Kobus, tu peux remercier le Ciel de ta chance; te voilà libre encore une fois comme un oiseau dans l'air; et par la suite des temps, jusqu'au sein de la vieillesse, tu pourras célébrer ton départ de Hunebourg, à la façon des Hébreux qui se rappelaient toujours avec attendrissement les vases d'or et d'argent de l'Égypte; ils abandonnèrent les choux, les raves et les oignons de leur ménage, pour sauver le tabernacle; tu suis leur exemple, et le vieux Sichel lui-même serait émerveillé de ta rare prudence. »

Toutes ces pensées, et mille autres non moins judicieuses, passaient par la tête de Fritz; il se croyait hors de tout péril, et respirait l'air du printemps dans une douce sécurité. Mais le Seigneur-Dieu sans doute fatigué de sa présomption naturelle, avait résolu de lui faire vérifier la sagesse de ce proverbe : « Cache-toi, « fuis, dérobe-toi sur les monts et dans la plaine, au « fond des bois ou dans un puits, je te découvre et ma « main est sur toi! »

A la Steinbach, près du grand moulin, ils rencontrèrent un baptême qui se rendait à l'église Saint-Blaise : le petit poupon rose sur l'oreiller blanc, la sage-femme, fière avec son grand bonnet de dentelle, et les autres gais comme des pinsons; — à Hôheim, une paire de vieux qui célébraient la cinquantaine dans un pré; ils dansaient au milieu de tout le village; le ménétrier, debout sur une tonne, soufflait dans sa clarinette, ses grosses joues rouges gonflées jusqu'aux oreilles, le nez pourpre et les yeux à fleur de tête; on riait, on trinquait; le vin, la bière, le kirschenwasser coulaient sur les tables; chacun battait la mesure; les deux vieux, les bras en l'air, valsaient la face riante; et les bambins, réunis autour d'eux, poussaient des cris de joie qui montaient jusqu'au ciel. A Frankenthâl, une noce montait les marches de l'église, le garçon d'honneur en tête, la poitrine couverte d'un bouquet en pyramide, le chapeau garni de rubans de mille couleurs; puis les jeunes mariés tout attendris, les vieux papas riant dans leur barbe grise, les grosses mères épanouies de satisfaction.

C'était merveilleux de voir ces choses, et cela vous donnait à penser plus qu'on ne peut dire.

Ailleurs, de jeunes garçons et de jeunes filles de quinze à seize ans cueillaient des violettes le long des haies, au bord de la route; on voyait à leurs yeux luisants, qu'ils s'aimeraient plus tard. Ailleurs, c'était un conscrit que sa fiancée accompagnait sur la route, un petit paquet sous le bras; de lui, on les entendait qui se juraient l'un à l'autre de s'attendre. — Toujours, toujours cette vieille histoire de l'amour, sous mille et mille formes différentes; on aurait dit que le diable lui-même s'en mêlait.

C'était justement cette saison du printemps où les cœurs s'éveillent, où tout renaît, où la vie s'embellit, où tout nous invite au bonheur, où le Ciel fait des promesses innombrables à ceux qui s'aiment! Partout Kobus rencontrait quelque spectacle de ce genre, pour lui rappeler Sûzel, et, chaque fois, il rougissait, il rêvait, il se grattait l'oreille et soupirait. Il se disait en lui-même : « Que les gens sont bêtes de se marier! Plus on voyage, plus on reconnaît que les trois quarts des hommes ont perdu la tête, et que dans chaque ville, cinq ou six vieux garçons ont seuls conservé le sens commun. Oui, c'est positif... la sagesse n'est pas à la portée de tout le monde, on doit se féliciter beaucoup d'être du petit nombre des élus. »

Arrivaient-ils dans un village, tandis que Hâan s'occupait de sa perception, qu'il recevait l'argent du roi et délivrait des quittances, l'ami Fritz s'ennuyait; ses rêveries touchant la petite Sûzel augmentaient, et finalement pour se distraire, il sortait de l'auberge et descendait la grande rue, regardant à droite et à gauche les vieilles maisons avec leurs poutrelles sculptées, leurs escaliers extérieurs, leurs galeries de bois vermoulu, leurs pignons couverts de lierre, leurs petits jardins enclos de palissades, leurs basses-cours, et, derrière tout cela, les grands noyers, les hauts marronniers dont le feuillage éclatant moutonnait au-dessus des toits. L'air plein de lumière éblouissante, les petites ruelles où se promenaient des régiments de poules et de canards barbotant et caquetant, les petites fenêtres à vitres hexagones, ternies de poussière grise ou nacrées par la lune; les hirondelles, commençant leur nid de terre à l'angle des fenêtres, et filant comme des flèches à travers les rues; les enfants, tout blonds, tressant la corde de leur fouet; les vieilles, au fond des petites cuisines sombres, aux marches concassées, regardant d'un air de bienveillance; les filles, curieuses, se penchant aussi pour voir : tout passait devant ses yeux sans pouvoir le distraire.

Il allait, regardant et regardé, songeant toujours à Sûzel, à sa collerette, à son petit bonnet, à ses beaux cheveux, à ses bras dodus; puis au jour où le vieux David l'avait fait asseoir à sa table entre eux deux; au son de sa voix, quand elle baissait les yeux; et ensuite à ses beignets, ou bien encore aux petites taches de crème qu'elle avait certain jour à la ferme; enfin à tout : — il revoyait tout cela sans le vouloir!

C'est ainsi que le nez en l'air, les mains dans ses poches, il arrivait au bout du village, dans quelque sillon de blé, dans un sentier qui filait entre des champs de seigle ou de pommes de terre. Alors la caille chantait l'amour, la perdrix appelait son mâle, l'alouette célébrait dans les nuages le bonheur d'être mère; derrière, dans les ruelles lointaines, le coq lançait son cri de triomphe; les tièdes bouffées de la brise portaient, semaient partout les graines innombrables qui doivent féconder la terre : l'amour, toujours l'amour! Et pardessus tout cela, le soleil splendide, le père de tous les vivants, avec sa large barbe fauve et ses longs bras d'or, embrassant et bénissant tout ce qui respire ! Ah ! quelle persécution abominable ! Faut-il être malheureux pour rencontrer partout, partout la même idée, la même pensée et les mêmes ennuis ! Allez donc vous débarrasser d'une espèce de teigne qui vous suit partout, et qui vous cuit d'autant plus qu'on se remue. Dieu du ciel ! à quoi pourtant les hommes sont exposés !

« C'est bien étonnant, se disait le pauvre Kobus, que je ne sois pas libre de penser à ce qui me plaît, et d'oublier ce qui ne me convient pas. Comment ! toutes les idées d'ordre, de bon sens et de prévoyance sont abolies dans ma cervelle, lorsque je vois des oiseaux qui se becquettent, des papillons qui se poursuivent : de véritables enfantillages, des choses qui n'ont pas le sens commun ! Et je songe à Sûzel, je radote en moi-même, je me trouve malheureux, quand rien ne me manque, quand je mange bien et que je bois bien ! Allons, allons, Fritz, c'est trop fort ; secoue cela, fais-toi donc une raison ! »

C'est comme s'il avait voulu raisonner contre la goutte et le mal de dents.

Le pire de tout, quand il marchait ainsi dans les petits sentiers, c'est qu'il lui semblait entendre le vieux David nasiller à son oreille : « Hé ! Kobus, il faut y passer... tu feras comme les autres... Hé ! hé ! hé ! Je te dis, Fritz, ton heure est proche ! » — « Que le diable t'emporte ! » pensait-il.

Mais d'autres fois, avec une résignation douloureuse et mélancolique :

« Peut-être, Fritz, se disait-il en lui-même, peut-être qu'à tout prendre les hommes sont faits pour se marier... puisque tout le monde se marie. Des gens mal intentionnés, poussant les choses encore plus loin, pourraient même soutenir que les vieux garçons ne sont pas les sages, mais au contraire les fous de la création, et que, en y regardant de près, ils se comportent comme les frelons de la ruche. »

Ces idées n'étaient que des éclairs qui l'ennuyaient beaucoup ; il en détournait la vue, et s'indignait contre les gens capables d'avoir d'autres théories que celles de la paix, du calme et du repos, dont il avait fait la base de son existence. Chaque fois qu'une idée pareille lui traversait la tête, il se hâtait de répondre :

« Quand notre bonheur ne dépend plus de nous, mais du caprice d'une femme, alors tout est perdu; mieux vaudrait se pendre, que d'entrer dans une pareille galère ! »

Enfin, au bout de toutes ces excursions, entendant au loin, du milieu des champs, l'horloge du village, il revenait émerveillé de la rapidité du temps.

« Hé, te voilà ! lui criait le gros percepteur; je suis en train de terminer mes comptes; tiens, assieds-toi, c'est l'affaire de dix minutes. »

La table était couverte de piles de florins et de thalers, qui grelottaient à la moindre secousse. Hâan, courbé sur son registre, faisait son addition. Puis, la face épanouie, il laissait tomber les piles d'écus dans un sac d'une aune, qu'il ficelait avec soin, et déposait à terre près d'une pile d'autres. Enfin, quand tout était réglé, les comptes vérifiés et les rentrées abondantes, il se retournait tout joyeux, et ne manquait pas de s'écrier :

« Regarde, voilà l'argent des armées du roi ! En faut-il de ce gueux d'argent pour payer les armées de Sa Majesté, ses conseillers et tout ce qui s'ensuit, ha ! ha ! ha ! Il faut que la terre sue de l'or et les gens aussi. Quand donc diminuera-t-on les gros bonnets, pour soulager le pauvre monde ! Ça ne m'a pas l'air d'être de sitôt, Kobus, car les gros bonnets sont ceux que Sa Majesté consulterait d'abord sur l'affaire. »

Alors il se prenait le ventre à deux mains pour rire à son aise, et s'écriait :

« Quelle farce ! quelle farce ! Mais tout cela ne nous regarde pas, je suis en règle. Que prends-tu ?

— Rien, Hâan, je n'ai envie de rien.

— Bah ! cassons une croûte pendant qu'on attellera le cheval; un verre de vin vous fait toujours voir les choses en beau. Quand on a des idées mélancoliques, Fritz, il faut changer les verres de ses lunettes, et regarder l'univers par le fond d'une bouteille de *gleiszeller* ou d'*umstein*. »

Il sortait pour faire atteler le cheval et solder le

compte de l'auberge; puis il venait prendre un verre avec Kobus; et tout étant terminé, les sacs rangés dans la caisse du char à bancs garnie de tôle, il claquait du fouet, et se mettait en route pour un autre village.

Voilà comment l'ami Fritz passait son temps en route; ce n'était pas toujours gaiement, comme on voit. Son remède ne produisait pas tous les heureux effets qu'il en avait attendus, bien s'en faut.

Mais ce qui l'ennuyait encore plus que tout le reste, c'était le soir, dans ces vieilles auberges de village, silencieuses après neuf heures, où pas un bruit ne s'entend, parce que tout le monde est couché, c'était d'être seul avec Hâan après souper, sans avoir même la ressource de faire sa partie de *youker*, ou de vider des chopes, attendu que les cartes manquaient, et que la bière tournait au vinaigre. Alors ils se grisaient ensemble avec du *schnaps* ou du vin d'Ekersthâl. Mais Fritz, depuis sa fuite de Hunebourg, avait le vin singulièrement triste et tendre; même ce petit verjus, qui ferait danser des chèvres, lui tournait les idées à la mélancolie. Il racontait de vieilles histoires : l'histoire du mariage de son grand-père Niclausse, avec sa grand-mère Gorgel, ou l'aventure de son grand-oncle Séraphion Kobus, conseiller intime de la grande faisanderie de l'électeur Hans-Peter XVII, lequel grand-oncle était tombé subitement amoureux, vers l'âge de soixante-dix ans, d'une certaine danseuse française, venue de l'Opéra, et nommée Rosa Fon Pompon; de sorte que Séraphion l'accompagnait finalement à toutes les foires et sur tous les théâtres, pour avoir le bonheur de l'admirer.

Fritz s'étendait en long et en large sur ces choses, et Hâan, qui dormait aux trois quarts, bâillait de temps en temps dans sa main, en disant d'une voix nasillarde : « Est-ce possible? est-ce possible? » Ou bien il l'interrompait par un gros éclat de rire, sans savoir pourquoi, en bégayant :

« Hé! hé! hé! il se passe des choses drôles dans ce monde! Va, Kobus, va toujours, je t'écoute. Mais je pensais tout à l'heure à cet animal de Schoultz, qui s'est laissé tirer les bottes par des paysans dans une mare. »

Fritz reprenait son histoire sentimentale, et c'est ainsi que venait l'heure de dormir.

Une fois dans leur chambre à deux lits, la caisse entre eux, et le verrou tiré, Kobus se rappelait encore de nouveaux détails sur la passion malheureuse du grand-oncle Séraphion, et le mauvais caractère de Mlle Rosa Fon Pompon; il se mettait à les raconter, jusqu'à ce qu'il entendît le gros Hâan ronfler comme une trompette, ce qui le forçait de se finir l'histoire à lui-même, — et c'était toujours par un mariage.

XII

L'ami Kobus, roulant un matin par un chemin très difficile, dans la vallée du Rhéethal, tandis que Hâan conduisait avec prudence, et veillait à ne pas verser dans les trous, l'ami Kobus se fit des réflexions amères sur la vanité des vanités de la sagesse; il était fort triste, et se disait en lui-même :

« A quoi te sert-il maintenant, Fritz, d'avoir eu soin de te tenir la tête froide, le ventre libre et les pieds chauds durant vingt ans? Malgré ta grande prudence, un être faible a troublé ton repos d'un seul de ses regards. A quoi te sert-il de te sauver loin de ta demeure, puisque cette folle pensée te suit partout, et que tu ne peux l'éviter nulle part? A quoi t'a servi d'amasser, par ta prévoyance judicieuse, des vins exquis et tout ce qui peut satisfaire le goût et l'odorat, non seulement d'un homme, mais de plusieurs, durant des années, puisqu'il ne t'est plus même permis de boire un verre de vin, sans t'exposer à radoter comme une vieille laveuse, et à raconter des histoires qui te rendraient la fable de David, de Schoultz, de Hâan et de tout le pays, si l'on savait pourquoi tu les racontes? Ainsi, toute consolation t'est refusée! »

En songeant à ces choses, il s'écriait en lui-même, avec le roi Salomon :

« J'ai dit en mon cœur : Allons, que je t'éprouve maintenant par la joie; jouis des biens de la terre! Mais voilà que c'était aussi vanité. J'ai recherché en mon cœur le moyen de me traiter délicatement, et que mon cœur cependant suivît la sagesse. Je me suis bâti des maisons, je me suis planté des jardins et des vignes, je me suis creusé des réservoirs et j'y ai semé des poissons délicieux ; je me suis amassé des richesses, je me suis agrandi ; et ayant considéré tous ces ouvrages, voilà que tout était vanité ! Puisqu'il m'arrive aujourd'hui comme à l'insensé, pourquoi donc ai-je été plus sage ? Cette petite Sûzel m'ennuie plus qu'il n'est possible de le dire, et pourtant mon âme se complaît en elle ! Moi et mon cœur, nous nous sommes tournés de tous côtés, pour examiner et rechercher la sagesse, et nous n'avons trouvé que le mal de la folie, de l'imbécillité et de l'imprudence : Nous avons trouvé cette jeune fille, dont le sourire est comme un filet et le regard un lien ; n'est-ce point de la folie ? Pourquoi donc ne s'est-elle pas dérangé le pied, le jour de son voyage à Hunebourg ? Pourquoi l'ai-je vue dans la joie du festin, et, plus tard, dans les plaisirs de la musique ? Pourquoi ces choses sont-elles arrivées de la sorte et non autrement ? Et maintenant, Fritz, pourquoi ne peux-tu te détacher de ces vanités ? »

Il suait à grosses gouttes, et rêvait dans une désolation inexprimable. Mais ce qui l'ennuyait encore le plus, c'était de voir Hâan tirer la bouteille de la paille, et de l'entendre dire :

« Allons, Kobus, bois un bon coup ! Quelle chaleur au fond de ces vallées !

— Merci, faisait-il, je n'ai pas soif. »

Car il avait peur de recommencer l'histoire des amours de tous ses ancêtres, et surtout de finir par raconter les siennes.

« Comment ! tu n'as pas soif, s'écriait Hâan, c'est impossible ; voyons !

— Non, non, j'ai là quelque chose de lourd, faisait-il en se posant la main sur l'estomac, avec une grimace.

— Cela vient de ce que nous n'avons pas assez bu hier soir ; nous avons été nous coucher trop tôt, disait le gros percepteur ; bois un coup et cela te remettra.

— Non, merci.

— Tu ne veux pas ? tu as tort. »

Alors Hâan levait le coude, et Fritz voyait son cou se gonfler et se dégonfler d'un air de satisfaction incroyable. Puis le gros homme exhalait un soupir, tapait sur le bouchon, et mettait la bouteille entre ses jambes en disant :

« Ça fait du bien. — Hue, Foux, hue !

— Quel matérialiste que ce Hâan, se disait Fritz, il ne pense qu'à boire et à manger !

— Kobus, reprenait l'autre gravement, tu couves une maladie ; prends garde ! Voilà deux jours que tu ne bois plus, c'est mauvais signe. Tu maigris ; les hommes gras qui deviennent maigres, et les hommes maigres qui deviennent gras, c'est dangereux. »

« Que le diable t'emporte ! » pensait Fritz, et parfois l'idée lui passait par la tête que Hâan se doutait de quelque chose ; alors, tout rouge, il l'observait du coin de l'œil, mais il était si paisible que le doute se dissipait.

Enfin, au bout de deux heures, ayant franchi la côte, ils atteignirent un chemin uni, sablonneux, au fond de la vallée, et Hâan, indiquant de son fouet une centaine de masures décrépites sur la montagne en face, à mi-côte, et dominées par une chapelle tout au haut dans les nuages, dit d'un air mélancolique :

« Voilà Widland, le pays dont je t'ai parlé à Hunebourg. Dans un quart d'heure nous y serons. Regarde, voici deux *ex-voto* suspendus à cet arbre, et là-bas, un autre en forme de chapelle, dans le creux de cette roche, nous allons en rencontrer maintenant à chaque pas ; c'est la misère des misères : pas une route, pas un chemin vicinal en bon état, mais des *ex-voto* partout ! Et penser que ces gens-là se font dire des messes aussitôt qu'ils peuvent réunir quatre sous, et que le pauvre Hâan est forcé de crier, de taper sur la table, et de s'époumoner comme un malheureux pour obtenir l'argent du roi ! Tu me croiras si tu veux, Kobus, mais cela me saigne le cœur d'arriver ici pour demander de l'argent, pour faire vendre des baraques de quatre *kreutzer* et des meubles de deux *pfenning*. »

Ce disant, Hâan fouetta Foux, qui se mit à galoper.

Le village était alors à deux ou trois cents pas au-dessus d'eux, autour d'une gorge profonde et rapide, en fer à cheval.

Le chemin creux où montait la voiture, encombré de sable, de pierres, de gravier, et creusé d'ornières profondes par les lourdes charrettes du pays, attelées de bœufs et de vaches, était tellement étroit, que l'essieu portait quelquefois des deux côtés sur le roc.

Naturellement Foux avait repris sa marche haletante, et seulement un quart d'heure après, ils arrivaient au niveau des deux premières chaumières, véritables baraques, hautes de quinze à vingt pieds, le pignon sur la vallée, la porte et les deux lucarnes sur le chemin. Une femme, sa tignasse rousse enfouie dans une cornette d'indienne, la face creuse, le cou long, creusé d'une sorte de goulot, qui partait de la mâchoire inférieure jusqu'à la poitrine, l'œil fixe et hagard, le nez pointu, se tenait sur le seuil de la première hutte, regardant vers la voiture.

Devant la porte de l'autre cassine, en face, était assis un enfant de deux à trois ans, tout nu, sauf un lambeau de chemise qui lui pendait des épaules sur les cuisses; il était brun de peau, jaune de cheveux, et regardait d'un air curieux et doux.

Fritz observait ce spectacle étrange.

La rue fangeuse descendant en écharpe dans le village, les granges pleines de paille, les hangars, les lucarnes ternes, les petites portes ouvertes, les toits effondrés : tout cela confus, entassé dans un étroit espace, se découpait pêle-mêle sur le fond verdoyant des forêts de sapins.

La voiture suivit le chemin à travers les fumiers, et un petit chien-loup noir, la queue en panache, vint aboyer contre Foux. Les gens alors se montrèrent aussi sur le seuil de leurs chaumières, vieux et jeunes, en blouses sales et pantalons de toile, la poitrine nue, la chemise débraillée.

A cinquante pas dans le village, apparut l'église à gauche, bien propre, bien blanche, les vitraux neufs, riante et pimpante au milieu de cette misère; le cimetière, avec ses petites croix, en faisait le tour.

« Nous y sommes », dit Hâan.

La voiture venait de s'arrêter dans un creux, au coin d'une maison peinte en jaune, la plus belle du village, après celle de M. le curé. Elle avait un étage, et cinq fenêtres sur la façade, trois en haut, deux en bas. La porte s'ouvrait de côté sous une espèce de hangar. Dans ce hangar étaient entassés des fagots, une scie, une hache et des coins; plus bas, descendaient en pente deux ou trois grosses pierres plates, déversant l'eau du toit dans le chemin, où stationnait le char à bancs.

Fritz et Hâan n'eurent qu'à enjamber l'échelle de la voiture, pour mettre le pied sur ces pierres. Un petit homme, au nez de pie tourné à la friandise, les cheveux blond filasse aplatis sur le front, et les yeux bleu faïence, venait de s'avancer sur la porte, et disait :

« Hé! hé! hé! monsieur Hâan, vous arrivez deux jours plus tôt que l'année dernière.

— C'est vrai, Schnéegans, répondit le gros percepteur; mais je vous ai fait prévenir. Vous avez bien sûr ordonné les publications?

— Oui, monsieur Hâan, le *beutel*[1] est en route depuis ce matin; écoutez... le voilà qui tambourine justement sur la place. »

En effet, le roulement d'un tambour fêlé bourdonnait alors sur la place du village. Kobus s'étant retourné vit, près de la fontaine, un grand gaillard en blouse, le chapeau à claque sur la nuque, la corne au milieu du dos, le nez rouge, les joues creuses, la caisse sur la cuisse, qui tambourinait, et finit par crier d'une voix glapissante, tandis qu'une foule de gens écoutaient aux lucarnes d'alentour :

« Faisons savoir que M. l'*einnehmer*[2] Hâan est à l'auberge du Cheval-Noir, pour attendre les contribuables qui n'ont pas encore payé, et qu'il attendra jusqu'à deux heures; après quoi, ceux qui ne seront pas venus, devront aller à Hunebourg dans la quinzaine, s'ils n'aiment mieux recevoir le *steuerbôt*[3]? »

Sur ce, le *beutel* remonta la rue, en continuant ses roulements, et Hâan ayant pris ses registres, entra dans la salle de l'auberge; Kobus le suivait. Ils gravirent un

1. L'appariteur.
2. Le percepteur.
3. Le porteur de contraintes.

escalier de bois, et trouvèrent en haut une chambre semblable à celle du bas, seulement plus claire, et garnie de deux lits en alcôve si hauts, qu'il fallait une chaise pour y monter. A droite, se trouvait une table carrée. Deux ou trois chaises de bois dans l'angle des fenêtres, un vieux baromètre accroché derrière la porte, et, tout autour des murs blanchis à la chaux, les portraits de saint Maclof, de saint Iéronimus et de la sainte Vierge magnifiquement enluminés, composaient l'ameublement de cette salle.

« Enfin, dit le gros percepteur en s'asseyant avec un soupir, nous y voilà! Tu vas voir quelque chose de curieux, Fritz. »

Il ouvrait ses registres et dévissait son encrier. Kobus, debout devant une fenêtre, regardait par-dessus les toits des maisons en face, l'immense vallée bleuâtre : les praires au fond, dans la gorge; avant les prairies, les vergers remplis d'arbres fruitiers, les petits jardins entourés de palissades vermoulues ou de haies vives; et, tout autour, les sombres forêts de sapins; cela lui rappelait sa ferme de Meisenthâl!

Bientôt un grand tumulte se fit entendre au-dessous, dans la salle : tout le village, hommes et femmes, envahissait l'auberge. Au même instant, Schnéegans entrait, portant une bouteille de vin blanc et deux verres, qu'il déposa sur la table :

« Est-ce qu'il faut tous les faire monter à la fois? demanda-t-il.

— Non, l'un après l'autre, chacun à l'appel, répondit Hâan en emplissant les verres. Allons, bois un coup, Fritz! Nous n'aurons pas besoin d'ouvrir le grand sac aujourd'hui; je suis sûr qu'ils ont encore fait du bien à l'église. »

Et, se penchant sur la rampe, il cria :

« Frantz Laër! »

Aussitôt, un pas lourd fit crier l'escalier, pendant que le percepteur venait de se rasseoir, et un grand gaillard en blouse bleue, coiffé d'un large feutre noir, entra. Sa figure longue, osseuse et jaune, semblait impassible. Il s'arrêta sur le seuil.

« Frantz Laër, lui dit Hâan, vous devez neuf florins d'arriéré et quatre florins de courant. »

L'autre leva sa blouse, mit la main dans la poche de son pantalon jusqu'au coude, et posa sur la table huit florins en disant :

« Voilà !

— Comment, voilà ! Qu'est-ce que cela signifie ? Vous devez treize florins.

— Je ne peux pas donner plus ; ma petite a fait sa première communion, il y a huit jours : ça m'a coûté beaucoup ! j'ai aussi donné quatre florins pour le manteau neuf de saint Maclof.

— Le manteau neuf de saint Maclof ?

— Oui, la commune a acheté un manteau neuf, tout ce qu'il y a de beau, avec des broderies d'or, pour saint Maclof, notre partron.

— Ah ! très bien, fit Hâan, en regardant Kobus du coin de l'œil, il fallait dire cela tout de suite ; du moment que vous avez acheté un manteau neuf pour saint Maclof... Tâchez seulement qu'il n'ait pas besoin d'autre chose l'année prochaine. Je dis donc : — Reçu huit florins. »

Hâan écrivit la quittance et la remit à Laër, en disant :

« Reste cinq florins à payer dans les trois mois, ou je serai forcé de recourir aux grands moyens. »

Le paysan sortit, et Hâan dit à Fritz :

« Voilà le meilleur du village, il est adjoint ; tu peux juger des autres. »

Puis il cria de sa place :

« Joseph Besme ! »

Un contribuable parut, un vieux bûcheron qui paya quatre florins sur douze, puis un autre, qui paya six florins sur dix-sept ; puis un autre, deux florins sur treize, ainsi de suite : ils avaient tous donné pour le beau manteau de saint Maclof, et chacun d'eux avait un frère, une sœur, un enfant dans le purgatoire, qui demandait des messes ; les femmes gémissaient, levaient les mains au ciel, invoquant la sainte Vierge ; les hommes restaient calmes.

Finalement, cinq ou six se suivirent sans rien payer ; et Hâan furieux, s'élançant à la porte, se mit à crier d'une voix de tempête :

« Montez, montez tous, gueusards! montez ensemble! »

Il se fit un grand tumulte dans l'escalier. Hâan reprit sa place, et Kobus, à côté de lui, regarda vers la porte les gens qui entraient. En deux minutes, la moitié de la salle fut pleine de monde, hommes, femmes et jeunes filles, en blouse, en veste, en jupe rapiécée; tous secs, maigres, déguenillés, de véritables têtes de chevaux : le front étroit, les pommettes saillantes, le nez long, les yeux ternes, l'air impassible.

Quelques-uns, plus fiers, affectaient une espèce d'indifférence hautaine, leur grand feutre penché sur le dos, les deux poings dans les poches de leur veste, la cuisse en avant et les coudes en équerre. Deux ou trois vieilles, hagardes, l'œil allumé de colère et le mépris sur la lèvre; des jeunes filles pâles, les cheveux couleur filasse; d'autres, petites, le nez retroussé, brunes comme la myrtille sauvage, se poussaient du coude, chuchotaient entre elles, et se dressaient sur la pointe des pieds pour voir.

Le percepteur, la face pourpre, ses trois cheveux roussâtres debout sur sa grosse tête chauve, attendait que tout le monde fût en place, affectant de lire dans son registre. Enfin, il se retourna brusquement, et demanda si quelqu'un voulait encore payer.

Une vieille femme vint apporter deux kreutzers; tous les autres restèrent immobiles.

Alors Hâan, se retournant de nouveau, s'écria :

« Je me suis laissé dire que vous avez acheté un beau manteau neuf au patron de votre village; et comme les trois quarts d'entre vous n'ont pas de chemise à se mettre sur le dos, je pensais que le bienheureux saint Maclof, pour vous remercier de votre bonne idée, viendrait m'apporter lui-même l'argent de vos contributions. Tenez, mes sacs étaient déjà prêts, cela me réjouissait d'avance; mais personne n'est venu : le roi peut attendre longtemps, s'il espère que les saints du calendrier lui rempliront ses caisses!

« Je voudrais pourtant savoir ce que le grand saint Maclof a fait dans votre intention, et les services qu'il vous a rendus, pour que vous lui donniez tout votre argent.

« Est-ce qu'il vous a fait un chemin, pour emmener votre bois, votre bétail, et vos légumes en ville ? Est-ce qu'il paie les gendarmes qui mettent un peu d'ordre par ici ? Est-ce que saint Maclof vous empêcherait de vous voler, de vous piller et de vous assommer les uns les autres, si la force publique n'était pas là ?

« N'est-ce pas une abomination de laisser toutes les charges au roi, de se moquer, comme vous, de celui qui paie les armées pour défendre la patrie allemande, les ambassadeurs pour représenter noblement la vieille Allemagne, les architectes ; les ingénieurs, les ouvriers qui couvrent le pays de canaux, de routes, de ponts, d'édifices de toute sorte, qui font l'honneur et la gloire de notre race ; les *steuerbôt*, les fonctionnaires, les gendarmes qui permettent à chacun de conserver ce qu'il a ; les juges qui rendent la justice, selon nos vieilles lois, nos anciens usages et nos droits écrits ?... N'est-ce pas abominable que ne pas songer à le payer, à l'aider comme d'honnêtes gens et de porter tous vos kreutzers à saint Maclof, à Lalla-Roumpfel, à tous ces saints que personne ne connaît ni d'Ève ni d'Adam, dont il n'est pas dit un mot dans les saintes Écritures, et qui, de plus, vous mangent pour le moins cinquante jours de l'année, sans compter vos cinquante-deux dimanches !

« Croyez-vous donc que cela puisse durer éternellement ? ne voyez-vous pas que c'est contraire au bon sens, à la justice, à tout ?

« Si vous aviez un peu de cœur, est-ce que vous ne prendriez pas en considération les services que vous rend notre gracieux souverain, le père de ses sujets, celui qui vous met le pain à la bouche ? Vous n'avez donc pas de honte de porter tous vos deniers à saint Maclof, tandis que moi, j'attends ici que vous payiez vos dettes envers l'État ?

« Écoutez ! si le roi n'était pas si bon, si rempli de patience, depuis longtemps il aurait fait vendre vos bicoques, et nous verrions si les saints du calendrier vous en rebâtiraient d'autres.

« Mais, puisque vous l'admirez tant, ce grand saint Maclof, pourquoi ne faites-vous donc pas comme lui, pourquoi n'abandonnez-vous pas vos femmes et vos enfants, pourquoi n'allez-vous pas, avec un sac sur le dos, à travers le monde, vivre de croûtes de pain et d'aumônes ? Ce serait naturel de suivre son exemple ! D'autres viendraient cultiver vos terres en friche, et se mettre en état de remplir leurs obligations envers le souverain.

« Regardez un peu seulement autour de vous, ceux de Schnéemath, de Hackmath, d'Ourmath, et d'ailleurs, qui rendent à César ce qui revient à César, et à Dieu ce qui revient à Dieu, selon les divines paroles de notre Seigneur Jésus-Christ. Regardez-les, ce sont de bons chrétiens ; ils travaillent et n'inventent pas tous les jours de nouvelles fêtes, pour avoir un prétexte de croupir dans la paresse, et de dépenser leur argent au cabaret. Ils n'achètent pas de manteaux brodés d'or ; ils aiment mieux acheter des souliers à leurs enfants, tandis que vous autres, vous allez nu-pieds comme de vrais sauvages.

« Cinquante fêtes par an, pour mille personnes, font cinquante mille journées de travail perdues ! Si vous êtes pauvres, misérables, si vous ne pouvez pas payer le roi, c'est aux saints du calendrier que la gloire en revient !

« Je vous dis ces choses, parce qu'il n'y a rien dans le monde de plus ennuyeux que de venir ici tous les trois mois, pour remplir son devoir, et de trouver des gueux — misérables et nus par leur propre faute —, qui ont encore l'air de vous regarder comme un antéchrist, lorsqu'on leur demande ce qui est dû au souverain dans tous les pays chrétiens, et même chez des sauvages comme les Turcs et les Chinois. Tout l'univers paie des contributions, pour avoir de l'ordre, et de la liberté dans le travail ; vous seuls vous donnez tout à saint Maclof, et, Dieu merci, chacun peut voir, en vous regardant, de quelle manière il vous récompense !

« Maintenant, je vous préviens d'une chose : ceux qui n'auront pas payé d'ici huit jours, on leur enverra le *steuerbôt*. La patience de Sa Majesté est longue, mais elle a des bornes.

« J'ai parlé ! — Allez-vous-en, et souvenez-vous de ce que Hâan vient de vous dire : le *steuerbôt* arrivera pour sûr. »

Alors, ils se retirèrent en masse sans répondre.

Fritz était stupéfait de l'éloquence de son camarade; quand les derniers contribuables eurent disparu dans l'escalier, il lui dit :

« Écoute, Hâan, tu viens de parler comme un véritable orateur; mais, entre nous, tu es trop dur avec ces malheureux.

— Trop dur! s'écria le percepteur, en levant sa grosse tête ébouriffée.

— Oui, tu ne comprends rien au sentiment... à la vie du sentiment...

— A la vie du sentiment? fit Hâan. Ah, ça! dis donc, tu veux te moquer de moi, Fritz... Ha! ha! ha! je ne donne pas là-dedans comme le vieux rebbe Sichel... ta mine grave ne me trompe pas... je te connais!...

— Et je te dis, moi, s'écria Kobus, qu'il est injuste de reprocher à ces paysans de croire à quelque chose, et surtout de leur en faire un crime. L'homme n'est pas seulement sur la terre pour amasser de l'argent et pour s'emplir le ventre. Ces pauvres gens, avec leur foi naïve et leurs pommes de terre, sont peut-être plus heureux que toi, avec tes omelettes, tes andouilles et ton bon vin.

— Hé! hé! farceur, dit Hâan, en lui posant la main sur l'épaule, parle donc un peu pour deux; il me semble que nous n'avons vécu ni l'un ni l'autre d'*ex-voto* et de pommes de terre jusqu'à présent, et j'espère que cela ne nous arrivera pas de sitôt. Ah! c'est comme cela que tu veux te moquer de ton vieux Hâan. En voilà des idées et des théories d'un nouveau genre! »

Tout en discutant, ils se disposaient à descendre, lorsqu'un faible bruit s'entendit près de la porte. Ils se retournèrent et virent debout, contre le mur, une jeune fille de seize à dix-sept ans, les yeux baissés. Elle était pâle et frêle; sa robe de toile grise, recouverte de grosses pièces, s'affaissait contre ses hanches; de beaux cheveux blonds encadraient ses tempes; elle avait les pieds nus; et je ne sais quelle lointaine ressemblance remplit aussitôt Kobus d'une pitié attendrie, telle qu'il n'en avait jamais éprouvé : il lui sembla voir la petite Sûzel, mais défaite, malade, tremblante, épuisée par la grande misère. Son cœur se fondit, une sorte de froid s'étendit le long de ses joues.

Hâan, lui, regardait la jeune fille d'un air de mauvaise humeur.

« Que veux-tu ? dit-il brusquement, les registres sont fermés, les perceptions finies, vous viendrez tous payer à Hunebourg.

— Monsieur le percepteur, répondit la pauvre enfant après un instant de silence ; je viens pour ma grand-mère Annah Ewig. Depuis cinq mois elle ne peut plus se lever de son lit. Nous avons eu de grands malheurs ; mon père a été pris sous sa *schlitt*[1] à la Kohlplatz, l'hiver dernier... il est mort... Ça nous a coûté beaucoup pour le repos de son âme. »

Hâan, qui commençait à s'attendrir, regarda Fritz d'un œil indigné. « Tu l'entends, semblait-il dire, toujours saint Maclof ! »

Puis, élevant la voix :

« Ce sont des malheurs qui peuvent arriver à tout le monde, répondit-il ; j'en suis fâché, mais quand je me présente à la caisse générale, on ne me demande pas si les gens sont heureux ou malheureux, on me demande combien d'argent j'apporte ; et lorsqu'il n'y en a pas assez, il faut que j'en ajoute de ma propre poche. Ta grand-mère doit huit florins ; j'ai payé pour elle l'année dernière, cela ne peut pas durer toujours. »

La pauvre petite était devenue toute triste, on voyait qu'elle avait envie de pleurer.

« Voyons, reprit Hâan, tu venais me dire qu'il n'y a rien, n'est-ce pas ? que ta grand-mère n'a pas le sou ; pour me dire cela, tu pouvais rester chez vous, je le savais déjà. »

Alors, sans lever les yeux, elle avança la main doucement et l'ouvrit, et l'on vit un florin dedans.

« Nous avons vendu notre chèvre... pour payer quelque chose... » dit-elle d'une voix brisée.

Kobus tourna la tête vers la fenêtre ; son cœur grelottait.

« Des acomptes, fit Hâan, toujours des acomptes ! encore, si la chose en valait la peine. »

1. Traîneau.

Cependant, il rouvrit son registre en disant :
« Allons, viens ! »
La petite s'approcha; mais Fritz, se penchant sur l'épaule du percepteur qui écrivait, lui dit à voix basse :
« Bah ! laisse cela.
— Quoi ? fit Hâan en le regardant stupéfait.
— Efface tout.
— Comment... efface ?
— Oui ! — Reprends ton argent », dit Kobus à l'enfant.
Et tout bas, à l'oreille de Hâan, il ajouta :
« C'est moi qui paie !
— Les huit florins ?
— Oui. »
Hâan déposa sa plume; il semblait rêveur, et, regardant la jeune fille, il lui dit d'un ton grave :
« Voici M. Kobus, de Hunebourg, qui paie pour vous. Tu diras cela à ta grand-mère. Ce n'est pas saint Maclof qui paie, c'est M. Kobus, un homme sérieux, raisonnable, qui fait cela par bon cœur. »
La petite leva les yeux, et Fritz vit qu'ils étaient d'un bleu doux, comme ceux de Sûzel, et pleins de larmes. Elle avait déjà posé son florin sur la table; il le prit, fouilla dans sa poche et en mit cinq ou six avec, en disant :
« Tiens, mon enfant, tâchez de ravoir votre chèvre, ou d'en acheter une autre aussi bonne. Tu peux t'en aller maintenant. »
Mais elle ne bougeait pas; c'est pourquoi Hâan, devinant sa pensée, dit :
« Tu veux remercier monsieur, n'est-ce pas ? »
Elle inclina la tête en silence.
« C'est bon, c'est bon ! fit-il. Naturellement nous savons ce que tu dois penser; c'est un bienfait du Ciel qui vous arrive. Tenez-vous au courant maintenant. Ce n'est pas grand-chose de mettre deux sous de côté par semaine, pour avoir la conscience tranquille. Va, ta grand mère sera contente. »
La petite, regardant Kobus encore une fois, avec un sentiment de reconnaissance inexprimable, sortit et descendit l'escalier. Fritz, tout troublé, s'était approché

de la fenêtre; il vit la pauvre enfant se mettre à courir en remontant la rue, on aurait dit qu'elle avait des ailes.

« Voilà nos affaires terminées, reprit Hâan; en route! »

En se retournant, Kobus le vit qui descendait déjà, les registres sous le bras et son gros dos arrondi. Il s'essuya les yeux, et descendit à son tour.

« Hé! leur cria Schneégans en bas dans la grande salle, vous ne dînez pas avant de partir, monsieur le percepteur?

— Est-ce que tu as faim, Kobus? demanda Hâan.

— Non.

— Ni moi non plus; vous pouvez servir votre dîner à saint Maclof! Chaque fois que je viens dans ce gueux de pays, je suis comme éreinté durant quinze jours; tout cela me bouleverse. Attelez le cheval, Schneégans, c'est tout ce qu'on vous demande. »

L'aubergiste sortit. Hâan et Fritz, sur la porte, le regardèrent tirer le cheval de l'écurie et le mettre à la voiture. Kobus monta, Hâan régla la note, prit les rênes et le fouet, et les voilà partis comme ils étaient venus.

Il pouvait être alors deux heures. Tous les gens du village, devant leurs baraques, les regardaient passer, sans qu'un seul eût l'idée de lever son chapeau.

Ils rentrèrent dans le chemin creux de la côte. Les ombres s'allongeaient alors du haut de la roche de Saint-Maclof, jusque dans la vallée; l'autre côté de la montagne était éblouissant de lumière. Hâan paraissait rêveur; Fritz penchait la tête, s'abandonnant pour la première fois, aux sentiments de tendresse et d'amour qui, depuis quelque temps, faisaient invasion dans son âme. Il fermait les yeux, et voyait passer devant ses paupières rouges, tantôt l'image de Sûzel, tantôt celle de la pauvre enfant de Wildland. Le percepteur, très attentif à conduire au milieu des roches et des ornières, ne disait mot.

A cinq heures, la voiture roulait dans le chemin sablonneux de Tiefenbach. Hâan, regardant alors Kobus, le vit comme assoupi, la tête ballottant doucement sur l'épaule; il alluma sa grosse pipe et laissa courir. Une demi-lieue plus loin, pour couper au court, il mit pied à terre, et, conduisant Foux par la bride, il prit le chemin escarpé du Tannewald. Fritz resta sur le siège; il ne dormait pas, comme le croyait son camarade, et s'abandonnait à ses rêves!... jamais il n'avait tant rêvé de sa vie.

Cependant la nuit descendait sur les bois, le fond des vallées s'emplissait de ténèbres; mais les plus hautes cimes rayonnaient encore.

Après une bonne heure de marche ascendante, où Foux et Hâan s'arrêtaient de temps en temps pour reprendre haleine, la voiture atteignit enfin le plateau. Il ne restait plus qu'à traverser la forêt pour découvrir Hunebourg.

Le percepteur, qui malgré son gros ventre avait marché vigoureusement, mit alors le pied sur le timon, et claquant du fouet, il enfonça sa large croupe dans le coussin de cuir.

« Allons! hop! hop! » s'écria-t-il.

Et Foux repartit dans le chemin des coupes, en trottant comme s'il n'eût pas déjà fait quatre fortes lieues de montagne.

Ah! la belle vue, le beau coucher de soleil quand, au sortir des vallées, vous découvrez tout à coup la lumière pourpre du soir, à travers les hauts panaches des bouleaux effilés dans le ciel, et que les mille parfums des bois voltigent autour de vous, embaumant l'air de leur haleine odorante!

La voiture suivait la lisière de la forêt; parfois tout était sombre, les branches des grands arbres descendaient en voûte; parfois un coin de ciel rouge apparaissait derrière les mille plantes jaillissant des fourrés; puis tout se cachait de nouveau, les broussailles défilaient, et le soleil descendait toujours : on le voyait chaque fois, au fond des percées lumineuses, d'un degré plus bas. Bientôt les pointes des hautes herbes se découpèrent sur sa face de bon vivant, une véritable face de Silène, pourpre et couronnée de pampres. Enfin, il disparut, et de longs voiles d'or l'enveloppèrent dans les abîmes : les teintes grises de la nuit envahirent le ciel; quelques étoiles tremblotaient déjà au-dessus des sombres massifs de la forêt, dans les profondeurs de l'infini.

A cette heure, la rêverie de Kobus devint plus grande encore et plus intime; il écoutait les roues tourner dans le sable, le pied du cheval heurter un caillou, quelques petits oiseaux filer à l'approche de la voiture. Cela durait depuis longtemps, lorsque Hâan s'aperçut qu'une courroie était lâchée; il fit halte et descendit. Fritz entrouvrit les yeux pour voir ce qui se passait : la lune se levait, le sentier était plein de lumière blanche.

Et comme le percepteur serrait la boucle de la courroie, tout à coup des faneuses et des faucheurs qui rentraient chez eux après le travail, se mirent à chanter ensemble le vieux *lied* :

« Quand je pense à ma bien-aimée ! »

Le silence de la nuit était grand, mais il parut grandir encore, et les forêts elles-mêmes semblèrent prêter l'oreille à ces voix graves et douces confondues dans un sentiment d'amour.

Ces gens ne devaient pas être très loin; on entendait leurs pas sur la lisière du bois, ils marchaient en cadence.

Hâan et Kobus avaient entendu cent fois le vieux *lied*; mais alors, il leur sembla si beau, si bien en rapport avec l'heure silencieuse, qu'ils l'écoutèrent dans une sorte de ravissement poétique. Mais Fritz éprouvait une bien autre émotion que celle de Hâan : parmi ces voix s'en trouvait une, douce, haute, pénétrante, qui commençait toujours le couplet et finissait la dernière, comme un soupir du ciel. Il croyait reconnaître cette voix fraîche, tendre, amoureuse, et son cœur tout entier était dans son oreille.

Au bout d'un instant, Hâan, qui tenait Foux par la bride, pour l'empêcher de secouer la tête, dit :

« Comme c'est juste ! C'est pourtant ainsi que chantent les enfants de la vieille Allemagne. Allez donc ailleurs...

— Chut ! » fit Kobus.

Le vieux *lied* recommençait en s'éloignant, et la même voix s'élevait, toujours plus haute, plus touchante que les autres; à la fin, un frémissement de feuillage la couvrit.

« C'est beau, ces vieilles chansons, dit le percepteur, en remontant sur la voiture.

— Mais où sommes-nous donc ? lui demanda Fritz tout pâle.

— Près de la roche des Tourterelles, à vingt minutes au-dessus de ta ferme, répondit Hâan en se rasseyant et fouettant le cheval, qui repartit.

— C'était la voix de Sûzel, pensa Kobus, je le savais bien. »

Une fois hors du bois, Foux se mit à galoper : il sentait l'écurie. Hâan, tout joyeux de prendre sa chope le soir, parlait des talents de la vieille Allemagne, des vieux *lieds*, des anciens minnesingers. Kobus ne l'écoutait pas, sa pensée était ailleurs ; ils avaient déjà dépassé la Porte de Hildebrandt, les lumières brillant dans toutes les maisons de la grande rue, avaient frappé ses yeux sans qu'il les vît, lorsque la voiture s'arrêta.

« Eh bien, vieux, tu peux descendre, te voilà devant ta porte », lui dit Hâan.

Il regarda et descendit.

« Bonsoir, Kobus ! cria le percepteur.

— Bonne nuit », dit-il en montant l'escalier tout pensif.

Ce soir-là, sa vieille Katel, heureuse de le revoir, voulut mettre toute la cuisine en feu, pour célébrer son retour, mais il n'avait pas faim.

« Non, dit-il, laisse cela ; j'ai bien dîné... j'ai sommeil. »

Il alla se coucher.

Ainsi ce bon vivant, ce gros gourmand, ce fin gourmet de Kobus se nourrissait alors d'une tranche de jambon le matin, et d'un vieux *lied* le soir, il était bien changé !

XIII

Dieu sait à quelle heure Fritz s'endormit cette nuit-là ; mais il faisait grand jour lorsque Katel entra dans sa chambre et qu'elle vit les persiennes fermées.

« C'est toi, Katel ? dit-il en se détirant les bras, qu'est-ce qui se passe ?

— Le père Christel vient vous voir, monsieur ; il attend depuis une demi-heure.

— Ah ! le père Christel est là ; eh bien, qu'il entre ; entrez donc, Christel. — Katel pousse les volets. — Eh ! bonjour, bonjour, père Christel, tiens ! tiens, c'est vous ! » fit-il en serrant les deux mains du vieil anabaptiste, debout devant son lit, avec sa barbe grisonnante et son grand feutre noir.

Il le regardait, la face épanouie ; Christel était tout étonné d'un accueil si enthousiaste.

« Oui, monsieur Kobus, dit-il en souriant. J'arrive de la ferme, pour vous apporter un petit panier de cerises... Vous savez, de ces cerises croquantes du cerisier derrière le hangar, que vous avez planté vous-même, il y a douze ans. »

Alors Fritz vit sur la table une corbeille de cerises, rangées et serrées avec soin dans de grandes feuilles de fraisiers qui pendaient tout autour ; elles étaient si fraîches, si appétissantes et si belles, qu'il en fut émerveillé :

« Ah ! c'est bon, c'est bon ! oui, j'aime beaucoup ces

cerises-là! s'écria-t-il. Comment! vous avez pensé à moi, père Christel?

— C'est la petite Sûzel, répondit le fermier; elle n'avait pas de cesse et pas de repos. Tous les jours elle allait voir le cerisier et disait : « Quand vous irez à « Hunebourg, mon père, les cerises sont mûres; vous « savez que M. Kobus les aime! » Enfin, hier soir, je lui ai dit : « J'irai demain! » et, ce matin, au petit jour, elle a pris l'échelle et elle est allée les cueillir. »

Fritz, à chaque parole du père Christel, sentait comme un baume rafraîchissant s'étendre dans tout son corps. Il aurait voulu embrasser le brave homme, mais il se contint, et s'écria :

« Katel, apporte donc ces cerises par ici, que je les goûte! »

Et Katel les ayant apportées, il les admira d'abord; il lui semblait voir Sûzel étendre ces feuilles vertes au fond de la corbeille, puis déposer les cerises dessus, ce qui lui procurait une satisfaction intérieure, et même un attendrissement qu'on ne pourrait croire. Enfin, il les goûta, les savourant lentement et avalant les noyaux.

« Comme c'est frais! disait-il, comme c'est ferme, ces cerises qui viennent de l'arbre! On n'en trouve pas de pareilles sur le marché; c'est encore plein de rosée, et ça conserve tout son goût naturel, toute sa force et toute sa vie. »

Christel le regardait d'un air joyeux.

« Vous aimez bien les cerises? fit-il.

— Oui, c'est mon bonheur. Mais asseyez-vous donc, asseyez-vous. »

Il posa la corbeille sur le lit, entre ses genoux, et tout en causant, il prenait de temps en temps une cerise et la savourait, les yeux comme troubles de plaisir.

« Ainsi, père Christel, reprit-il, tout le monde se porte bien chez vous, la mère Orchel?

— Très bien, monsieur Kobus.

— Et Sûzel aussi?

— Oui, Dieu merci, tout va bien. Depuis quelques jours, Sûzel paraît seulement un peu triste; je la croyais malade, mais c'est l'âge qui fait cela, monsieur Kobus, les enfants deviennent rêveurs à cet âge. »

Fritz, se rappelant la scène du clavecin, devint tout rouge et dit en toussant :

« C'est bon... oui... oui... Tiens, Katel, mets ces cerises dans l'armoire, je serais capable de les manger toutes avant le dîner. Faites excuse, père Christel, il faut que je m'habille.

— Ne vous gênez pas, monsieur Kobus, ne vous gênez pas. »

Tout en s'habillant, Fritz reprit :

« Mais vous n'arrivez pas de Meisenthâl seulement pour m'apporter des cerises ?

— Ah ! non, j'ai d'autres affaires en ville. Vous savez, quand vous êtes venu la dernière fois à la ferme, je vous ai montré deux bœufs à l'engrais. Quelques jours après votre départ, Schmoûle les a achetés ; nous sommes tombés d'accord à trois cent cinquante florins. Il devait les prendre le 1er juin, ou me payer un florin pour chaque jour de retard. Mais voilà bientôt trois semaines qu'il me laisse ces bêtes à l'écurie. Sûzel est allée lui dire que cela m'ennuyait beaucoup ; et comme il ne répondait pas, je l'ai fait assigner devant le juge de paix. Il n'a pas nié d'avoir acheté les bœufs, mais il a dit que rien n'était convenu pour la livraison, ni sur le prix des jours de retard ; et comme le juge n'avait pas d'autre preuve, il a déféré le serment à Schmoûle, qui doit le prêter aujourd'hui à dix heures, entre les mains du vieux rebbe David Sichel, car les juifs ont leur manière de prêter serment.

— Ah ! bon, fit Kobus, qui venait de mettre sa capote et décrochait son feutre ; voici bientôt dix heures, je vous accompagne chez David, et aussitôt après, nous reviendrons dîner, vous dînez avec moi ?

— Oh ! monsieur Kobus, j'ai mes chevaux à l'auberge du Bœuf-Rouge.

— Bah ! bah ! vous dînerez avec moi. Katel, tu nous feras un bon dîner. J'ai du plaisir à vous voir, Christel. »

Ils sortirent.

Tout en marchant, Fritz se disait en lui-même :

« N'est-ce pas étonnant ! Ce matin, je rêvais de Sûzel, et voilà que son père m'apporte des cerises qu'elle a cueillies pour moi ; c'est merveilleux, merveilleux ! »

Et la joie intérieure rayonnait sur sa figure, il reconnaissait en ces choses le doigt de Dieu.

Quelques instants après, ils arrivèrent dans la cour de l'antique synagogue. Le vieux mendiant *Frantzôze* était là, sa sébile de bois sur les genoux ; Kobus, dans son ravissement, y jeta un florin, et le père Christel pensa qu'il était généreux et bon.

Frantzôze leva sur lui des yeux tout surpris ; mais il ne le regardait pas, il marchait la tête haute et riante, et s'abandonnait au bonheur d'avoir près de lui le père de la petite Sûzel : c'était comme un souffle du Meisenthâl dans ces hautes bâtisses sombres, un vrai rayon du ciel.

Comme pourtant les hommes ont des idées étranges ; ce vieil anabaptiste, qui, deux ou trois mois avant, lui produisait l'effet d'un honnête paysan, et rien de plus, à cette heure, il l'aimait, il lui trouvait de l'esprit et bien d'autres qualités qu'il n'avait pas reconnues jusqu'alors ; il prenait fait et cause pour lui et s'indignait contre Schmoûle.

Cependant le vieux rebbe David debout à sa fenêtre ouverte, attendait déjà Christel, Schmoûle et le greffier de la justice de paix. La vue de Kobus lui fit plaisir.

« Hé ! te voilà, *schaude*, s'écria-t-il de loin ; depuis huit jours on ne te voit plus.

— Oui, David, c'est moi, dit Fritz en s'arrêtant à la fenêtre ; je t'amène Christel, mon fermier, un brave homme, et dont je réponds comme de moi-même ; il est incapable d'avancer ce qui n'est pas...

— Bon, bon, interrompit David, je le connais depuis longtemps. Entrez, entrez, les autres ne peuvent tarder à venir : voici dix heures qui sonnent. »

Le vieux David était dans sa grande capote brune, luisante aux coudes ; une calotte de velours noir coiffait le derrière de son crâne chauve, quelques cheveux gris voltigeaient autour ; sa figure maigre et jaune, plissée de petites rides innombrables, avait un caractère rêveur, comme au jour du *Kipour*[1].

« Tu ne t'habilles donc pas ? lui demanda Fritz.

— Non, c'est inutile. Asseyez-vous. »

1. Journée de jeûne et d'expiation chez les juifs.

Ils s'assirent.

La vieille Sourlé regarda par la porte de la cuisine entrouverte, et dit :

« Bonjour, monsieur Kobus.

— Bonjour, Sourlé, bonjour. Vous n'entrez pas ?

— Tout à l'heure, fit-elle, je viendrai.

— Je n'ai pas besoin de te dire, David, reprit Fritz, que pour moi Christel a raison, et que j'en répondrais sur ma propre tête.

— Bon ! je sais tout cela, dit le vieux rebbe, et je sais aussi que Schmoûle est fin, très fin, trop fin même. Mais ne causons pas de ces choses ; j'ai reçu la signification depuis trois jours, j'ai réfléchi sur cette affaire, et... tenez, les voici ! »

Schmoûle, avec son grand nez en bec de vautour, ses cheveux d'un roux ardent, la petite blouse serrée aux reins par une corde, et la casquette plate sur les yeux, traversait alors la cour d'un air insouciant. Derrière lui marchait le secrétaire Schwân, le chapeau en tuyau de poêle tout droit sur sa grosse figure bourgeonnée, et le registre sous le bras. Une minute après, ils entrèrent dans la salle. David dit gravement :

« Asseyez-vous, messieurs. »

Puis il alla lui-même rouvrir la porte, que Schwân avait fermée par mégarde, et dit :

« Les prestations de serment doivent être publiques. »

Il prit dans un placard une grosse Bible, à couvercle de bois, les tranches rouges, et les pages usées par le pouce. Il l'ouvrit sur la table et s'assit dans son grand fauteuil de cuir. Il y avait alors quelque chose de grave dans toute sa personne, et de méditatif. Les autres attendaient. Pendant qu'il feuilletait le livre, Sourlé entra, et se tint debout derrière le fauteuil. Un ou deux passants, arrêtés sur l'escalier sombre de la rue des Juifs, regardaient d'un air curieux.

Le silence durait depuis quelques minutes, et chacun avait eu le temps de réfléchir, lorsque David, levant la tête et posant la main sur le livre, dit :

« M. le juge de paix Richter a déféré le serment à Isaac Schmoûle, marchand de bétail, sur cette question : « Est-il vrai qu'il a été convenu entre Isaac « Schmoûle et Hans Christel, que Schmoûle viendrait « prendre, dans la huitaine, une paire de bœufs achetés « par lui le 22 mai dernier, et que, faute de venir, il « payerait à Christel, pour chaque jour de retard, un « florin comme dédommagement de la nourriture des « bœufs. » Est-ce cela ?

— C'est cela, dirent Schmoûle et l'anabaptiste ensemble.

— Il ne s'agit donc plus que de savoir si Schmoûle consent à prêter serment.

— Je suis venu pour ça, dit Schmoûle tranquillement, et je suis prêt.

— Un instant, interrompit le vieux rebbe en levant la main, un instant ! Mon devoir, avant de recevoir un acte pareil, l'un des plus saints, des plus sacrés de notre religion, est d'en rappeler l'importance à Schmoûle. »

Alors, d'une voix grave, il se mit à lire :

« Tu ne prendras point le nom de l'Éternel, ton Dieu, « en vain. Tu ne diras point de faux témoignage ! »

Puis, plus loin, il lut encore du même ton solennel :

« Quand il sera question de quelque chose où il y ait « doute, touchant un bœuf, ou un âne, ou un menu « bétail, ou un habit, ou toute autre chose, la cause des « deux parties sera portée devant le juge, et le serment « de l'Éternel interviendra entre les deux parties. »

Schmoûle, en cet instant, voulut parler ; mais, pour la seconde fois, David lui fit signe de se taire, et dit :

« Tu ne prendras point le nom de l'Éternel, ton Dieu, « en vain ; tu ne porteras point de faux témoignage ! » Ce sont deux commandements de Dieu, que tout le peuple d'Israël entendit parmi les tonnerres et les éclairs, tremblant et se tenant au loin dans le désert de Sinaï.

« Et voici maintenant ce que l'Éternel dit à celui qui viole ses commandements :

« Si tu n'obéis pas à la voix de l'Éternel ton Dieu, « pour prendre garde à ce que je te prescris « aujourd'hui, les cieux qui sont sur ta tête seront « d'airain, et la terre qui est sous tes pieds sera de fer.

« L'Éternel te donnera, au lieu de pluie, de la pous-

« sière et de la cendre; l'Éternel te frappera, toi et ta « postérité, de plaies étranges, de plaies grandes et de « durée, de maladies malignes et de durée.

« L'étranger montera au-dessus de toi fort haut, et tu « descendras fort bas; il te prêtera, et tu ne lui prêteras « point.

« L'Éternel enverra sur toi la malédiction et la ruine « de toutes les choses où tu mettras la main et que tu « feras, jusqu'à ce que tu sois détruit. Tes filles et tes fils « seront livrés à l'étranger, et tes yeux le verront et se « consumeront tout le jour en regardant vers eux; et ta « main n'aura aucune force pour les délivrer.

« Ta vie sera comme pendante devant toi, et tu seras « dans l'effroi nuit et jour. Tu diras le matin : Qui me « fera voir le soir? » Et le soir tu diras : « Qui me fera voir le matin? »

« Et toutes ces malédictions t'arriveront et te pour- « suivront, et reposeront sur toi, jusqu'à ce que tu sois « exterminé, parce que tu n'auras pas obéi à la voix de « l'Éternel ton Dieu, pour garder ses commandements « et ses statuts qu'il t'a donnés! »

« Ce sont ici les paroles de l'Éternel! » reprit David en levant la tête.

Il regardait Schmoûle, qui restait les yeux fixés sur la Bible, et paraissait rêver profondément.

« Maintenant, Schmoûle, poursuivit-il, tu vas prêter serment sur ce livre, en présence de l'Éternel qui t'écoute; tu vas jurer qu'il n'a rien été convenu entre Christel et toi, ni pour le délai, ni pour les jours de retard, ni pour le prix de la nourriture des bœufs pendant ces jours. Mais garde-toi de prendre des détours dans ton cœur, pour t'autoriser à jurer, si tu n'es pas sûr de la vérité de ton serment; garde-toi de te dire par exemple, en toi-même : « Ce Christel m'a fait tort, il m'a « causé des pertes, il m'a empêché de gagner dans telle « circonstance. » Ou bien : « Il a fait tort à mon père, à « mes proches, et je rentre ainsi dans ce qui me serait « revenu naturellement. » Ou bien : « Les paroles de « notre convention avaient un double sens, il me plaît à « moi de les tourner dans le sens qui me convient; elles « n'étaient pas assez claires, et je puis les nier. » Ou bien : « Ce Christel m'a pris trop cher, ses bœufs valent « moins que le prix convenu, et je reste de cette façon « dans la vraie justice, qui veut que la marchandise et le « prix soient égaux, comme les deux côtés d'une « balance. » Ou bien encore : « Aujourd'hui, je n'ai pas « la somme entière, plus tard je réparerai le dom- « mage », ou toute autre pensée de ce genre.

« Non, tous ces détours ne trompent point l'œil de l'Éternel; ce n'est point dans ces pensées, ni dans d'autres semblables que tu dois jurer; ce n'est pas d'après ton propre esprit, qui peut être entraîné vers le mal par l'intérêt, qu'il faut prêter serment; *ce n'est pas sur ta pensée, c'est sur la mienne qu'il faut te régler*; et tu ne peux rien ajouter ni rien retrancher, par ruse ou autrement, à ce que je pense.

« Donc, moi, David Sichel, j'ai cette pensée simple et claire : — Schmoûle a-t-il promis un florin à Christel pour la nourriture des bœufs qu'il a achetés, et, pour chaque jour de retard après la huitaine, l'a-t-il promis? S'il ne l'a pas promis à Christel, qu'il pose la main sur le livre de la loi, et qu'il dise : « Je jure que non! je n'ai « rien promis! » Schmoûle, approche, étends la main, et jure! »

Mais Schmoûle, levant alors les yeux, dit :

« Trente florins ne sont pas une somme pour prêter un serment pareil. Puisque Christel est sûr que j'ai promis — moi, je ne me le rappelle pas bien —, je les paierai, et j'espère que nous resterons bons amis. Plus tard, il me fera regagner cela, car ses bœufs sont réellement trop chers. Enfin, ce qui est dû est dû, et jamais Schmoûle ne prêtera serment pour une somme encore dix fois plus forte, à moins d'être tout à fait sûr. »

Alors David, regardant Kobus d'un œil extrêmement fin, répondit :

« Et tu feras bien, Schmoûle; dans le doute, il faut mieux s'abstenir. »

Le greffier avait inscrit le refus de serment; il se leva, salua l'assemblée et sortit avec Schmoûle, qui, sur le seuil, se retourna et dit d'un ton brusque :

« Je viendrai prendre les bœufs demain à huit heures, et je paierai.

— C'est bon », répondit Christel en inclinant la tête.

Quand ils furent seuls, le vieux rebbe se mit à sourire.

« Schmoûle est fin, dit-il, mais nos vieux talmudistes étaient encore plus fins que lui; je savais bien qu'il n'irait pas jusqu'au bout, voilà pourquoi je ne me suis pas habillé.

— Eh! s'écria Fritz, oui, je le vois, vous avez du bon tout de même dans votre religion.

— Tais-toi, *épicaures*, répondit David en refermant la porte et reportant la Bible dans l'armoire; sans nous, vous seriez tous des païens, c'est par nous que vous pensez depuis deux mille ans; vous n'avez rien inventé, rien découvert. Réfléchis seulement un peu combien de fois vous vous êtes divisés et combattus depuis ces deux mille ans, combien de sectes et de religions vous avez formées! Nous, nous sommes toujours les mêmes depuis Moïse, nous sommes toujours les fils de l'Éternel; vous êtes les fils du temps et de l'orgueil, avec le moindre intérêt on vous fait changer d'opinion; et nous, pauvres misérables, tout l'univers réuni n'a pu nous faire abandonner une seule de nos lois.

— Ces paroles montrent bien l'orgueil de ta race, dit Fritz; jusqu'à présent je te croyais un homme modeste en ses pensées, mais je vois maintenant que tu respires l'orgueil dans le fond de ton âme.

— Et pourquoi serais-je modeste? s'écria David en nasillant. Si l'Éternel nous a choisis, n'est-ce point parce que nous valons mieux que vous?

— Tiens, tais-toi, fit Kobus en riant, cette vanité m'effraie; je serais capable de me fâcher.

— Fâche-toi donc à ton aise, dit le vieux rebbe, il ne faut pas te gêner.

— Non, j'aime mieux t'inviter à prendre le café chez moi, vers une heure; nous causerons, nous rirons, et ensuite nous irons goûter la bière de mars; cela te convient-il?

— Soit, fit David, j'y consens, le chardon gagne toujours à fréquenter la rose. »

Kobus allait s'écrier: « Ah! décidément c'est trop fort! » mais il s'arrêta et dit avec finesse: « C'est moi qui suis la rose! »

Alors tous trois ne purent s'empêcher de rire.

Christel et Fritz sortirent bras dessus, bras dessous, se disant entre eux :

« Est-il fin, ce rebbe David! Il a toujours quelque vieux proverbe qui vient à propos pour vous réjouir : c'est un brave homme. »

Tout se passa comme il avait été convenu : Christel et Kobus dînèrent ensemble, David vint au dessert prendre le café, puis ils se rendirent à la brasserie du Grand-Cerf.

Fritz était dans un état de jubilation extraordinaire, non seulement parce qu'il marchait entre son vieil ami David et le père de Sûzel, mais encore parce qu'il avait une bouteille de *steinberg* dans la tête, sans parler du bordeaux et du kirschenwasser. Il voyait les choses de ce bas monde comme à travers un rayon de soleil : sa face charnue était pourpre et ses grosses lèvres se retroussaient par un joyeux sourire. Aussi quel enthousiasme éclata, lorsqu'il parut ainsi sous la toile grise en auvent, à la porte du Grand-Cerf.

« Le voilà! le voilà! criait-on de tous les côtés, la chope haute, voici Kobus! »

Et lui, riant, répétait :

« Oui, le voilà! ha! ha! ha! »

Il entrait dans les bancs et donnait des poignées de main à tous ses vieux camarades.

Durant les huit jours qui venaient de se passer, on se demandait partout :

« Qu'est-il devenu? quand le reverrons-nous? »

Et le vieux Krautheimer se désolait, car toutes ses pratiques trouvaient la bière mauvaise.

Enfin il s'assit au milieu de la jubilation universelle, et fit asseoir le père Christel à sa droite. David alla regarder Frédéric Schoultz, le gros Hâan Speck et cinq ou six autres qui faisaient une partie de *rams*, à deux kreutzer la marque.

On se mit à boire de cette fameuse bière de mars, qui vous monte au nez comme le vin de Champagne.

En face, à la brasserie des Deux-Clefs, les hussards de Frédéric Wilhelm buvaient de la bière en cruchons, les bouchons partaient comme des coups de pistolet; on se saluait d'un côté de la rue à l'autre, car les bourgeois de Hunebourg sont toujours bien avec les militaires, sans frayer pourtant ensemble, ni les recevoir dans leurs familles, chose toujours dangereuse.

A chaque instant le père Christel disait :

« Il est temps que je parte, monsieur Kobus; faites excuse, je devrais déjà être depuis deux heures à la ferme.

— Bah! s'écriait Fritz en lui posant la main sur l'épaule, ceci n'arrive pas tous les jours, père Christel; il faut bien de temps en temps s'égayer et se dégourdir l'esprit. Allons, encore une chope! »

Et le vieil anabaptiste, un peu gris, se rasseyait en pensant : « Cela fera la sixième! Pourvu que je ne verse pas en route! »

Puis il disait :

« Mais, monsieur Kobus, qu'est-ce que pensera ma femme, si je rentre à moitié gris? Jamais elle ne m'aura vu dans cet état!

— Bah! bah! le grand air dissipe tout, père Christel, et puis vous n'aurez qu'à dire : « M. Kobus l'a "voulu!" Sûzel prendra votre défense.

— Ça, c'est vrai, s'écriait alors Christel en riant, c'est vrai : tout ce que dit et fait M. Kobus est bien! Allons, encore une chope! »

Et la chope arrivait, elle se vidait; la servante en apportait une autre, ainsi de suite.

Or, sur le coup de trois heures, à l'église Saint-Sylvestre, et comme on ne pensait à rien, une troupe d'enfants tourna le coin de l'auberge du Cygne, en courant vers la porte de Landau; puis quelques soldats parurent, portant un de leurs camarades sur un brancard; puis d'autres enfants en foule; c'était un roulement de pas sur le pavé, qui s'entendait au loin.

Tout le monde se penchait aux fenêtres et sortait des maisons pour voir. Les soldats remontaient la rue de la Forge, du côté de l'hôpital, et devaient passer devant la brasserie du Grand-Cerf.

Aussitôt les parties furent abandonnées; on se dressa sur les bancs : Hâan, Schoultz, David, Kobus, les servantes, Krautheimer, enfin tous les assistants. D'autres accouraient de la salle, et l'on se disait à voix basse : « C'est un duel ! c'est un duel ! »

Cependant le brancard approchait lentement, deux hommes le portaient : c'était une civière pour sortir le fumier des écuries de la caserne de cavalerie ; le soldat couché dessus, les jambes pendant entre les bras du brancard, la tête de côté sur sa veste roulée, était extrêmement pâle ; il avait les yeux fermés, les lèvres entrouvertes et le devant de la chemise plein de sang. Derrière venaient les témoins, un vieux hussard à sourcils jaunâtres et grosses moustaches rousses en paraphe sur ses joues brunes ; il portait le sabre du blessé sous le bras, le baudrier jeté sur l'épaule, et semblait tout à fait calme. L'autre, plus jeune et tout blond, était comme abattu, il tenait le shako ; puis arrivaient deux sous-officiers, se retournant à chaque pas, comme indignés de voir tout ce monde.

Quelques hussards, devant la brasserie des Deux-Clefs, criaient au vieux qui portait le sabre : « Rappel ! Hé ! Rappel ! » C'était sans doute leur maître d'armes ; mais il ne répondit pas et ne tourna pas même la tête.

Au passage des deux derniers, Frédéric Schoultz, en sa qualité d'ancien sergent de la landwehr, s'écria du haut de sa chaise :

« Hé ! camarades... camarades ! »

Un d'eux s'arrêta.

« Qu'est-ce qui se passe donc, camarade ?

— Ça, mon ancien, c'est un coup de sabre en l'honneur de Mlle Grédel, la cuisinière du Bœuf-Rouge.

— Ah !

— Oui ! un coup de pointe en riposte et sans parade ; elle est venue trop tard.

— Et le coup a porté ?

— A deux lignes au-dessous du téton droit. »

Schoultz allongea la lèvre ; il semblait tout fier de recevoir une réponse. On écoutait, penchés autour d'eux.

« Un vilain coup, fit-il, j'ai vu ça dans la campagne de France. »

Mais le hussard, voyant ses camarades entrer dans la ruelle de l'hôpital, porta la main à son oreille et dit :

« Faites excuse ! »

Alors il rejoignit sa troupe, et Schoultz promenant un regard satisfait sur l'assistance, se rassit en disant :

« Quand on est soldat, il faut tirer le sabre ; ce n'est pas comme les bourgeois, qui s'assomment à coups de poing. »

Il avait l'air de dire : « Voilà ce que j'ai fait cent fois ! »

Et plus d'un l'admirait.

Mais d'autres, en grand nombre, gens raisonnables et pacifiques, murmuraient entre eux :

« Est-il possible que des hommes se tuent pour une cuisinière ! C'est tout à fait contre nature. Cette Grédel mériterait d'être chassée de la ville, à cause des passions funestes qu'elle excite entre les hussards. »

Fritz ne disait rien, il semblait méditatif, et ses yeux brillaient d'un éclat singulier. Mais le vieux rebbe, à son tour, s'étant mis à dire : « Voilà comment des êtres créés par Dieu se massacrent pour des choses de rien ! » Tout à coup il s'emporta d'une façon étrange.

« Qu'appelles-tu choses de rien, David ? s'écria-t-il d'une voix retentissante. L'amour n'a-t-il pas inspiré, dans tous les temps et dans tous les lieux, les plus belles actions et les plus hautes pensées ? N'est-il pas le souffle de l'Éternel, lui-même, le principe de la vie, de l'enthousiasme, du courage et du dévouement ? Il t'appartient bien de profaner ainsi la source de notre bonheur et de la gloire du genre humain. Ote l'amour à l'homme, que lui reste-t-il ? l'égoïsme, l'avarice, l'ivrognerie, l'ennui et les plus misérables instincts ; que fera-t-il de grand, que dira-t-il de beau ? Rien ; il ne songera qu'à se remplir la panse ! »

Tous les assistants s'étaient retournés ébahis de son emportement ; Hâan le regardait de ses gros yeux pardessus l'épaule de Schoultz, qui lui-même se tordait le cou pour voir si c'était bien Kobus qui parlait, car il ne pouvait en croire ses oreilles.

Mais Fritz ne faisait nulle attention à ces choses.

« Voyons, David, reprit-il en s'animant de plus en plus, quand le grand Homérus, le poète des poètes nous montre les héros de la Grèce qui s'en vont par centaines sur leurs petits bateaux — pour réclamer une belle femme qui s'est sauvée de chez eux —, traversent les mers et s'exterminent pendant dix ans avec ceux d'Asie pour la ravoir, crois-tu qu'il ait inventé cela ? Crois-tu que ce n'était pas la vérité qu'il disait ? Et s'il est le plus grand des poètes, n'est-ce pas parce qu'il a célébré la plus grande chose et la plus sublime qui soit sous le ciel : l'amour ! Et si l'on appelle le chant de votre roi Salomon, le Cantique des cantiques, n'est-ce pas aussi parce qu'il chante l'amour, plus noble, plus grand, plus profond que tout le reste dans le cœur de l'homme ? Quand il dit dans ce Cantique des cantiques : « Ma « bien-aimée, tu es belle comme la voûte des étoiles, « agréable comme Jérusalem, redoutable comme les « armées qui marchent, leurs enseignes déployées ! » est-ce qu'il ne veut pas dire que rien n'est plus beau, plus invincible et plus doux que l'amour ? Et tous vos prophètes n'ont-ils pas dit la même chose ? Et depuis le Christ, l'amour n'a-t-il pas converti les peuples barbares ? n'est-ce pas avec un simple ruban rose, qu'il faisait d'une espèce sauvage, un chevalier ?

« Si de nos jours tout est moins grand, moins beau, moins noble qu'autrefois, n'est-ce pas parce que les hommes ne connaissent plus l'amour véritable, et qu'ils se marient pour de l'argent ? Eh bien, moi, David, entends-tu, je dis et je soutiens que l'amour vrai, l'amour pur est la seule chose qui change le cœur de l'homme, la seule qui l'élève et qui mérite qu'on donne sa vie pour elle : je trouve que ces hommes ont bien fait de se battre, puisque chacun ne pouvait renoncer à son amour, sans s'en reconnaître lui-même indigne.

— Hé ! s'écria Hâan à l'autre table, comment peux-tu parler de cela, toi ? Tu n'as jamais été amoureux ; tu raisonnes de ces choses comme un aveugle des couleurs. »

Fritz, à cette apostrophe, resta tout interdit ; il regarda Hâan d'un œil terne, ayant l'air de vouloir lui répondre, et bredouilla quelques mots confus en avalant sa chope.

Plusieurs alors se mirent à rire. Mais aussitôt Kobus, relevant sa grosse tête, dont les cheveux s'ébouriffaient comme s'ils eussent été vivants, s'écria d'un air étrange :

« C'est vrai, je n'ai jamais été amoureux! Mais si j'avais eu le bonheur de l'être, je me serais fait massacrer, plutôt que de renoncer à mon amoureuse, ou j'aurais exterminé l'autre.

— Oh! oh! fit Hâan d'un ton un peu moqueur, en battant les cartes, oh! Kobus, tu n'aurais pas été si féroce.

— Pas si féroce! dit-il les deux mains écarquillées. Nous sommes deux vieux amis, n'est-ce pas, Hâan? Eh bien, si j'étais amoureux, et si tu me paraissais seulement convoiter par la pensée celle que j'aurais choisie... je t'étranglerais! »

En disant cela, ses yeux étaient rouges, il n'avait pas l'air de plaisanter; les autres non plus ne riaient pas.

« Et, ajouta-t-il en levant le doigt, je voudrais que toute la ville et le pays à la ronde eussent un grand respect pour mon amoureuse; quand même elle ne serait pas de mon rang, de ma condition et de ma fortune : le moindre blâme sur elle deviendrait la cause d'une terrible bataille.

— Alors, dit Hâan, Dieu fasse que tu ne tombes jamais amoureux, car tous les hussards de Frédéric Wilhelm ne sont pas morts, plus d'un courrait la chance de mourir, si ton amoureuse était jolie. »

Les sourcils de Fritz tressaillirent.

« C'est possible, fit-il en se rasseyant, car il s'était dressé. Moi je serais fier, je serais glorieux de me battre pour une si belle cause! N'ai-je pas raison, Christel?

— Tout à fait, monsieur Kobus, dit l'anabaptiste un peu gris; notre religion est une religion de paix, mais dans le temps, lorsque j'étais amoureux d'Orchel, oui, Dieu me le pardonne! j'aurais été capable de me battre à coups de faux pour l'avoir. Grâce au Ciel, il n'a pas fallu répandre de sang, j'aime bien mieux n'avoir rien à me reprocher. »

Fritz, voyant que tout le monde l'observait, comprit l'imprudence qu'il venait de commettre. Le vieux rebbe David surtout ne le quittait pas de l'œil, et semblait vouloir lire au fond de son âme. Quelques instants après, le père Christel s'étant écrié pour la vingtième fois :

« Mais, monsieur Kobus, il se fait tard, on m'attend; Orchel et Sûzel doivent être inquiètes. »

Il lui répondit enfin :

« Oui, maintenant il est temps; je vais vous reconduire à la voiture. »

C'était un prétexte qu'il prenait pour se retirer.

L'anabaptiste se leva donc, disant :

« Oh! si vous aimez mieux rester, je trouverai bien le chemin de l'auberge tout seul.

— Non, je vous accompagne. »

Ils sortirent du banc et traversèrent la place. Le vieux David partit presque aussitôt qu'eux. Fritz, ayant mis le père Christel en route, rentra chez lui prudemment.

Ce jour-là, au moment de se coucher, Sourlé, voyant le vieux rebbe murmurer des paroles confuses, cela lui parut étrange.

« Qu'as-tu donc, David, lui demanda-t-elle, je te vois parler tout bas depuis le souper, à quoi penses-tu?

— C'est bon, c'est bon, fit-il en se tirant la couverture sur la barbiche, je rêve à ces paroles du prophète : « J'ai « été jaloux pour Héva d'une grande jalousie! » et à celles-ci : « En ces temps arriveront des choses extra-« ordinaires, des choses nouvelles et heureuses! »

— Pourvu que ce soit à nous qu'il ait songé en disant cela, répliqua Sourlé.

— *Amen!* fit le vieux rebbe; tout vient à point à qui sait attendre. Dormons en paix! »

XIV

Kobus aurait dû se repentir, le lendemain, de ses discours inconsidérés à la brasserie du Grand-Cerf ; il aurait dû même en être désolé, car, peu de jours avant, s'étant aperçu que le vin lui déliait la langue, et qu'il trahissait les pensées secrètes de son âme, il s'était dit : « La vigne est un plant de Gomorrhe ; ses grappes sont pleines de fiel, et ses pépins sont amers : tu ne boiras plus le jus de la treille. »

Voilà ce qu'il s'était dit ; mais le cœur de l'homme est entre les mains de l'Éternel, il en fait ce qu'il lui plaît : il le tourne au nord, il le tourne au midi. C'est pourquoi Fritz, en s'éveillant, ne songea même point à ce qui s'était passé à la brasserie.

Sa première pensée fut que Sûzel était agréable en sa personne ; il se mit à la contempler en lui-même, croyant entendre sa voix et voir son sourire.

Il se rappela l'enfant pauvre de Wildland, et s'applaudit de l'avoir secourue, à cause de sa ressemblance avec la fille de l'anabaptiste ; il se rappela aussi le chant de Sûzel au milieu des faneuses et des faucheurs ; et cette voix douce, qui s'élevait comme un soupir dans la nuit, lui sembla celle d'un ange du ciel.

Tout ce qui s'était accompli depuis le premier jour du printemps, lui revint en mémoire comme un rêve : il revit Sûzel paraître au milieu de ses amis Hâan, Schoultz, David et Iôsef, simple et modeste, les yeux baissés, pour embellir la dernière heure du festin ; il la revit à la ferme, avec sa petite jupe de laine bleue, lavant le linge de la famille, et, plus tard, assise auprès de lui, toute timide et tremblante, tandis qu'il chantait, et que le clavecin accompagnait d'un ton nasillard le vieil air :

« Rosette,
« Si bien faite,
« Donne-moi ton cœur, ou je vas mourir ! »

Et songeant à ces choses avec attendrissement, son plus grand désir était de revoir Sûzel.

« Je vais aller au Meisenthâl, se disait-il ; oui, je partirai après le déjeuner ; il faut absolument que je la revoie ! »

Ainsi s'accomplissaient les paroles du rebbe David à sa femme : « En ces temps arriveront des choses extraordinaires ! »

Ces paroles se rapportaient au changement de Kobus, et montraient aussi la grande finesse du vieux rabbin.

Tout en mettant ses bas, l'idée revint à Fritz que le père Christel lui avait dit la veille que Sûzel irait à la fête de Bischem, aider sa grand-mère à faire la tarte. Alors il ouvrit de grands yeux, et se dit au bout d'un instant :

« Sûzel doit être déjà partie ; la fête de Bischem, qui tombe le jour de la Saint-Pierre, est pour demain dimanche. »

Cela le rendit tout méditatif.

Katel vint servir le déjeuner ; il mangea d'assez bon appétit, et, se coiffant ensuite de son large feutre, il sortit faire un tour sur la place, où se promenaient d'habitude le gros Hâan et le grand Schoultz, entre neuf et dix heures. Mais ils ne s'y trouvaient pas, et Fritz en fut contrarié, car il avait résolu de les emmener avec lui, le lendemain, à la fête de Bischem.

« Si j'y vais tout seul, pensait-il, après ce que j'ai dit hier à la brasserie, on pourrait bien se douter de quelque chose ; les gens sont si malins, et surtout les vieilles, qui s'inquiètent tant de ce qui ne les regarde pas ! Il faut que j'emmène deux ou trois camarades, alors ce sera une partie de plaisir, pour manger du pâté de veau et boire du petit vin blanc, une simple distraction à la monotonie de l'existence. »

Il monta donc sur les remparts, et fit le tour de la ville, pour voir ce que Hâan et Schoultz étaient devenus; mais il ne les vit pas dans les rues, et supposa qu'ils devaient se trouver dehors, à faire une partie de quilles au Panier-Fleuri, chez le père Baumgarten, au bord du Losser.

Sur cette pensée, Fritz s'avança jusque près de la porte de Hildebrandt, et, regardant du côté du bouchon, qui se trouve à une demi-portée de canon de Hunebourg, il crut remarquer en effet des figures derrière les grands saules.

Aussitôt, tout joyeux, il descendit du talus, passa sous la porte, et se mit en route, en suivant le sentier de la rivière. Au bout d'un quart d'heure, il entendait déjà les grands éclats de rire de Hâan, et la voix forte de Schoultz criant :

« Deux! pas de chance!... »

Alors, se penchant sur le feuillage, il découvrit, devant la maisonnette — dont la grande toiture descendait sur le verger à deux ou trois pieds du sol, tandis que la façade blanche était tapissée d'un magnifique cep de vigne —, il découvrit ses deux camarades, en manches de chemise, leurs habits jetés sur les haies, et deux autres : le secrétaire de la mairie, Hitzig, sa perruque posée sur sa canne fichée en terre, et le professeur Speck, tous les quatre en train d'abattre des quilles, au bout du treillage d'osier qui longe le pignon.

Le gros Hâan se tenait solidement établi, la boule sous le nez, la face pourpre, les yeux à fleur de tête, les lèvres serrées et ses trois cheveux droits sur la nuque comme des baguettes : il visait! Schoultz et le vieux secrétaire regardaient à demi courbés, abaissant l'épaule et se balançant, les mains croisées sur le dos; le petit Sépel Baumgarten, plus loin, à l'autre bout, redressait les quilles.

Enfin Hâan, après avoir bien calculé, laissa descendre son gros bras en demi-cercle, et la boule partit en décrivant une courbe imposante.

Presque aussitôt de grands cris s'élevèrent : « Cinq ! » et Schoultz se baissa pour ramasser une boule, tandis que le secrétaire prenait Hâan par le bras et lui parlait, levant le doigt d'un geste rapide, sans doute pour lui démontrer une faute qu'il avait commise. Mais Hâan ne l'écoutait pas et regardait vers les quilles ; puis il alla se rasseoir au bout du banc, sous la charmille transparente, et remplit son verre gravement.

Cette petite scène champêtre réjouit Fritz.

« Les voilà dans la joie, pensa-t-il ; c'est bon, je vais leur poser la chose avec finesse, cela marchera tout seul. »

Il s'avança donc.

Le grand Frédéric Schoultz, maigre, décharné, après avoir bien balancé sa boule, venait de la lancer ; elle roulait comme un lièvre qui déboule dans les broussailles, et Schoultz, les bras en l'air, s'écriait : « *Der Kœnig ! der Kœnig*[1] *!* » lorsque Fritz, arrêté derrière lui, partit d'un éclat de rire, en disant :

« Ah ! le beau coup ! approche que je te mette une couronne sur la tête. »

Tous les autres se retournant alors, s'écrièrent :

« Kobus ! à la bonne heure... à la bonne heure... on le voit donc une fois par ici !

— Kobus, dit Hâan, tu vas entrer dans la partie ; nous avons commandé une bonne friture, et ma foi, il faut que tu la payes !

— Hé ! dit Fritz en riant, je ne demande pas mieux ; je ne suis pas de force, mais c'est égal, j'essaierai de vous battre tout de même.

— Bon ! s'écria Schoultz, la partie était en train ; j'en ai quinze, on te les donne ! Cela te convient-il ?

— Soit, dit Kobus, en ôtant sa capote et ramassant une boule ; je suis curieux de savoir si je n'ai pas oublié depuis l'année dernière.

— Père Baumgarten ! criait le professeur Speck, père Baumgarten ! »

L'aubergiste parut.

« Apportez un verre pour M. Kobus, et une autre bouteille. Est-ce que la friture avance ?

1. La maîtresse quille.

— Oui, monsieur Speck.

— Vous la ferez plus forte, puisque nous sommes un de plus. »

Baumgarten, le dos courbé comme un furet, rentra chez lui en trottinant ; et dans le même instant Fritz lançait sa boule avec tant de force, qu'elle tombait comme une bombe de l'autre côté du jeu, dans le verger de la poste aux chevaux.

Je vous laisse à penser la joie des autres ; ils se balançaient sur leurs bancs, les jambes en l'air, et riaient tellement, que Hâan dut ouvrir plusieurs boutons de sa culotte pour ne pas étouffer.

Enfin, la friture arriva, une magnifique friture de goujons tout croustillants et scintillants de graisse, comme la rosée matinale sur l'herbe, et répandant une odeur délicieuse.

Fritz avait perdu la partie ; Hâan, lui frappant sur l'épaule, s'écria tout joyeux :

« Tu es fort, Kobus, tu es très fort ! Prends seulement garde, une autre fois, de ne pas défoncer le ciel, du côté de Landau. »

Alors ils s'assirent, en manches de chemise, autour de la petite table moisie. On se mit à l'œuvre. Tout en riant, chacun se dépêchait de prendre sa bonne part de la friture ; les fourchettes d'étain allaient et venaient comme la navette d'un tisserand ; les mâchoires galopaient, l'ombre de la charmille tremblotait sur les figures animées, sur le grand plat fleuronné, sur les gobelets moulés à facettes et sur la haute bouteille jaune, où pétillait le vin blanc du pays.

Près de la table, sur sa queue en panache était assis Mélac, un petit chien-loup, appartenant au Panier-Fleuri, blanc comme la neige, le nez noir comme une châtaigne brûlée, l'oreille droite et l'œil luisant. Tantôt l'un, tantôt l'autre, lui jetait une bouchée de pain ou une queue de poisson, qu'il happait au vol.

C'était un joli coup d'œil.

« Ma foi, dit Fritz, je suis content d'être venu ce matin, je m'ennuyais, je ne savais que faire ; d'aller toujours à la brasserie, c'est terriblement monotone.

— Hé ! s'écria Hâan, si tu trouves la brasserie monotone, toi, ce n'est pas ta faute, car, Dieu merci ! tu peux te vanter de t'y faire du bon sang; tu t'es joliment moqué du monde, hier, avec tes citations du Cantique des cantiques. Ha ! ha ! ha !

— Maintenant, ajouta le grand Schoultz en levant sa fourchette, nous connaissons cet homme grave : quand il est sérieux, il faut rire, et quand il rit, il faut se défier. »

Fritz se mit à dire de bon cœur.

« Ah ! vous avez donc éventé la mèche, fit-il, moi qui croyais...

— Kobus, interrompit Hâan, nous te connaissons depuis longtemps, ce n'est pas à nous qu'il faut essayer d'en faire accroire. Mais, pour en revenir à ce que tu disais tout à l'heure, il est malheureusement vrai que cette vie de brasserie peut nous jouer un mauvais tour. Si l'on voit tant d'hommes gras avant l'âge, des êtres asthmatiques, boursouflés et poussifs, des goutteux, des graveleux, des hydropiques par centaines, cela vient de la bière de Francfort, de Strasbourg, de Munich, ou de partout ailleurs; car la bière contient trop d'eau, elle rend l'estomac paresseux, et quand l'estomac est paresseux, cela gagne tous les membres.

— C'est très vrai, monsieur Hâan, dit alors le professeur Speck, mieux vaut boire deux bouteilles de bon vin, qu'une seule chope de bière; elles contiennent moins d'eau, et, par suite, disposent moins à la gravelle : l'eau dépose des graviers dans la vessie, chacun sait cela; et, d'un autre côté, la graisse résulte également de l'eau. L'homme qui ne boit que du vin a donc la chance de rester maigre très longtemps, et la maigreur n'est pas aussi difficile à porter que l'obésité.

— Certainement, monsieur Speck, certainement, répondit Hâan, quand on veut engraisser le bétail, on lui faire boire de l'eau avec du son : si on lui faisait boire du vin, il n'engraisserait jamais. Mais, outre cela, ce qu'il faut à l'homme, c'est du mouvement; le mouvement entretient nos articulations en bon état, de sorte qu'on ne ressemble pas à ces charrettes qui crient chaque fois que les roues tournent : chose fort désagréable. Nos anciens, doués d'une grande prévoyance, pour éviter cet inconvénient avaient le jeu de quilles, les mâts de cocagne, les courses aux sacs, les parties de patins et de glissades, sans compter la danse, la chasse et la pêche; maintenant, les jeux de cartes de toute sorte ont prévalu, voilà pourquoi l'espèce dégénère.

— Oui, c'est déplorable, s'écria Fritz en vidant son gobelet, déplorable! Je me rappelle que, dans mon enfance, tous les bons bourgeois allaient aux fêtes de village avec leurs femmes et leurs enfants; maintenant on croupit chez soi, c'est un événement quand on sort de la ville. Aux fêtes de village, on chantait, on dansait, on tirait à la cible, on changeait d'air; aussi nos anciens vivaient cent ans; ils avaient les oreilles rouges et ne connaissaient pas les infirmités de la vieillesse. Quel dommage que toutes ces fêtes soient abandonnées.

— Ah! cela, s'écria Hâan, très fort sur les vieilles mœurs, cela, Kobus, résulte de l'extension des voies de communication. Autrefois, quand les routes étaient rares, quand il n'existait pas de chemins vicinaux, on ne voyait pas circuler tant de commis voyageurs, pour offrir dans chaque village, les uns leur poivre et leur cannelle, les autres leurs étrilles et leurs brosses, les autres leurs étoffes de toutes sortes. Vous n'aviez pas à votre porte l'épicier, le quincaillier, le marchand de drap. On attendait, dans chaque famille, telle fête pour faire les provisions du ménage. Aussi les fêtes étaient plus riches et plus belles; les marchands étant sûrs de vendre, arrivaient de fort loin. C'était le bon temps des foires de Francfort, de Leipzig, de Hambourg, en Allemagne; de Liège et de Gand, dans les Flandres, de Beaucaire, en France. Aujourd'hui, la foire est perpétuelle, et, jusque dans nos plus petits villages, on trouve de tout pour son argent. Chaque chose a son bon et son mauvais côté; nous pouvons regretter les courses au sac et le tir au mouton, sans blâmer les progrès naturels du commerce.

— Tout cela n'empêche pas que nous sommes des ânes de croupir au même endroit, répliqua Fritz, lorsque nous pourrions nous amuser, boire de bon vin, danser, rire et nous goberger de toutes les façons. S'il fallait aller à Beaucaire ou dans les Flandres, on pourrait trouver que c'est un peu loin; mais quand on a tout près de soi des fêtes agréables, et tout à fait dans les vieilles mœurs, il me semble qu'on ferait bien d'y aller.

— Où cela? s'écria Hâan.

— Mais à Hartzwiller, à Rorbach, à Klingenthâl. Et tenez, sans aller si loin, je me rappelle que mon père me conduisait tous les ans à la fête de Bischem, et qu'on servait là des pâtés délicieux... délicieux! »

Il se baisait le bout des doigts; Hâan le regardait comme émerveillé.

« Et qu'on y mangeait des écrevisses grosses comme le poing, poursuivit-il, des écrevisses beaucoup meilleures que celles du Losser, et qu'on y buvait du petit vin blanc très... très passable; ce n'était pas du *johannisberg* ni du *steinberg*, sans doute, mais cela vous réjouissait le cœur tout de même!

— Eh! s'écria Hâan, pourquoi ne nous as-tu pas dit cela depuis longtemps; nous aurions été là! Parbleu, tu as raison, tout à fait raison.

— Que voulez-vous, je n'y ai pas pensé!

— Et quand arrive cette fête? demanda Schoultz.

— Attends, attends, c'est le jour de la Saint-Pierre.

— Mais, s'écria Hâan, c'est demain!

— Ma foi, je crois que oui, dit Fritz. Comme cela se rencontre! Voyons, êtes-vous décidés, nous irons à Bischem?

— Cela va sans dire! cela va sans dire! s'écrièrent Hâan et Schoultz.

— Et ces messieurs? »

Speck et Hitzig s'excusèrent sur leurs fonctions.

« Eh bien, nous irons nous trois, dit Fritz en se levant. Oui, j'ai toujours gardé le meilleur souvenir des écrevisses, du pâté et du petit vin blanc de Bischem.

— Il nous faut une voiture? fit observer Hâan.

— C'est bon, c'est bon, répondit Kobus en payant la note, je me charge de tout. »

Quelques instants après, ces bons vivants étaient en route pour Hunebourg, et on pouvait les entendre d'une demi-lieue célébrer les pâtés de village, les *kougelhof* et les *küchlen*, qu'ils disaient leur rappeler le bon temps de leur enfance. L'un parlait de sa tante, l'autre de sa grand-mère ; on aurait dit qu'ils allaient les revoir et les faire ressusciter, en buvant du petit vin à la fête de Bischem.

C'est ainsi que l'ami Fritz eut la satisfaction de pouvoir rencontrer Sûzel, sans donner l'éveil à personne.

XV

On peut se figurer si Kobus était content. Des idées de magnificence et de grandeur se débattaient alors dans sa tête; il voulait voir Sûzel, et se montrer à elle dans une splendeur inaccoutumée; il voulait en quelque sorte l'éblouir; il ne trouvait rien d'assez beau pour la frapper d'admiration.

Dans un temps ordinaire, il aurait loué la voiture et la vieille rosse d'un Baptiste Krômer, pour faire le voyage; mais alors, cela lui parut indigne de Kobus. Immédiatement après le dîner, il prit sa canne derrière la porte et se rendit à la poste aux chevaux, sur la route de Kaiserslautern, chez maître Johann Fânen, lequel avait dix chaises de poste sous ses hangars, et quatre-vingts chevaux dans ses écuries.

Fânen était un homme de soixante ans, propriétaire des grandes prairies qui longent le Losser, un homme riche et pourtant simple dans ses mœurs : gros, court, revêtu d'une souquenille de toile, coiffé d'un large chapeau de crin, ayant la barbe longue de huit jours toute grisonnante, et ses joues rondes et jaunes sillonnées de grosses rides circulaires.

C'est ainsi que le trouva Fritz, en train de faire étriller des chevaux dans la cour de la poste.

Fânen, le reconnaissant de loin, vint à sa rencontre jusqu'à la porte cochère, et, levant son chapeau, il le salua, disant :

« Hé, bonjour, monsieur Kobus ; qu'est-ce qui me procure le plaisir et l'honneur de votre visite ?

— Monsieur Fânen, répondit Fritz en souriant, j'ai résolu de faire une partie de plaisir à la fête de Bischem, avec mes amis Hâan et Schoultz. Toutes les voitures de la ville sont en route, à cause de la rentrée des foins ; il n'y a pas moyen de trouver un char à bancs. Ma foi, me suis-je dit, allons voir M. Fânen, et prenons une voiture de poste ; vingt ou trente florins ne sont pas la mort d'un homme, et quand on veut s'amuser, il faut faire les choses grandement. Voilà mon caractère. »

Le maître de poste trouva ce raisonnement très juste.

« Monsieur Kobus, dit-il, vous faites bien, et je vous approuve ; quand j'étais jeune, j'aimais à rouler rondement et à mon aise ; maintenant je suis vieux, mais j'ai toujours les mêmes idées : ces idées sont bonnes, quand on a le moyen de les avoir comme vous et moi. »

Il conduisit Fritz sous son hangar. Là se trouvaient des calèches à la nouvelle mode de Paris, légères comme des plumes, ornées d'écussons, et si belles, si gracieuses, qu'on aurait pu les mettre dans un salon, comme des meubles remarquables par leur élégance.

Kobus les trouva fort jolies ; et malgré cela, un goût naturel pour la somptuosité cossue lui fit choisir une grande berline rembourrée de soie intérieurement, un peu lourde, il est vrai, mais que Fânen lui dit être la voiture des personnages de distinction.

Il la choisit donc, et alors le maître de poste l'introduisit dans ses vastes écuries.

Sous un plafond blanchi à la chaux, long de cent vingt pas, large de soixante, et soutenu par douze piliers en cœur de chêne, étaient rangés sur deux lignes ; et séparés l'un de l'autre par des barrières, soixante chevaux, gris, noirs, bruns, pommelés, la croupe ronde et luisante, la queue nouée en flot, le jarret solide, la tête haute : les uns hennissant et piétinant, les autres tirant le fourrage du râtelier, d'autres se tournant à demi pour voir. La lumière, arrivant du fond par deux hautes fenêtres, éclairait cette écurie de longues traînées d'or. Les grandes ombres des piliers s'allongeaient sur le pavé, propre comme un parquet, sonore comme un roc. Cet ensemble avait quelque chose de vraiment beau, et même de grand.

Les garçons d'écurie étrillaient et bouchonnaient; un postillon, en petite veste bleue brodée d'argent, son chapeau de toile cirée sur la nuque, conduisait un cheval vers la porte; il allait sans doute partir en estafette.

Le père Fânen et Fritz passèrent lentement derrière les chevaux.

« Il vous en faut deux, dit le maître de poste, choisissez. »

Kobus, après avoir passé son inspection, choisit deux vigoureux roussins gris pommelés, qui devaient aller comme le vent. Puis il entra dans le bureau avec M. Fânen, et tirant de sa poche une longue bourse de soie verte à glands d'or, il solda de suite le compte, disant qu'il voulait avoir la voiture à sa porte le lendemain vers neuf heures, et demandant pour postillon le vieux Zimmer, qui avait conduit autrefois l'empereur Napoléon 1er.

Cela fait, entendu, arrêté, le père Fânen le reconduisit jusque hors la cour; ils se serrèrent la main, et Fritz, satisfait, se remit en route vers la ville.

Tout en marchant, il se figurait la surprise de Sûzel, du vieux Christel et de tout Bischem, lorsqu'on les verrait arriver, claquant du fouet et sonnant du cor. Cela lui procurait une sorte d'attendrissement étrange, surtout en songeant à l'admiration de la petite Sûzel.

Le temps ne lui durait pas. Comme il se rapprochait ainsi de Hunebourg, tout rêveur, le vieux rebbe David, revêtu de sa belle capote marron, et Sourlé, coiffée de son magnifique bonnet de tulle à larges rubans jaunes, attirèrent ses regards dans le petit sentier qui longe les jardins au pied des glacis. C'était leur habitude de faire un tour hors de la ville tous les jours de sabbat; ils se promenaient bras dessus, bras dessous, comme de jeunes amoureux, et chaque fois David disait à sa femme :

« Sourlé, quand je vois cette verdure, ces blés qui se balancent, et cette rivière qui coule lentement, cela me rend jeune, il me semble encore te promener comme à vingt ans, et je loue le Seigneur de ses grâces. »

Alors la bonne vieille était heureuse, car David parlait sincèrement et sans flatterie.

Le rebbe avait aussi aperçu Fritz par-dessus la haie; quand il le vit à l'entrée des chemins couverts, il lui cria :

« Kobus!... Kobus!... arrive donc ici! »

Mais Fritz, craignant que le vieux rabbin ne voulût se moquer de son discours à la brasserie du Grand-Cerf, poursuivit son chemin en hochant la tête.

« Une autre fois, David, une autre fois, dit-il, je suis pressé. »

Et le rebbe souriant avec finesse dans sa barbiche, pensa :

« Sauve-toi, je te rattraperai tout de même. »

Enfin Kobus rentra chez lui vers quatre heures. Quoique les fenêtres fussent ouvertes, il faisait très chaud et ce n'est pas sans un véritable bonheur qu'il se débarrassa de sa capote.

« Maintenant, nous allons choisir nos habits et notre linge, se disait-il tout joyeux, en tirant les clefs du secrétaire. Il faut que Sûzel soit émerveillée, il faut que j'efface les plus beaux garçons de Bischem, et qu'elle rêve de moi. Dieu du ciel, viens à mon aide, que j'éblouisse tout le monde! »

Il ouvrit les trois grands placards, qui descendaient du plafond jusqu'au parquet. Mme Kobus la mère, et la grand-mère Nicklausse avaient eu l'amour du beau linge, comme le père et le grand-père avaient eu l'amour du bon vin. On peut se figurer, d'après cela, quelle quantité de nappes damassées, de serviettes à filets rouges, de mouchoirs, de chemises et de pièces de toile se trouvaient entassés là-dedans; c'était incroyable. La vieille Katel passait la moitié de son temps à plier et déplier tout cela pour renouveler l'air; à le saupoudrer de réséda, de lavande et de mille autres odeurs, pour en écarter les mites. On voyait même tout au haut, pendus par le bec, deux martins-pêcheurs au plumage vert et or, et tout desséchés : ces oiseaux ont la réputation d'écarter les insectes.

L'une des armoires était pleine d'antiques défroques, de tricornes à cocarde, de perruques, d'habits de peluche à boutons d'argent larges comme des cymbales, de cannes à pomme d'or et d'ivoire, de boîtes à poudre, avec leurs gros pinceaux de cygne; cela remontait au grand-père Nicklausse, rien n'était changé; ces braves gens auraient pu revenir et se rhabiller au goût du dernier siècle, sans s'apercevoir de leur long sommeil.

Dans l'autre compartiment se trouvaient les vêtements de Fritz. Tous les ans, il se faisait prendre mesure d'un habillement complet, par le tailleur Herculès Schneider, de Landau; il ne mettait jamais ces habits, mais c'était une satisfaction pour lui de se dire : « Je serais à la mode comme le gros Hâan si je le voulais, heureusement j'aime mieux ma vieille capote; chacun son goût. »

Fritz se mit donc à contempler tout cela dans un grand ravissement. L'idée lui vint que Sûzel pourrait avoir le goût du beau linge, comme la mère et la grand-mère Kobus; qu'alors elle augmenterait les trésors du ménage, qu'elle aurait le trousseau de clefs, et qu'elle serait en extase matin et soir devant ces armoires.

Cette idée l'attendrit, et il souhaita que les choses fussent ainsi, car l'amour du bon vin et du beau linge fait les bons ménages.

Mais, pour le moment, il s'agissait de trouver la plus belle chemise, le plus beau mouchoir, la plus belle paire de bas et les plus beaux habits. Voilà le difficile.

Après avoir longtemps regardé, Kobus, fort embarrassé, s'écria :

« Katel ! Katel ! »

La vieille servante, qui tricotait dans la cuisine, ouvrit la porte.

« Entre donc, Katel, lui dit Fritz, je suis dans un grand embarras : Hâan et Schoultz veulent absolument que j'aille avec eux à la fête de Bischem; ils m'ont tant prié, que j'ai fini par accepter. Mais à cette fête arrivent des centaines de Prussiens, des juges, des officiers, un tas de gens glorieux, mis à la dernière mode de France, et qui nous regardent par-dessus l'épaule, nous autres Bavarois. Comment m'habiller? Je ne connais rien à ces choses-là, moi, ce n'est pas mon affaire. »

Les petits yeux de Katel se plissèrent; elle était heureuse de voir qu'on avait besoin d'elle dans une circonstance aussi grave, et posant son tricot sur la table, elle dit :

« Vous avez bien raison de m'appeler, monsieur. Dieu merci, ce ne sera pas la première fois que j'aurai donné des conseils pour se bien vêtir selon le temps et les personnes. M. le juge de paix, votre père, avait coutume de m'appeler quand il allait en visite de cérémonie; c'est moi qui lui disais : "Sauf votre respect, monsieur le juge, il vous manque encore ceci ou cela." Et c'était toujours juste; chacun devait reconnaître en ville, que, pour la belle et bonne tenue, M. Kobus n'avait pas son pareil.

— Bon! bon! je te crois, dit Fritz, et je suis content de savoir cela, quoique les modes soient bien changées depuis.

— Les modes peuvent changer tant qu'on voudra, répondit Katel en approchant l'échelle de l'armoire, le bon sens ne change jamais. Nous allons d'abord vous chercher une chemise. C'est dommage qu'on ne porte plus de culotte, car vous avez la jambe bien faite, comme monsieur votre père; et la perruque vous aurait aussi bien convenu, une belle perruque poudrée à la française; c'était magnifique! Mais aujourd'hui les gens comme il faut et les paysans sont tous pareils. Il faudra pourtant que les vieilles modes reviennent tôt ou tard, pour faire la différence; on ne s'y reconnaît plus! »

Katel était alors sur l'échelle, et choisissait une chemise avec soin. Fritz, en bas, attendait en silence. Elle redescendit enfin, portant une chemise et un mouchoir sur ses mains étendues, d'un air de vénération; et, les déposant sur la table, elle dit :

« Voici d'abord le principal; nous verrons si vos Prussiens ont des chemises et des mouchoirs pareils. Ceci, monsieur Kobus, étaient les chemises et les mouchoirs de grande cérémonie de M. le juge de paix. Regardez-moi la finesse de cette toile, et la magnificence de ce jabot à six rangées de dentelles; et ces manchettes, les plus belles qu'on ait jamais vues à Hunebourg; regardez ces oiseaux à longues queues et ces feuilles brodées dans les jours, quel travail, Seigneur Dieu, quel travail ! »

Fritz, qui ne s'était jamais plus occupé de choses semblables que des habitants de la lune, passait les doigts sur les dentelles, et les contemplait d'un air d'extase, tandis que la vieille servante, les mains croisées sur son tablier, exprimait tout haut son enthousiasme :

« Peut-on croire, monsieur, que des mains de femmes aient fait cela ! disait-elle, n'est-ce pas merveilleux !

— Oui, c'est beau ! » répondait Kobus, songeant à l'effet qu'il allait produire sur la petite Sûzel avec ce superbe jabot étalé sur l'estomac, et ces manchettes autour des poignets. « Crois-tu, Katel, que beaucoup de personnes soient capables d'apprécier un tel ouvrage ?

— Beaucoup de personnes ! D'abord toutes les femmes, monsieur, toutes ; quand elles auraient gardé les oies jusqu'à cinquante ans, toutes savent ce qui est riche, ce qui est beau, ce qui convient. Un homme avec une chemise pareille, quand ce serait le plus grand imbécile du monde, aurait la place d'honneur dans leur esprit ; et c'est juste, car s'il manquait de bon sens, ses parents en auraient eu pour lui. »

Fritz partit d'un éclat de rire :

« Ha ! ha ! ha ! tu as de drôles d'idées, Katel, fit-il ; mais c'est égal, je crois que tu n'as pas tout à fait tort. Maintenant il nous faudrait des bas.

— Tenez, les voici, monsieur : des bas de soie. Voyez comme c'est souple, moelleux ! Mme Kobus elle-même les a tricotés avec des aiguilles aussi fines que des cheveux : c'était un grand travail. Maintenant on fait tout au métier, aussi quels bas ! On a bien raison de les cacher sous des pantalons. »

Ainsi s'exprima la vieille servante, et Kobus, de plus en plus joyeux, s'écria :

« Allons, allons, tout cela prend une assez bonne tournure ; et si nous avons des habits un peu passables, je commence à croire que les Prussiens auront tort de se moquer de nous.

— Mais, au nom du Ciel, dit Katel, ne me parlez donc pas toujours de vos Prussiens ! de pauvres diables qui n'ont pas dix thalers en poche, et qui se mettent tout sur le dos, pour avoir l'air de quelque chose. Nous sommes d'autres gens ! nous savons où reposer notre tête le soir, et ce n'est pas sur un caillou, Dieu merci ! Et nous savons aussi où trouver une bouteille de bon vin, quand il nous plaît d'en boire une. Nous sommes des gens connus, établis ; quand on parle de M. Kobus, on sait que sa ferme est à Meisenthâl, son bois de hêtres à Michelsberg...

— Sans doute, sans doute ; mais ce sont de beaux hommes ces officiers prussiens, avec leurs grandes moustaches, et plus d'une jeune fille en les voyant...

— Ne croyez donc pas les filles si bêtes, interrompit Katel, qui tirait alors de l'armoire plusieurs habits, et les étalait sur la commode ; les filles savent aussi faire la différence d'un oiseau qui passe dans le ciel, et d'un autre qui tourne à la broche ; le plus grand nombre aiment à se tenir au coin du feu, et celles qui regardent les Prussiens ne valent pas la peine qu'on s'en occupe. Mais tenez, voici vos habits, il n'en manque pas. »

Fritz se mit à contempler sa garde-robe, et, au bout d'un instant, il dit :

« Cette capote à collet de velours noir me donne dans l'œil, Katel.

— Que pensez-vous, monsieur ? s'écria la vieille en joignant les mains, une capote pour aller avec une chemise à jabot !

— Et pourquoi pas ? l'étoffe en est magnifique.

— Vous voulez être habillé, monsieur ?

— Sans doute.

— Eh bien, prenez donc cet habit bleu de ciel, qui n'a jamais été mis. Regardez ? »

Elle découvrait les boutons dorés, encore garnis de leur papier de soie :

« Je ne me connais pas aux nouvelles modes ; mais cet habit m'a l'air beau ; c'est simple, bien découpé ; c'est aussi léger pour la saison, et puis le bleu de ciel va bien aux blonds. Il me semble, monsieur, que cet habit vous irait tout à fait.

— Voyons », dit Kobus.
Il mit l'habit.
« C'est magnifique !... Regardez-vous un peu.
— Et derrière, Katel ?
— Derrière, il est admirable, monsieur, il vous fait une taille de jeune homme. »
Fritz, qui se regardait dans la glace, rougit de plaisir.
« Est-ce bien vrai ?
— C'est tout à fait sûr, monsieur, je ne l'aurais jamais cru ; ce sont vos grosses capotes qui vous donnent dix ans de plus, c'est étonnant. »
Elle lui passait la main sur le dos :
« Pas un pli ! »
Kobus, pirouettant alors sur les talons, s'écria :
« Je prends cet habit. Maintenant un gilet, là, tu comprends, quelque chose de superbe, dans le genre de celui-ci, mais plus de rouge. »
Katel ne put s'empêcher de rire :
« Vous êtes donc comme les paysans du Kokesberg, qui se mettent du rouge depuis le menton jusqu'aux cuisses ! du rouge avec un habit bleu de ciel, mais on en rirait jusqu'au fond de la Prusse, et cette fois les Prussiens auraient raison.
— Que faut-il donc mettre ? demanda Fritz, riant lui-même de sa première idée.
— Un gilet blanc, monsieur, une cravate blanche brodée, votre beau pantalon noisette. Tenez, regardez vous-même. »
Elle disposait tout à l'angle de la commode :
« Toutes ces couleurs sont faites l'une pour l'autre, elles vont bien ensemble ; vous serez léger, vous pourrez danser, si cela vous plaît, vous aurez dix ans de moins. Comment ! vous ne voyez pas cela ? Il faut qu'une pauvre vieille comme moi, vous dise ce qui convient ! »
Elle se prit à rire, et Kobus, la regardant avec surprise, dit :
« C'est vrai. Je pense si rarement aux habits...
— Et c'est votre tort, monsieur ; l'habit vous fait un homme. Il faut encore que je cire vos bottes fines, et vous serez tout à fait beau : toutes les filles tomberont amoureuses de vous.

— Oh! s'écria Fritz, tu veux rire?

— Non, depuis que j'ai vu votre vraie taille, ça m'a changé les idées, hé! hé! hé mais il faudra bien serrer votre boucle. Et dites donc, monsieur, si vous alliez trouver à cette fête une jolie fille qui vous plaise bien, et que finalement... hé! hé! hé! »

Elle riait de sa bouche édentée en le regardant, et lui, tout rouge, ne savait que répondre.

« Et toi, fit-il à la fin, que dirais-tu?

— Je serais contente.

— Mais tu ne serais plus la maîtresse à la maison.

— Eh! mon Dieu, la maîtresse de tout faire, de tout surveiller, de tout conserver. Ah! qu'il nous en vienne seulement, qu'il nous en vienne une jeune maîtresse, bonne et laborieuse, qui me soulage de tout cela; je serai bien heureuse, pourvu qu'on me laisse bercer les petits enfants.

— Alors, tu ne serais pas fâchée, là, sérieusement?

— Au contraire! Comment voulez-vous... tous les jours je me sens plus roide, mes jambes ne vont plus; cela ne peut pas durer toujours. J'ai soixante-quatre ans, monsieur, soixante-quatre ans bien sonnés...

— Bah! tu te fais plus vieille que tu n'es, dit Fritz — intérieurement satisfait de ce désir, qui s'accordait si bien avec le sien —; je ne t'ai jamais vue plus vive, plus alerte.

— Oh! vous n'y regardez pas de près.

— Enfin, dit-il en riant, le principal, c'est que tout soit en ordre pour demain. »

Il examina de nouveau son bel habit, son gilet blanc, sa cravate à coins brodés, son pantalon noisette et sa chemise à jabot. Puis, regardant Katel qui attendait.

« C'est tout? fit-il.

— Oui, monsieur.

— Eh bien, maintenant, je vais boire une bonne chope.

— Et moi, préparer le souper. »

Il décrocha sa grosse pipe d'écume de la muraille, et sortit en sifflant comme un merle.

Katel rentra dans la cuisine.

XVI

Le lendemain, dès huit heures et demie, le grand Schoultz, tout fringant, vêtu de nankin des pieds à la tête, la petite canne de baleine à la main et la casquette de chasse en cuir bouilli carrément plantée sur sa longue figure brune un peu vineuse, montait l'escalier de Kobus quatre à quatre. Hâan, en petite redingote verte, gilet de velours noir à fleurs jaunes, tout chargé de breloques, et coiffé d'un magnifique castor à longs poils, le suivait lentement, sa main grassouillette sur la rampe, et faisant craquer ses escarpins à chaque pas. Ils semblaient joyeux, et s'attendaient sans doute à trouver leur ami Kobus en capote grise et pantalon couleur de rouille, comme d'habitude.

« Eh bien, Katel, s'écria Schoultz, regardant dans la cuisine entrouverte. Eh bien, est-il prêt?

— Entrez, messieurs, entrez », dit la vieille servante en souriant.

Ils traversèrent l'allée et restèrent stupéfaits sur le seuil de la grande salle; Fritz était là, devant la glace, vêtu comme un mirliflore : il avait la taille cambrée dans son habit bleu de ciel, la jambe tendue et comme dessinée en parafe dans son pantalon noisette, le menton rose, frais, luisant, l'oreille rouge, les cheveux arrondis sur la nuque, et les gants beurre frais boutonnés avec soin sous des manchettes à trois rangs de dentelles. Enfin c'était un véritable Cupido qui lance des flèches.

« Oh ! oh ! oh ! s'écria Hâan, oh ! oh ! oh ! Kobus... Kobus !... »

Et sa voix se renflait, de plus en plus ébahie.

Schoultz, lui, ne disait rien ; il restait le cou tendu, les mains appuyées sur sa petite canne ; finalement il dit aussi :

« Ça, c'est une trahison, Fritz, tu veux nous faire passer pour tes domestiques... Cela ne peut pas aller... je m'y oppose. »

Alors Kobus, se retournant, les yeux troubles d'attendrissement, car il pensait à la petite Sûzel, demanda :

« Vous trouvez donc que cela me va bien ?

— C'est-à-dire, s'écria Hâan, que tu nous écrases, que tu nous anéantis ! Je voudrais bien savoir pourquoi tu nous as tendu ce guet-apens.

— Hé ! fit Kobus en riant, c'est à cause des Prussiens.

— Comment ! à cause des Prussiens ?

— Sans doute ; ne savez-vous pas que des centaines de Prussiens vont à la fête de Bischem ; des gens glorieux, mis à la dernière mode, et qui nous regardent de haut en bas, nous autres Bavarois.

— Ma foi non, je n'en savais rien, dit Hâan.

— Et moi, s'écria Schoultz, si je l'avais su, j'aurais mis mon habit de landwehr, cela m'aurait mieux posé qu'une camisole de nankin ; on aurait vu notre esprit national... un représentant de l'armée.

— Bah ! tu n'es pas mal comme cela », dit Fritz.

Ils se regardaient tous les trois dans la glace, et se trouvaient fort bien, chacun à part soi ; de sorte que Hâan s'écria :

« Toute réflexion faite, Kobus a raison ; s'il nous avait prévenus, nous serions mieux ; mais cela ne nous empêchera pas de faire assez bonne figure. »

Schoultz ajouta :

« Moi, voyez-vous, je suis en négligé ; je vais à Bischem sans prétention, pour voir, pour m'amuser...

— Et nous donc ? dit Hâan.

— Oui, mais je suis plus dans la circonstance ; un habit de nankin est toujours plus simple, plus naturel à la fête, que des jabots et des dentelles. »

Se retournant alors, ils virent sur la table une bouteille de *forstheimer*, trois verres et une assiette de biscuits.

Fritz jetait un dernier regard sur sa cravate, dont le flot avait été fait avec art par Katel, et trouvait que tout était bien.

« Buvons, dit-il, la voiture ne peut tarder à venir. »

Ils s'assirent, et Schoultz, en buvant un verre de vin, dit judicieusement :

« Tout serait très bien ; mais d'arriver là-bas, habillés comme vous êtes, sur un vieux char à bancs et des bottes de paille, vous reconnaîtrez que ce n'est pas très distingué ; cela jure, c'est même un peu vulgaire.

— Eh ! s'écria le gros percepteur, si l'on voulait tout au mieux, on irait en blouse sur un âne. On sait bien que des gentilshommes campagnards n'ont pas toujours leur équipage sous la main. Ils se rendent à la fête en passant ; est-ce qu'on se gêne pour aller rire. »

Ils causaient ainsi depuis vingt minutes, et Fritz, voyant l'heure approcher à la pendule, prêtait de temps en temps l'oreille. Tout à coup il dit :

« Voici la voiture ! »

Les deux autres écoutèrent, et n'entendirent, au bout de quelques secondes, qu'un roulement lointain, accompagné de grands coups de fouet.

« Ce n'est pas cela, dit Hâan ; c'est une voiture de poste qui roule sur la grande route. »

Mais le roulement se rapprochait, et Kobus souriait. Enfin la voiture déboucha dans la rue, et les coups de fouet retentirent comme des pétards sur la place des Acacias, avec le piétinement des chevaux et le frémissement du pavé.

Alors tous trois se levèrent, et, se penchant à la fenêtre, ils virent la berline que Fritz avait louée, s'approchant au trot, et le vieux postillon Zimmer, avec sa grosse perruque de chanvre tressée autour des oreilles, son gilet blanc, sa veste brodée d'argent, sa culotte de daim et ses grosses bottes remontant au-dessus des genoux, qui regardait en l'air en claquant du fouet à tour de bras.

« En route ! » s'écria Kobus.

Il se coiffa de son feutre, tandis que les deux autres se

regardaient ébahis; ils ne pouvaient croire que la berline fût pour eux, et seulement lorsqu'elle s'arrêta devant la porte, Hâan partit d'un immense éclat de rire, et se mit à crier :

« A la bonne heure, à la bonne heure! Kobus fait les choses en grand, ha! ha! ha! la bonne farce! »

Ils descendirent, suivis de la vieille servante qui souriait; et Zimmer, les voyant approcher dans le vestibule, se tourna sur son cheval, disant :

« A la minute, monsieur Kobus, vous voyez, à la minute.

— Oui, c'est bon, Zimmer, répondit Fritz en ouvrant la berline. Allons, montez, vous autres. Est-ce qu'on ne peut pas rabattre le manteau?

— Pardon, monsieur Kobus, vous n'avez qu'à tourner le bouton, cela descend tout seul. »

Ils montèrent donc, heureux comme des princes, Fritz s'assit et rabattit la capote. Il était à droite, Hâan à gauche, Schoultz au milieu.

Plus de cent personnes les regardaient sur les portes et le long des fenêtres, car les voitures de poste ne passent pas d'habitude par la rue des Acacias, elles suivent la grande route; c'était quelque chose de nouveau, d'en voir une sur la place.

Je vous laisse à penser la satisfaction de Schoultz et de Hâan.

« Ah! s'écria Schoultz en se tâtant les poches, ma pipe est restée sur la table.

— Nous avons des cigares », dit Fritz en leur passant des cigares qu'ils allumèrent aussitôt, et qu'ils se mirent à fumer, renversés sur leur siège, les jambes croisées, le nez en l'air et le bras arrondi derrière la tête.

Katel paraissait aussi contente qu'eux.

« Y sommes-nous, monsieur Kobus? demanda Zimmer.

— Oui, en route, et doucement, dit-il, doucement jusqu'à la porte de Hildebrandt. »

Zimmer, alors, claquant du fouet, tira les rênes, et les chevaux repartirent au petit trot, pendant que le vieux postillon embouchait son cornet et faisait retentir l'air de ses fanfares.

Katel, sur le seuil, les suivit du regard jusqu'au détour de la rue. C'est ainsi qu'ils traversèrent Hunebourg d'un bout à l'autre; le pavé résonnait au loin, les fenêtres se remplissaient de figures ébahies; et eux, nonchalamment renversés comme de grands seigneurs, ils fumaient sans tourner la tête, et semblaient n'avoir fait autre chose toute leur vie que rouler en chaise de poste.

Enfin, au frémissement du pavé succéda le bruit moins fort de la route; ils passèrent sous la porte de Hildebrandt, et Zimmer, remettant son cor en sautoir, reprit son fouet. Deux minutes après, ils filaient comme le vent sur la route de Bischem : les chevaux bondissaient, la queue flottante, le clic-clac du fouet s'entendait au loin sur la campagne; les peupliers, les champs, les prés, les buissons, tout courait le long de la route.

Fritz, la face épanouie et les yeux au ciel, rêvait à Sûzel. Il la voyait d'avance, et, rien qu'à cette pensée, ses yeux se remplissaient de larmes.

« Va-t-elle être étonnée de me voir! pensait-il. Se doute-t-elle de quelque chose? Non, mais bientôt, bientôt elle saura tout... Il faut que tout se sache! »

Le gros Hâan fumait gravement, et Schoultz avait posé sa casquette derrière lui, dans les plis du manteau, pour écarter ses longs cheveux grisonnants, où passait la brise.

« Moi, disait Hâan, voilà comment je comprends les voyages! Ne me parlez pas de ces vieilles pataches, de ces vieux paniers à salade qui vous éreintent, j'en ai par-dessus le dos, mais aller ainsi, c'est autre chose. Tu le croiras si tu veux, Kobus, il ne me faudrait pas quinze jours pour m'habituer à ce genre de voitures.

— Ha! ha! ha! criait Schoultz, je le crois bien, tu n'es pas difficile. »

Fritz rêvait.

« Pour combien de temps en avons-nous? demandait-il à Zimmer.

— Pour deux heures, monsieur. »

Alors il pensait :

« Pourvu qu'elle soit là-bas, pourvu que le vieux Christel ne se soit pas ravisé? »

Cette crainte l'assombrissait; mais, un instant après, la confiance lui revenait, un flot de sang lui colorait les joues.

« Elle est là, pensait-il, j'en suis sûr. C'est impossible autrement. »

Et tandis que Hâan et Schoultz se laissaient bercer, qu'ils s'étendaient, riant en eux-mêmes, et laissant filer la fumée tout doucement de leurs lèvres, pour mieux la savourer, lui se dressait à chaque seconde, regardant en tout sens, et trouvant que les chevaux n'allaient pas assez vite.

Deux ou trois villages passèrent en une heure, puis deux autres encore, et enfin la berline descendit au vallon d'Altenbruck. Kobus se rappela tout de suite que Bischem était sur l'autre versant de la côte. Le temps de monter au pas lui parut bien long; mais enfin ils s'avancèrent sur le plateau, et Zimmer, claquant du fouet, s'écria :

« Voici Bischem ! »

En effet, ils découvrirent presque au même instant l'antique bourgade autour de la vallée en face; sa grande rue tortueuse, ses façades décrépites sillonnées de poutrelles sculptées; ses galeries de planches, ses escaliers extérieurs, ses portes cochères, où sont clouées des chouettes déplumées; ses toits de tuiles, d'ardoises et de bardeaux, rappelant les guerres des margraves, des landgraves, des Armléders, des Sue dois, des Républicains; tout cela bâti, brûlé, rebâti vingt fois de siècle en siècle : une maison à droite du temps de Hoche, une autre à gauche du temps de Mélas, une autre plus loin du temps de Barberousse.

Et les grands tricornes, les bavolets à deux pièces, les gilets rouges, les corsets à bretelles, allant, venant, se retournant et regardant; les chiens accourant, les oies et les poules se dispersant avec des cris qui n'en finissaient plus : voilà ce qu'ils virent, tandis que la berline descendait au triple galop, la grande rue, et que Zimmer, le coude en équerre, sonnait une fanfare à réveiller les morts.

Hâan et Schoultz observaient ces choses et jouissaient de l'admiration universelle. Ils virent au détour d'une rue, sur la place des Deux-Boucs, l'antique fontaine, la Madame-Hütte en planches de sapin, les baraques des marchands, et la foule tourbillonnante : cela passa comme l'éclair. Plus loin, ils aperçurent la vieille église Saint-Ulrich et ses deux hautes tours carrées, surmontées de la calotte d'ardoises, avec leurs grandes baies en plein cintre du temps de Charlemagne. Les cloches sonnaient à pleine volée, c'était la fin de l'office; la foule descendait les marches du péristyle, regardant ébahie : tout cela disparut aussi d'un bond.

Fritz, lui, n'avait qu'une idée : « Où est-elle ? »

A chaque maison il se penchait, comme si la petite Sûzel eût dû paraître à la même seconde. Sur chaque balcon, à chaque escalier, à chaque fenêtre, devant chaque porte, qu'elle fût ronde ou carrée, entourée d'un cep de vigne ou toute nue, il arrêtait un regard, pensant : « Si elle était là ! »

Et quelque figure de jeune fille se dessinait-elle dans l'ombre d'une allée, derrière une vitre, au fond d'une chambre, il l'avait vue ! il aurait reconnu un ruban de Sûzel au vol. Mais il ne la vit nulle part, et finalement la berline déboucha sur la place des Vieilles-Boucheries, en face du Mouton-d'Or.

Fritz se rappela tout de suite la vieille auberge; c'est là que s'arrêtait son père vingt-cinq ans avant. Il reconnut la grande porte cochère ouverte sur la cour au pavé concassé, la galerie de bois aux piliers massifs, les douze fenêtres à persiennes vertes, la petite porte voûtée et ses marches usées.

Quelques minutes plus tôt, cette vue aurait éveillé mille souvenirs attendrissants dans son âme, mais en ce moment il craignait de ne pas voir la petite Sûzel, et cela le désolait.

L'auberge devait être encombrée de monde; car à peine la voiture eut-elle paru sur la place, qu'un grand nombre de figures se penchèrent aux fenêtres, des figures prussiennes à casquettes plates à grosses moustaches, et d'autres aussi. Deux chevaux étaient attachés aux anneaux de la porte; leurs maîtres regardaient de l'allée.

Dès que la berline se fut arrêtée, le vieil aubergiste Lœrich, grand, calme et digne, sa tête blanche coiffée du bonnet de coton, vint abattre le marchepied d'un air solennel, et dit :

« Si Messeigneurs veulent se donner la peine de descendre... »

Alors Fritz s'écria :

« Comment, père Lœrich, vous ne me reconnaissez pas ? »

Et le vieillard se mit à le regarder, tout surpris.

« Ah ! mon cher monsieur Kobus, dit-il au bout d'un instant, comme vous ressemblez à votre père ! pardonnez-moi, j'aurais dû vous reconnaître. »

Fritz descendit en riant, et répondit :

« Père Lœrich, il n'y a pas de mal, vingt ans changent un homme. Je vous présente mon feld-maréchal Schoultz, et mon premier ministre Hâan ; nous voyageons incognito. »

Ceux des fenêtres ne purent s'empêcher de sourire, surtout les Prussiens, ce qui vexa Schoultz.

« Feld-maréchal, dit-il, je le serais aussi bien que beaucoup d'autres ; j'ordonnerais l'assaut ou la bataille, et je regarderais de loin avec calme. »

Hâan était de trop bonne humeur pour se fâcher.

« A quelle heure le dîner ? demanda-t-il.

— A midi, monsieur. »

Ils entrèrent dans le vestibule, pendant que Zimmer dételait ses chevaux et les conduisait à l'écurie. Le vestibule s'ouvrait au fond sur un jardin ; à gauche était la cuisine : on entendait le tic-tac du tournebroche, le pétillement du feu, l'agitation des casseroles. Les servantes traversaient l'allée en courant, portant l'une des assiettes, l'autre des verres ; le sommelier remontait de la cave avec un panier de vin.

« Il nous faut une chambre, dit Fritz à l'aubergiste, je voudrais celle de Hoche.

— Impossible, monsieur Kobus, elle est prise, les Prussiens l'ont retenue.

— Eh bien, donnez-nous la voisine. »

Le père Lœrich les précéda dans le grand escalier. Schoultz ayant entendu parler de la chambre du général Hoche, voulut savoir ce que c'était.

« La voici, monsieur, dit l'aubergiste en ouvrant une grande salle au premier. C'est là que les généraux républicains ont tenu conseil le 23 décembre 1793, trois jours avant l'attaque des lignes de Wissembourg. Tenez, Hoche était là. »

Il montrait le grand fourneau de fonte dans une niche ovale, à droite.

« Vous l'avez vu ?

— Oui, monsieur, je m'en souviens comme d'hier; j'avais quinze ans. Les Français campaient autour du village, les généraux ne dormaient ni jour ni nuit. Mon père me fit monter un soir, en me disant : « Regarde bien ! » Les généraux français, avec leur écharpe tricolore autour des reins, leurs grands chapeaux à cornes en travers de la tête, et leurs sabres traînants, se promenaient dans cette chambre.

« A chaque instant des officiers, tout couverts de neige, venaient prendre leurs ordres. Comme tout le monde parlait de Hoche, j'aurais bien voulu le connaître, et je me glissai contre le mur, regardant, le nez en l'air, ces grands hommes qui faisaient tant de bruit dans la maison.

« Alors mon père, qui venait aussi d'entrer me tira par la manche, tout pâle, et me dit à l'oreille : « Il est près de toi ! » Je me retournai donc, et je vis Hoche debout devant le poêle, les mains derrière le dos et la tête penchée en avant. Il n'avait l'air de rien auprès des autres généraux, avec son habit bleu à large collet rabattu et ses bottes à éperons de fer. Il me semble encore le voir, c'était un homme de taille moyenne, brun, la figure assez longue; ses grands cheveux, partagés sur le front, lui pendaient sur les joues; il rêvait au milieu de ce vacarme, rien ne pouvait le distraire. Cette nuit même, à onze heures les Français partirent; on n'en vit plus un seul le lendemain dans le village, ni dans les environs. Cinq ou six jours après, le bruit se répandit que la bataille avait eu lieu, et que les Impériaux étaient en déroute. C'est peut-être là que Hoche a ruminé son coup. »

Le père Lœrich racontait cela simplement, et les autres écoutaient émerveillés. Il les conduisit ensuite dans la chambre voisine, leur demandant s'ils voulaient être servis chez eux ; mais ils préférèrent manger à la table d'hôte.

Ils redescendirent donc.

La grande salle était pleine de monde : trois ou quatre voyageurs, leurs valises sur des chaises, attendaient la patache pour se rendre à Landau ; des officiers prussiens se promenaient deux à deux, de long en large ; quelques marchands forains mangeaient dans une pièce voisine ; des bourgeois étaient assis à la grande table, déjà couverte de sa nappe, de ses carafes étincelantes et de ses assiettes bien alignées.

A chaque instant, de nouveaux venus paraissaient sur le seuil. Ils jetaient un coup d'œil dans la salle, puis s'en allaient, ou bien entraient.

Fritz fit apporter une bouteille de *rudesheim* en attendant le dîner. Il regardait, d'un air ennuyé, la magnifique tapisserie bleu indigo et jaune d'ocre, représentant la Suisse et ses glaciers, Guillaume Tell visant la pomme sur la tête de son fils, puis repoussant du pied, dans le lac, la barque de Gessler. Il songeait toujours à Sûzel.

Hâan et Schoultz trouvaient le vin bon.

En ce moment un chant s'éleva dehors, et presque aussitôt les vitres furent obscurcies par l'ombre d'une grande voiture, puis d'une autre qui la suivait.

Tout le monde se mit aux fenêtres.

C'étaient des paysans qui partaient pour l'Amérique. Leurs voitures étaient chargées de vieilles armoires, de bois de lit, de matelas, de chaises, de commodes. De grandes toiles, étendues sur des cerceaux, couvraient le tout. Sous ces toiles, de petits enfants assis sur des bottes de paille, et de pauvres vieilles toutes décrépites, les cheveux blancs comme du lin, regardaient d'un air calme ; tandis que cinq ou six rosses, la croupe couverte de peaux de chien, tiraient lentement. Derrière arrivaient les hommes, les femmes, et trois vieillards, les reins courbés, la tête nue, appuyés sur des bâtons. Ils chantaient en cœur :

« Quelle est la patrie allemande ?
Quelle est la patrie allemande ? »

Et les vieux répondaient :

« Amérika ! Amérika ![1] »

Les officiers prussiens se disaient entre eux : « On devrait arrêter ces gens-là ! »

Hâan, entendant ces propos, ne put s'empêcher de répondre d'un ton ironique :

« Ils disent que la Prusse est la patrie allemande ; on devrait leur tordre le cou ! »

Les officiers prussiens le regardèrent d'un œil louche ; mais il n'avait pas peur, et Schoultz lui-même relevait le front d'un air digne.

Kobus venait de se lever tranquillement et de sortir, comme pour s'informer de quelque chose à la cuisine. Au bout d'un quart d'heure, Hâan et Schoultz, ne le voyant pas rentrer, s'en étonnèrent beaucoup, d'autant plus qu'on apportait les soupières, et que tout le monde prenait place à table.

Fritz s'était souvenu qu'au fond de la ruelle des Oies, derrière Bischem, vivaient deux ou trois familles d'anabaptistes, et que son père avait l'habitude de s'arrêter à leur porte, pour charger un sac de pruneaux secs, en retournant à Hunebourg. Et, songeant que Sûzel pouvait être chez eux, il était descendu sans rien dire dans le jardin du Mouton-d'Or, et du jardin dans la petite allée des Houx, qui longe le village.

Il courait dans cette allée comme un lièvre, tant la fureur de revoir Sûzel le possédait. C'est lui qui se serait étonné, trois mois avant, s'il avait pu se voir en cet état !

Enfin, apercevant le grand toit de tuiles grises des anabaptistes par-dessus les vergers, il se glissa tout doucement le long des haies, jusqu'auprès de la cour, et là, fort heureusement, il découvrit entre le grand fumier carré et la façade décrépite tapissée de lierre, la voiture du père Christel, ce qui lui gonfla le cœur de satisfaction.

« Elle y est ! se dit-il, c'est bon... c'est bon ! Mainte-

1. L'Amérique ! l'Amérique !

nant je la reverrai, coûte que coûte; il faudrait rester ici trois jours, que cela me serait bien égal. »

Il ne pouvait rassasier ses yeux de voir cette voiture. Tout à coup Mopsel s'élança de l'allée, aboyant comme aboient les chiens lorsqu'ils retrouvent une vieille connaissance. Alors il n'eut que le temps de s'échapper dans la ruelle, le dos courbé derrière les haies, comme un voleur; car, malgré sa joie, il éprouvait une sorte de honte à faire de pareilles démarches : il en était heureux et tout confus à la fois.

« Si l'on te voyait, se disait-il; si l'on savait ce que tu fais, Dieu de Dieu ! comme on rirait de toi, Fritz ! Mais c'est égal, tout va bien; tu peux te vanter d'avoir de la chance. »

Il prit les mêmes détours qu'il avait faits en venant, pour retourner au Mouton-d'Or. On était au second service quand il entra dans la salle. Hâan et Schoultz avaient eu soin de lui garder une place entre eux.

« Où diable es-tu donc allé ? lui demanda Hâan.

— J'ai voulu voir le docteur Rubeneck, un ami de mon père, dit-il en s'attachant la serviette au menton; mais je viens d'apprendre qu'il est mort depuis deux ans. »

Il se mit ensuite à manger de bon appétit; et comme on venait de servir une superbe anguille à la moutarde, le gros Hâan ne jugea pas à propos de faire d'autres questions.

Pendant tout le dîner, Fritz, la face épanouie, ne fit que se dire en lui-même : « Elle est ici ! »

Ses gros yeux à fleur de tête se plissaient parfois d'un air tendre, puis s'ouvraient tout grands, comme ceux d'un chat qui rêve en regardant un moucheron tourbillonner au soleil.

Il buvait et mangeait avec enthousiasme, sans même s'en apercevoir.

Dehors le temps était superbe; la grande rue bourdonnait au loin de chants joyeux, de nasillements de trompettes de bois et d'éclats de rire; les gens en habit de fête, le chapeau garni de fleurs et les bonnets éblouissants de rubans, montaient bras dessus bras dessous vers la place des Deux-Boucs. Et tantôt l'un, tantôt l'autre des convives se levait, jetait sa serviette au dos de sa chaise et sortait se mêler à la foule.

A deux heures, Hâan, Schoultz, Kobus et deux ou trois officiers prussiens restaient seuls à table, en face du dessert et des bouteilles vides.

En ce moment, Fritz fut éveillé de son rêve par les sons éclatants de la trompette et du cor, annonçant que la danse était en train.

« Sûzel est peut-être déjà là-bas ? » pensa-t-il.

Et, frappant sur la table du manche de son couteau, il s'écria d'une voix retentissante :

« Père Lœrich ! père Lœrich ! »

Le vieil aubergiste parut.

Alors Fritz, souriant avec finesse, demanda :

« Avez-vous encore de ce petit vin blanc, vous savez, de ce petit vin qui pétille et que M. le juge de paix Kobus aimait !

— Oui, nous en avons encore, répondit l'aubergiste du même ton joyeux.

— Eh bien, apportez-nous-en deux bouteilles, fit-il en clignant des yeux. Ce vin-là me plaisait, je ne serais pas fâché de le faire goûter à mes amis. »

Le père Lœrich sortit, et quelques instants après il rentrait, tenant sous chaque bras une bouteille solidement encapuchonnée et ficelée de fil d'archal. Il avait aussi des pincettes pour forcer le fil, et trois verres minces, étincelants, en forme de cornet, sur un plateau.

Hâan et Schoultz comprirent alors quel était ce petit vin et se regardèrent l'un l'autre en souriant.

« Hé ! hé ! hé ! fit Hâan, ce Kobus a parfois de bonnes plaisanteries ; il appelle cela du petit vin. »

Et Schoultz, observant les Prussiens du coin de l'œil, ajouta :

« Oui, du petit vin de France ; ce n'est pas la première fois que nous en buvons ; mais là-bas, en Champagne, on faisait sauter le cou des bouteilles avec le sabre. »

En disant ces choses, il retroussait le coin de ses petites moustaches grisonnantes, et se mettait la casquette sur l'oreille.

Le bouchon partit au plafond comme un coup de pistolet, les verres furent remplis de la rosée céleste.

« A la santé de l'ami Fritz ! » s'écria Schoultz en levant son verre.

Et la rosée céleste fila d'un trait dans son long cou de cigogne.

Hâan et Fritz avaient imité son geste ; trois fois de suite ils firent le même mouvement, en s'extasiant sur le bouquet du petit vin.

Les Prussiens se levèrent alors d'un air digne et sortirent.

Kobus, crochetant la seconde bouteille, dit :

« Schoultz, tu te vantes pourtant quelquefois d'une façon indigne ; je voudrais bien savoir si ton bataillon de landwehr a dépassé la petite forteresse de Phalsbourg en Lorraine, et si vous avez bu là-bas autre chose que du vin blanc d'Alsace ?

— Bah ! laisse donc, s'écria Schoultz, avec ces Prussiens, est-ce qu'il faut se gêner ? Je représente ici l'armée bavaroise, et tout ce que je puis te dire, c'est que, si nous avions trouvé du vin de Champagne en route, j'en aurais bu ma bonne part. Est-ce qu'on peut me reprocher à moi d'être tombé dans un pays stérile ? N'est-ce pas la faute du feld-maréchal Schwartzenberg, qui nous sacrifiait, nous autres, pour engraisser ses Autrichiens ? Ne me parle pas de cela, Kobus, rien que d'y penser, j'en frémis encore : durant deux étapes nous n'avons trouvé que des sapins, et finalement un tas de gueux qui nous assommaient à coups de pierres du haut de leurs rochers, des va-nu-pieds, de véritables sauvages ; je te réponds qu'il était plus agréable d'avaler de bon vin en Champagne, que de se battre contre ces enragés montagnards des Vosges !

— Allons, calme-toi, dit Hâan en souriant, nous sommes de ton avis, quoique des milliers d'Autrichiens et de Prussiens aient laissé leurs os en Champagne.

— Qui sait ? Nous buvons peut-être en ce moment la quintessence d'un caporal *schlague* », s'écria Fritz.

Tous trois se prirent à rire comme des bienheureux ; ils étaient à moitié gris.

« Ha ! ha ! ha ! maintenant à la danse, dit Kobus en se levant.

— A la danse ! » répétèrent les autres.

Ils vidèrent leurs verres debout et sortirent enfin, vacillant un peu, et riant si fort que tout le monde se retournait dans la grande rue pour les voir.

Schoultz levait ses grandes jambes de sauterelle jusqu'au menton, et les bras en l'air :

« Je défie la Prusse, s'écriait-il d'un ton de *Hans-Wurst*, je défie tous les Prussiens, depuis le caporal *schlague* jusqu'au feld-maréchal ! »

Et Hâan, le nez rouge comme un coquelicot, les joues vermeilles, ses gros yeux pleins de douces larmes bégayait :

« Schoultz ! Schoultz ! au nom du Ciel, modère ton ardeur belliqueuse ; ne nous attire pas sur les bras l'armée de Frédéric-Wilhelm ; nous sommes des gens de paix, des hommes d'ordre, respectons la concorde de notre vieille Allemagne.

— Non ! non ! je les défie tous, s'écriait Schoultz ; qu'ils se présentent ; on verra ce que vaut un ancien sergent de l'armée bavaroise : Vive la patrie allemande ! »

Plus d'un Prussien riait dans ses longues moustaches, en les voyant passer.

Fritz songeant qu'il allait revoir la petite Sûzel, était dans un état de béatitude inexprimable.

« Toutes les jeunes filles sont à la Madame-Hütte, se disait-il, surtout le premier jour de la fête : Sûzel est là ! »

Cette pensée l'élevait au septième ciel ; il se délectait en lui-même et saluait les gens d'un air attendri. Mais une fois sur la place des Deux-Boucs, quand il vit le drapeau flotter sur la baraque et qu'il reconnut, aux dernières notes d'un *hopser*, le coup d'archet de son ami Iôsef, alors il éprouva l'enivrement de la joie, et, traînant ses camarades, il se mit à crier :

« C'est la troupe de Iôsef !... C'est la troupe de Iôsef !... Maintenant, il faut reconnaître que le Seigneur Dieu nous favorise ! »

Lorsqu'ils arrivèrent à la porte de la Hütte, le *hopser* finissait, les gens sortaient, le trombone, la clarinette et le fifre s'accordaient pour une autre danse ; la grosse caisse rendait un dernier grondement dans la baraque sonore.

Ils entrèrent, et les estrades tapissées de jeunes filles, de vieux papas, de grand-mères, les guirlandes de chêne, de hêtre et de mousse suspendues autour des piliers, s'offrirent à leurs regards.

L'animation était grande ; les danseurs reconduisaient leurs danseuses. Fritz, apercevant de loin la grosse toison de son ami Iôsef au milieu de l'orchestre olivâtre, ne se possédait plus d'enthousiasme ; et les deux mains en l'air, agitant son feutre, il criait :

« Iôsef ! Iôsef ! »

Tandis que la foule se dressait à droite et à gauche, et se penchait pour voir quel bon vivant était capable de pousser des cris pareils. Mais quand on vit Hâan, Schoultz et Kobus s'avancer riant, jubilant, la face pourpre et se dandinant au bras l'un de l'autre, comme il arrive après boire, un immense éclat de rire retentit dans la baraque, car chacun pensait : « Voilà des gaillards qui se portent bien et qui viennent de bien dîner. »

Cependant Iôsef avait tourné la tête, et reconnaissant de loin Kobus, il étendait les bras en croix, l'archet dans une main et le violon dans l'autre. C'est ainsi qu'il descendit de l'estrade, pendant que Fritz montait ; ils s'embrassèrent à mi-chemin, et tout le monde fut émerveillé.

« Qui diable cela peut-il être ? disait-on. Un homme si magnifique qui se laisse embrasser par le Bohémien !... »

Et Bockel, Andrès, tout l'orchestre penché sur la rampe, applaudissait à ce spectacle.

Enfin Iôsef, se redressant, leva son archet et dit :

« Écoutez ! voici M. Kobus, de Hunebourg, mon ami, qui va danser un *treieleins* avec ses deux camarades. Quelqu'un s'oppose-t-il à cela ?

— Non, non, qu'il danse ! cria-t-on de tous les coins.

— Alors, dit Iôsef, je vais donc jouer une valse, la valse de Iôsef Almâni, composée en rêvant à celui qui l'a secouru un jour de grande détresse. Cette valse, Kobus, personne ne l'a jamais entendue jusqu'à ce moment, excepté Bockel, Andrès et les arbres du Tannewald ; choisis-toi donc une belle danseuse selon ton cœur; et vous, Hâan et Schoultz, choisissez également les vôtres : personne que vous ne dansera la valse d'Almâni. »

Fritz s'étant retourné sur les marches de l'estrade, promena ses regards autour de la salle, et il eut peur un instant de ne pas trouver Sûzel. Les belles filles ne manquaient pas : des noires et des brunes, des rousses et des blondes; toutes se redressaient, regardant vers Kobus, et rougissant lorsqu'il arrêtait la vue sur elles; car c'était un grand honneur d'être choisie par un si bel homme, surtout pour danser le *treieleins*. Mais Fritz ne les voyait pas rougir; il ne les voyait pas se redresser comme les hussards de Frédéric-Wilhelm à la parade, effaçant leurs épaules et se mettant la bouche en cœur; il ne voyait pas cette brillante fleur de jeunesse épanouie sous ses regards; ce qu'il cherchait c'était une toute petite *vergissmeinnicht*, la petite fleur bleue des souvenirs d'amour.

Longtemps il la chercha, de plus en plus inquiet; enfin il la découvrit au loin, cachée derrière une guirlande de chêne tombant du pilier à droite de la porte. Sûzel, à demi effacée derrière cette guirlande, inclinait la tête sous les grosses feuilles vertes, et regardait timidement, à la fois craintive et désireuse d'être vue.

Elle n'avait que ses beaux cheveux blonds tombant en longues nattes sur ses épaules pour toute parure; un fichu de soie bleue voilait sa gorge naissante; un petit corset de velours, à bretelles blanches, dessinait sa taille gracieuse; et près d'elle se tenait, droite comme un I, la grand-mère Annah, ses cheveux gris fourrés sous le béguin noir, et les bras pendants. Ces gens n'étaient pas venus pour danser, ils étaient venus pour voir, et se tenaient au dernier rang de la foule.

Les joues de Fritz s'animèrent; il descendit de l'estrade et traversa la hutte au milieu de l'attention générale. Sûzel, le voyant venir, devint toute pâle et dut s'appuyer contre le pilier; elle n'osait plus le regarder. Il monta quatre marches, écarta la guirlande, et lui prit la main en disant tout bas :

« Sûzel, veux-tu danser avec moi le *treieleins* ? »

Elle alors, levant ses grands yeux bleus comme en rêve, de pâle qu'elle était, devint toute rouge :

« Oh ! oui, monsieur Kobus ! » fit-elle en regardant la grand-mère.

La vieille inclina la tête au bout d'une seconde, et dit : « C'est bien... tu peux danser. » Car elle connaissait Fritz, pour l'avoir vu venir à Bischem dans le temps, avec son père.

Ils descendirent donc dans la salle. Les valets de danse, le chapeau de paille couvert de banderolles, faisaient le tour de la baraque au pied de la rampe, agitant d'un air joyeux leurs martinets de rubans, pour faire reculer le monde. Hâan et Schoultz se promenaient encore, à la recherche de leurs danseuses ; Iôsef, debout devant son pupitre, attendait ; Bockel, sa contrebasse contre la jambe tendue, et Andrès, son violon sous le bras, se tenaient à ses côtés ; ils devaient seuls l'accompagner.

La petite Sûzel, au bras de Fritz au milieu de cette foule, jetait des regards furtifs, pleins de ravissement intérieur et de trouble ; chacun admirait les longues nattes de ses cheveux, tombant derrière elle jusqu'au bas de sa petite jupe bleu clair bordée de velours, ses petits souliers ronds, dont les rubans de soie noire montaient en se croisant autour de ses bas d'une blancheur éblouissante ; ses lèvres roses, son menton arrondi, son cou flexible et gracieux.

Plus d'une belle fille l'observait d'un œil sévère, cherchant quelque chose à reprendre, tandis que son joli bras, nu jusqu'au coude suivant la mode du pays, reposait sur le bras de Fritz avec une grâce naïve ; mais deux ou trois vieilles, les yeux plissés, souriaient dans leurs rides et disaient sans se gêner : « Il a bien choisi ! »

Kobus, entendant cela, se retournait vers elles avec satisfaction. Il aurait voulu dire aussi quelque galanterie à Sûzel ; mais rien ne lui venait à l'esprit : il était trop heureux.

Enfin Hâan tira du troisième banc à gauche une femme haute de six pieds, noire de cheveux, avec un nez en bec d'aigle et des yeux perçants, laquelle se leva toute droite et sortit d'un air majestueux. Il aimait ce genre de femmes ; c'était la fille du bourgmestre. Hâan semblait tout glorieux de son choix ; il se redressait en arrangeant son jabot, et la grande fille, qui le dépassait de la moitié de la tête, avait l'air de le conduire.

Au même instant, Schoultz amenait une petite femme rondelette, du plus beau roux qu'il soit possible de voir, mais gaie, souriante, et qui lui sauta brusquement au coude, comme pour l'empêcher de s'échapper.

Ils prirent donc leurs distances pour se promener autour de la salle, comme cela se fait d'habitude. A peine avaient-ils achevé le premier tour, que Iôsef s'écria :

« Kobus, y es-tu ? »

Pour toute réponse, Fritz prit Sûzel à la taille, du bras gauche, et lui tenant la main en l'air, à l'ancienne mode galante du XVIIIe siècle, il l'enleva comme une plume. Iôsef commença sa valse par trois coups d'archet. On comprit aussitôt que ce serait quelque chose d'étrange ; la valse des esprits de l'air, le soir, quand on ne voit plus au loin sur la plaine qu'une ligne d'or, que les feuilles se taisent, que les insectes descendent, et que le chantre de la nuit prélude par trois notes : la première grave, la seconde tendre, et la troisième si pleine d'enthousiasme, qu'au loin le silence s'établit pour entendre.

Ainsi débuta Iôsef, ayant bien des fois, dans sa vie errante, pris des leçons du chantre de la nuit, le coude dans la mousse, l'oreille dans la main, et les yeux fermés, perdu dans les ravissements célestes. Et s'animant ensuite, comme le grand maître aux ailes frémissantes, qui laisse tomber chaque soir, autour du nid où repose sa bien-aimée, plus de notes mélodieuses que la rosée ne laisse tomber de perles sur l'herbe des vallons, sa valse commença rapide, folle, étincelante : les esprits de l'air se mirent en route, entraînant Fritz et Sûzel, Hâan et la fille du bourgmestre, Schoultz et sa danseuse dans des tourbillons sans fin. Bockel soupirait la basse lointaine des torrents, et le grand Andrès marquait la mesure, de traits rapides et joyeux comme des cris d'hirondelles fendant l'air ; car si l'inspiration vient du ciel et ne connaît que sa fantaisie, l'ordre et la mesure doivent régner sur la terre !

Et maintenant, représentez-vous les cercles amoureux de la valse qui s'enlacent, les pieds qui voltigent, les robes qui flottent et s'arrondissent en éventail; Fritz, qui tient la petite Sûzel dans ses bras, qui lui lève la main avec grâce, qui la regarde enivré, tourbillonnant tantôt comme le vent et tantôt se balançant en cadence, souriant, rêvant, la contemplant encore, puis s'élançant avec une nouvelle ardeur; tandis qu'à son tour, les reins cambrés, ses deux longues tresses flottant comme des ailes, et sa charmante petite tête rejetée en arrière, elle le regarde en extase, et que ses pieds effleurent à peine le sol.

Le gros Hâan, les deux mains sur les épaules de sa grande danseuse, tout en galopant, se balançant et frappant du talon, la contemplait de bas en haut d'un air d'admiration profonde; elle, avec son grand nez, tourbillonnait comme une girouette.

Schoultz, à demi courbé, ses grandes jambes pliées, tenait sa petite rousse sous les bras, et tournait, tournait, tournait sans interruption avec une régularité merveilleuse, comme une bobine dans son dévidoir; il arrivait si juste à la mesure, que tout le monde en était ravi.

Mais c'est Fritz et la petite Sûzel qui faisaient l'admiration universelle, à cause de leur grâce et de leur air bienheureux. Ils n'étaient plus sur la terre, ils se berçaient dans le ciel; cette musique qui chantait, qui riait, qui célébrait le bonheur, l'enthousiasme, l'amour, semblait avoir été faite pour eux : toute la salle les contemplait, et eux ne voyaient plus qu'eux-mêmes. On les trouvait si beaux, que parfois un murmure d'admiration courait dans la Madame Hütte; on aurait dit que tout allait éclater; mais le bonheur d'entendre la valse forçait les gens de se taire. Ce n'est qu'au moment où Hâan, devenu comme fou d'enthousiasme en contemplant la grande fille du bourgmestre, se dressa sur la pointe des pieds et la fit pirouetter deux fois, en criant d'une voix retentissante : « *You !* » et qu'il retomba d'aplomb après ce tour de force; et qu'au même instant Schoultz levant sa jambe droite, la fit passer, sans manquer la mesure au-dessus de la tête de sa petite rousse, et que d'une voix rauque, en tournant comme un véritable possédé, il se mit à crier : « *You ! you ! you ! you ! you ! you !* » ce n'est qu'à ce moment que l'admiration éclata, par des cris et des trépignements qui firent trembler la baraque.

Jamais, jamais on n'avait vu danser si bien ; l'enthousiasme dura plus de cinq minutes ; et quand il finit par s'apaiser, on entendit avec satisfaction la valse des esprits de l'air reprendre le dessus, comme le chant du rossignol après un coup de vent dans les bois.

Alors Schoultz et Hâan n'en pouvaient plus ; la sueur leur coulait le long des joues ; ils se promenaient, l'un la main sur l'épaule de sa danseuse, l'autre portant en quelque sorte la sienne pendue au bras.

Sûzel et Fritz tournaient toujours : les cris, les trépignements de la foule ne leur avaient rien fait ; et quand Iôsef, lui-même épuisé, jeta de son violon le dernier soupir d'amour, ils s'arrêtèrent juste en face du père Christel et d'un autre vieil anabaptiste, qui venaient d'entrer dans la salle, et qui les regardaient comme émerveillés.

« Hé ! c'est vous, père Christel, s'écria Fritz tout joyeux ; vous le voyez, Sûzel et moi nous dansons ensemble.

— C'est beaucoup d'honneur pour nous, monsieur Kobus, répondit le fermier en souriant, beaucoup d'honneur ; mais la petite s'y connaît donc ? Je croyais qu'elle n'avait jamais fait un tour de valse.

— Père Christel, Sûzel est un papillon, une véritable petite fée ; elle a des ailes ! »

Sûzel se tenait à son bras, les yeux baissés, les joues rouges ; et le père Christel, la regardant d'un air heureux, lui demanda :

« Mais, Sûzel, qui t'a donc montré la danse ? Cela m'étonne !

— Mayel et moi, dit la petite, nous faisons quelquefois deux ou trois tours dans la cuisine, pour nous amuser. »

Alors les gens penchés autour d'eux se mirent à rire, et l'autre anabaptiste s'écria :

« Christel, à quoi penses-tu donc ?... Est-ce que les filles ont besoin d'apprendre à valser ?... est-ce que cela ne leur vient pas tout seul ? Ha ! ha ! ha ! »

Fritz, sachant que Sûzel n'avait jamais dansé qu'avec lui, sentait comme de bonnes odeurs lui monter au nez ; il aurait voulu chanter, mais se contenant :

« Tout cela, dit-il, n'est que le commencement de la fête. C'est maintenant que nous allons nous en donner ! Vous resterez avec nous, père Christel ; Hâan et Schoultz sont aussi là-bas, nous allons danser jusqu'au soir, et nous souperons ensemble au Mouton-d'Or.

— Ça, dit Christel, sauf votre respect, monsieur Kobus, et malgré tout le plaisir que j'aurais à rester, je ne puis le prendre sur moi ; il faut que je parte... et je venais justement chercher Sûzel.

— Chercher Sûzel ?

— Oui, monsieur Kobus.

— Et pourquoi ?

— Parce que l'ouvrage presse à la maison ; nous sommes au temps des récoltes... le vent peut tourner du jour au lendemain. C'est déjà beaucoup d'avoir perdu deux jours dans cette saison ; mais je ne m'en fais pas de reproche, car il est dit : « Honore ton père et ta mère ! » Et de venir voir sa mère deux ou trois fois l'an, ce n'est pas trop. Maintenant, il faut partir. Et puis, la semaine dernière, à Hunebourg, vous m'avez tellement réjoui, que je ne suis rentré que vers dix heures. Si je restais, ma femme croirait que je prends de mauvaises habitudes ; elle serait inquiète. »

Fritz était tout déconcerté. Ne sachant que répondre, il prit Christel par le bras, et le conduisit dehors, ainsi que Sûzel ; l'autre anabaptiste les suivait.

« Père Christel, reprit-il en le tenant par une agrafe de sa souquenille, vous n'avez pas tout à fait tort en ce qui vous concerne ; mais à quoi bon emmener Sûzel ? Vous pourriez bien me la confier ; l'occasion de prendre un peu de plaisir n'arrive pas si souvent, que diable !

— Hé, mon Dieu, je vous la confierais avec plaisir ! s'écria le fermier en levant les mains ; elle serait avec vous comme avec son propre père, monsieur Kobus ; seulement, ce serait une perte pour nous. On ne peut pas laisser les ouvriers seuls... ma femme fait la cuisine, moi je conduis la voiture... Si le temps changeait, qui sait quand nous rentrerions les foins ? Et puis, nous avons une affaire de famille à terminer, une affaire très sérieuse. »

En disant cela, il regardait l'autre anabaptiste, qui inclina gravement la tête.

« Monsieur Kobus, je vous en prie, ne nous retenez pas, vous auriez réellement tort; n'est-ce pas, Sûzel? »

Sûzel ne répondit pas; elle regardait à terre, et l'on voyait bien qu'elle aurait voulu rester.

Fritz comprit qu'en insistant davantage, il pourrait donner l'éveil à tout le monde; c'est pourquoi prenant son parti, tout à coup il s'écria d'un ton assez joyeux :

« Eh bien donc, puisque c'est impossible, n'en parlons plus. Mais au moins vous prendrez un verre de vin avec nous au Mouton-d'Or?

— Oh! quant à cela, monsieur Kobus, ce n'est pas de refus. Je m'en vais de suite avec Sûzel embrasser la grand-mère, et, dans un quart d'heure, notre voiture s'arrêtera devant l'auberge.

— Bon, allez! »

Fritz serra doucement la main de Sûzel, qui paraissait bien triste, et, les regardant traverser la place, il rentra dans la Madame-Hütte.

Hâan et Schoultz, après avoir reconduit leurs danseuses, étaient montés sur l'estrade; il les rejoignit :

« Tu vas charger Andrès de diriger l'orchestre, dit-il à Iôsef, et tu viendras prendre quelques verres de bon vin avec nous. »

Le bohémien ne demandait pas mieux. Andrès s'étant mis au pupitre, ils sortirent tous quatre, bras dessus, bras dessous.

A l'auberge du Mouton-d'Or, Fritz fit servir un dessert dans la grande salle alors déserte, et le père Lœrich descendit à la cave, chercher trois bouteilles de champagne, qu'on mit rafraîchir dans une cuvette d'eau de source. Cela fait, on s'installa près des fenêtres, et presque aussitôt le char à bancs de l'anabaptiste parut au bout de la rue. Christel était assis devant, et Sûzel derrière sur une botte de paille, au milieu des *kougelhof* et des tartes de toute sorte, qu'on rapporte toujours de la fête.

Fritz, voyant Sûzel venir, se dépêcha de casser le fil

de fer d'une bouteille; et au moment où la voiture s'arrêtait, il se dressa devant la fenêtre et laissa partir le bouchon comme un pétard, en s'écriant :

« A la plus gentille danseuse du *treieleins* ! »

On peut se figurer si la petite Sûzel fut heureuse; c'était comme un coup de pistolet qu'on lâche à la noce. Christel riait de bon cœur et pensait : « Ce bon M. Kobus est un peu gris, il ne faut pas s'en étonner un jour de fête ! »

Et, entrant dans la chambre, il leva son feutre en disant :

« Ça, ce doit être du champagne, dont j'ai souvent entendu parler, de ce vin de France qui tourne la tête à ces hommes batailleurs, et les porte à faire la guerre contre tout le monde ! Est-ce que je me trompe ?

— Non, père Christel, non; asseyez-vous, répondit Fritz. Tiens, Sûzel, voici ta chaise à côté de moi. Prends un de ces verres. — A la santé de ma danseuse ! »

Tous les amis frappèrent sur la table en criant : « *Das soll gulden*[1] *!* »

Et, levant le coude, ils claquèrent de la langue comme une bande de grives à la cueillette des myrtilles.

Sûzel, elle, trempait ses lèvres roses dans la mousse, ses deux grands yeux levés sur Kobus, et disait tout bas :

« Oh ! que c'est bon ! ce n'est pas du vin, c'est bien meilleur ! »

Elle était rouge comme une framboise; et Fritz, heureux comme un roi, se redressait sur sa chaise. « Hum ! hum ! faisait-il en se rengorgeant, oui, oui, ce n'est pas mauvais. »

Il aurait donné tous les vins de France et d'Allemagne, pour danser encore une fois le *treieleins*.

Comme les idées d'un homme changent en trois mois !

Christel, assis en face de la fenêtre, son grand chapeau sur la nuque, la face rayonnante, le coude sur la table et le fouet entre les genoux, regardait le magnifique soleil au-dehors; et, tout en songeant à ses récoltes, il disait :

1. Ceci doit compter.

« Oui... oui... c'est un bon vin! »

Il ne faisait pas attention à Kobus et à Sûzel, qui se souriaient l'un l'autre comme deux enfants, sans rien dire, heureux de se voir. Mais Iôsef les contemplait d'un air rêveur.

Schoultz remplit de nouveau les verres en s'écriant :

« On a beau dire, ces Français ont de bonnes choses chez eux! Quel dommage que leur Champagne, leur Bourgogne et leur Bordelais ne soient pas sur la rive droite du Rhin!

— Schoultz, dit Hâan, gravement, tu ne sais pas ce que tu demandes; songe que, si ces pays étaient chez nous, ils viendraient les prendre. Ce serait bien une autre extermination que pour leur Liberté et leur Égalité : ce serait la fin du monde! car le vin est quelque chose de solide, et ces Français, qui parlent sans cesse de grands principes, d'idées sublimes, de sentiments nobles, tiennent au solide. Pendant que les Anglais veulent toujours protéger le genre humain, et qu'ils ont l'air de ne pas s'inquiéter de leur sucre, de leur poivre, de leur coton, les Français, eux, ont toujours à rectifier une ligne; tantôt elle penche trop à droite, tantôt trop à gauche : ils appellent cela leurs limites naturelles.

« Quant aux gras pâturages, aux vignobles, aux prés, aux forêts qui se trouvent entre ces lignes, c'est le moindre de leurs soucis : ils tiennent seulement à leurs idées de justice et de géométrie. Dieu nous préserve d'avoir un morceau de Champagne en Saxe ou dans le Mecklembourg, leurs limites naturelles passeraient bientôt de ce côté-là! Achetons-leur plutôt quelques bouteilles de bon vin, et conservons notre équilibre. La vieille Allemagne aime la tranquillité, elle a donc inventé l'équilibre. Au nom du Ciel, Schoultz, ne faisons pas de vœux téméraires! »

Ainsi s'exprima Hâan avec éloquence, et Schoultz, vidant son verre brusquement, lui répondit :

« Tu parles comme un être pacifique, et moi comme un guerrier : chacun selon son goût et sa profession. »

Il fronça le sourcil, en décoiffant une seconde bouteille de vin.

Christel, Iôsef, Fritz et Sûzel ne faisaient nulle attention à ces discours.

« Quel temps magnifique ! s'écriait Christel comme se parlant à lui-même ; voici bientôt un mois que nous n'avons pas eu de pluie, et chaque soir de la rosée en abondance ; c'est une véritable bénédiction du ciel. »

Iôsef remplissait les verres.

« Depuis l'an 22, reprit le vieux fermier, je ne me rappelle pas avoir vu d'aussi beau temps pour la rentrée des foins. Et cette année-là le vin fut aussi très bon, c'était un vin tendre ; il y eut pleine récolte et pleines vendanges.

— Tu t'es bien amusée, Sûzel ? demandait Fritz.

— Oh ! oui, monsieur Kobus, faisait la petite, je ne me suis jamais tant amusée qu'aujourd'hui. Je m'en souviendrai longtemps ! »

Elle regardait Fritz, dont les yeux étaient troubles.

« Allons, encore un verre », disait-il.

Et en versant il lui touchait la main, ce qui la faisait frissonner des pieds à la tête.

« Aimes-tu le *treieleins*, Sûzel ?

— C'est la plus belle danse, monsieur Kobus, comment ne l'aimerais-je pas ! Et puis, avec une si belle musique !... Ah ! que cette musique était belle !

— Tu l'entends, Iôsef ? murmurait Fritz.

— Oui, oui, répondait le bohémien tout bas, je l'entends, Kobus, ça me fait plaisir... je suis content ! »

Il regardait Fritz jusqu'au fond de l'âme, et Kobus se trouvait tellement heureux qu'il ne savait que dire.

Cependant les trois bouteilles étaient vides ; Fritz, se tournant vers l'aubergiste, lui dit :

« Père Lœrich, encore deux autres ! »

Mais alors Christel se réveillant, s'écria :

« Monsieur Kobus, monsieur Kobus, à quoi pensez-vous donc ? Je serais capable de verser !... Non... non !... Voici cinq heures et demie, il est temps de se mettre en route.

— Puisque vous le voulez, père Christel, ce sera pour une autre fois. Ce vin-là ne vous plaît donc pas ?

— Au contraire, monsieur Kobus, il me plaît beaucoup, mais sa douceur est pleine de force. Je pourrais me tromper de chemin, hé ! hé ! hé ! — Allons, Sûzel, nous partons ! »

Sûzel se leva tout émue, et Fritz la retenant par le bras, lui fourra le dessert dans les poches de son tablier : les macarons, les amandes, enfin tout.

« Oh! monsieur Kobus, faisait-elle de sa petite voix douce, c'est assez.

— Croque-moi cela, lui disait-il; tu as de belles dents, Sûzel, c'est pour croquer de ces bonnes choses, que le Seigneur les a faites. Et nous boirons encore de ce bon petit vin blanc, puisqu'il te plaît.

— Oh! mon Dieu... où voulez-vous donc que j'en boive? un vin si cher! faisait-elle.

— C'est bon... c'est bon... je sais ce que je dis, murmurait-il; tu verras que nous en boirons! »

Et le père Christel, un peu gris, les regardait, se disant en lui-même :

« Ce bon monsieur Kobus, quel brave homme! Ah! le Seigneur a bien raison de répandre ses bénédictions sur des gens pareils : c'est comme la rosée du ciel, chacun a en sa part. »

Enfin, tout le monde sortit, Fritz en tête, le bras de Sûzel sous le sien, disant :

« Il faut bien que je reconduise ma danseuse. »

En bas, près de la voiture, il prit Sûzel sous les bras en s'écriant : « Hop, Sûzel! » et la plaça comme une plume sur la paille, qu'il se mit à relever autour d'elle.

« Enfonce bien tes petits pieds, disait-il, les soirées sont fraîches. »

Puis, sans attendre de réponse, il alla droit à Christel, et lui serra la main vigoureusement :

« Bon voyage, père Christel, dit-il, bon voyage!

— Amusez-vous bien, messieurs », répondit le vieux fermier, en s'asseyant près du timon.

Sûzel était devenue toute pâle; Fritz lui prit la main, et, le doigt levé :

« Nous boirons encore du bon petit vin blanc! » dit-il, ce qui la fit sourire.

Christel allongea son coup de fouet et les chevaux partirent au galop. Hâan et Schoultz étaient rentrés dans l'auberge. Fritz et Iôsef, debout sur le seuil, regardaient la voiture; Fritz surtout ne la quittait pas des yeux; elle allait disparaître au détour de la grande rue, quand Sûzel tourna vivement la tête.

Alors Kobus entourant Iôsef de ses deux bras, se mit à l'embrasser les larmes aux yeux.

« Oui... oui, faisait le bohémien d'une voix douce et profonde, c'est bon d'embrasser un vieil ami ! Mais celle qu'on aime et qui vous aime... ah ! Fritz... c'est encore autre chose ! »

Kobus comprit que Iôsef avait tout deviné ! Il aurait voulu répandre des larmes ; mais, tout à coup, il se mit à sauter en criant :

« Allons, mon vieux, allons, il faut rire... il faut s'amuser... En route pour la Madame-Hütte ! Ah ! le beau jour ! Ah ! le beau soleil ! »

Zimmer, le postillon, se tenait debout sous la porte cochère, la figure pourpre ; Kobus lui remit deux florins :

« Allez boire un bon coup, Zimmer, lui dit-il, faites-vous du bon sang ! Nous partirons après souper, vers neuf heures.

— C'est bon, monsieur Kobus, la voiture sera prête. Nous irons comme un éclair. »

Puis, les regardant s'éloigner bras dessus, bras dessous, le vieux postillon sourit d'un air de bonne humeur et entra dans le cabaret de l'Ours-Noir, en face.

XVII

Le lendemain Fritz se leva dans une heureuse disposition d'esprit; il avait rêvé toute la nuit de Sûzel et se proposait d'aller passer six semaines au Meisenthâl, pour la voir à son aise.

« Que Hâan, Schoultz et le vieux David rient tant qu'ils voudront, pensait-il, moi, je vais tranquillement là-bas; il faut que je voie la petite, et si les choses doivent aller plus loin, eh bien, à la grâce de Dieu : ce qui doit arriver arrive! »

En déjeunant, il se représentait d'avance le sentier du Postthâl, la roche des Tourterelles, la côte des Genêts, la ferme; puis l'étonnement de Christel, la joie de Sûzel, et tout cela le réjouissait. Il aurait voulu chanter comme Salomon : « Te voilà, ma belle amie, ma parfaite; tes yeux sont comme ceux des colombes! » Enfin il se coiffa de son feutre et pris son bâton, plein d'ardeur.

Mais comme il sortait prévenir Katel de ne pas l'attendre le soir ni le lendemain, qu'est-ce qu'il vit? La mère Orchel au bas de l'escalier; elle montait lentement, le dos arrondi, et son casaquin de toile bleue sur le bras, comme il arrive aux gens qui viennent de marcher vite à la chaleur.

Je vous laisse à penser sa surprise, lui qui partait justement pour la ferme.

« Comment, c'est vous, mère Orchel? s'écria-t-il; qu'est-ce qui vous amène de si grand matin? »

Katel s'avançait en même temps sur le seuil de la cuisine, et disait :

« Eh ! bonjour, Orchel, Seigneur que vous avez marché vite ! vous êtes tout en nage.

— C'est vrai, Katel, répondit la bonne femme en reprenant haleine, je me suis dépêchée. »

Et se tournant vers Fritz :

« J'arrive pour l'affaire dont Christel vous a parlé hier à la fête de Bischem, monsieur Kobus. Je suis partie de bonne heure. C'est une grande affaire ; Christel ne veut rien décider sans vous.

— Mais, dit Fritz, je ne sais pas ce dont il s'agit, Christel m'a seulement dit qu'il avait une affaire de famille, qui le forçait de retourner au Meisenthâl, et, naturellement, je ne lui en ai pas demandé davantage.

— Voilà pourquoi je viens, monsieur Kobus.

— Eh bien, entrez, asseyez-vous, mère Orchel, dit-il en rouvrant la porte, vous déjeunerez ensuite.

— Oh ! je vous remercie, monsieur Kobus, j'ai déjeuné avant de partir. »

Orchel entra donc dans la chambre et s'assit au coin de la table, en mettant son gros bonnet rond qui pendait à son coude ; elle fourra ses cheveux dessous avec soin, puis arrangea son casaquin sur ses genoux. Fritz la regardait tout intrigué ; il finit par s'asseoir en face d'elle, en disant :

« Christel et Sûzel sont bien arrivés hier soir ?

— Très bien, monsieur Kobus, très bien ; à huit heures, ils étaient à la maison. »

Enfin, voyant tout arrangé, elle commença, les mains jointes et la tête penchée, comme une commère qui raconte quelque chose à sa voisine :

« Vous saurez d'abord, monsieur Kobus, que nous avons un cousin à Bischem, un anabaptiste comme nous, et qui s'appelle Hans-Christian Pelsly ; c'est le petit-fils de Frentzel-Débora Rupert, la propre sœur de Anna-Christina-Carolina Rupert, la grand-mère de Christel, du côté des femmes. De sorte que nous sommes cousins.

— C'est très bien, fit Kobus, se demandant où tout cela devait les mener.

— Oui, dit-elle, Hans-Christian est notre cousin; Christel m'a raconté que vous l'avez vu hier à Bischem. C'est un homme de bien, il a de bonnes terres du côté de Bieverkirch, et un garçon qui s'appelle Jacob : un brave garçon, monsieur Kobus, rangé, soigneux, et qui maintenant approche de ses vingt-six ans; personne n'a jamais rien entendu dire sur son compte. »

Fritz était devenu fort grave :

« Où diable veut-elle en venir avec son Jacob? se dit-il tout inquiet.

— Sûzel, reprit la fermière, n'est pas loin de ses dix-huit ans; c'est en octobre, après les vendanges, qu'elle est venue au monde; ça fait qu'elle aura dix-huit ans dans cinq mois : c'est un bon âge pour se marier. »

Les joues de Fritz tressaillirent, un frisson passa dans ses cheveux, et je ne sais quelle angoisse inexprimable lui serra le cœur.

Mais la grosse fermière, calme et paisible de sa nature, ne vit rien et continua tranquillement :

« Je me suis aussi mariée à dix-huit ans, monsieur Kobus; cela ne m'a pas empêchée de bien me porter, Dieu merci!

« Pelsly, connaissant nos biens, avait pensé, depuis la Saint-Michel, à Sûzel pour son garçon. Mais avant de rien dire et de rien faire, il est venu lui-même, comme pour acheter notre petit bœuf. Il a passé la journée de la Saint-Jean chez nous; il a bien regardé Sûzel, il a vu qu'elle n'avait pas de défauts, qu'elle n'était ni bossue, ni boiteuse, ni contrefaite d'aucune manière; qu'elle s'entendait à toute sorte d'ouvrage, et qu'elle aimait le travail.

« Alors, il a dit à Christel de venir à la fête de Bischem, et Christel a vu hier le garçon; il s'appelle Jacob, il est grand et bien bâti, laborieux; c'est tout ce que nous pouvons souhaiter de mieux pour Sûzel. Pelsly a donc demandé hier Sûzel en mariage pour son fils. »

Depuis quelques instants, Fritz n'entendait plus : ses joies, ses espérances, ses rêves d'amour, tout s'envolait; la tête lui tournait. Il était comme une chandelle des prés, dont un coup de vent disperse le duvet dans les airs, et qui reste seule, toute désolée, avec son pauvre lumignon.

La mère Orchel, qui ne se doutait de rien, tira le coin de son mouchoir de sa poche, et baissant la tête, se moucha ; puis elle reprit :

« Nous avons causé de cela toute la nuit, Christel et moi. C'est un beau mariage pour Sûzel, et Christel a dit : « Tout est bien ; seulement, M. Kobus est un « homme si bon, qui nous aime tant, et qui nous a « rendu de si grands services, que nous serions de véri- « tables ingrats, si nous terminions une pareille affaire « sans le consulter. Je ne peux pas aller moi-même à « Hunebourg aujourd'hui, puisque nous avons cinq voi- « tures de foin à rentrer ; mais toi, tu partiras tout de « suite après le déjeuner, et tu seras encore de retour « avant onze heures, pour préparer le dîner de nos « gens. » Voilà ce que m'a dit Christel. Nous espérons tous les deux que cela vous conviendra, surtout quand vous aurez vu le garçon ; Christel veut le faire venir exprès pour vous l'amener. Et si vous êtes content de lui, eh bien, nous ferons le mariage ; et je pense que vous serez aussi de la noce : vous ne pouvez nous refuser cet honneur. »

Ces mots de « noce », de « mariage », de « garçon », bourdonnaient aux oreilles de Fritz.

Orchel, après avoir fini son histoire, étonnée de ne recevoir aucune réponse, lui demanda :

« Qu'est-ce que vous pensez de cela, monsieur Kobus ?

— De quoi ? fit-il.

— De ce mariage. »

Alors il passa lentement la main sur son front, où brillaient des gouttes de sueur ; et la mère Orchel, surprise de sa pâleur, lui dit :

« Vous avez quelque chose, monsieur Kobus !

— Non, ce n'est rien », fit-il en se levant.

L'idée qu'un autre allait épouser Sûzel, lui déchirait le cœur. Il voulait aller prendre un verre d'eau pour se remettre ; mais cette secousse était trop forte, ses genoux tremblaient ; et comme il étendait la main pour saisir la carafe, il s'affaissa et tomba sur le plancher tout de son long.

C'est alors que la mère Orchel fit entendre des cris :

« Katel! Katel! votre monsieur se trouve mal! Seigneur, ayez pitié de nous! »

Et Katel donc, lorsqu'elle entra tout effarée, et qu'elle vit ce pauvre Fritz étendu là, pâle comme un mort, c'est elle qui leva les mains au ciel, criant :

« Mon Dieu! mon Dieu! mon pauvre maître! Comment cela s'est-il fait, Orchel? Je ne l'ai jamais vu dans cet état!

— Je ne sais pas, mademoiselle Katel; nous étions tranquillement à causer de Sûzel. Il a voulu se lever pour prendre un verre d'eau, et il est tombé!

— Ah! mon Dieu! mon Dieu! pourvu que ce ne soit pas un coup de sang! »

Et les deux pauvres femmes, criant, gémissant et se désolant, le soulevèrent, l'une par les épaules, l'autre par les pieds, et le déposèrent sur son lit.

Voilà pourtant à quelles extrémités peut nous porter l'amour! Un homme si raisonnable, un homme qui s'était si bien arrangé pour être tranquille toute sa vie, un homme qui voyait les choses de si loin, qui s'était pourvu de si bon vin avec sagesse, et qui semblait n'avoir rien à craindre ni du ciel ni de la terre... voilà où le regard d'une simple enfant, d'une petite fille sans ruse et sans malice l'avait réduit! Qu'on dise encore après cela que l'amour est la plus douce, la plus agréable des passions.

Mais on pourrait faire des réflexions judicieuses sur ce chapitre jusqu'à la fin des siècles; c'est pourquoi, plutôt que de commencer, j'aime mieux laisser chacun tirer de là les conclusions qui lui plairont davantage.

Orchel et Katel se désolaient donc et ne savaient plus où donner de la tête. Mais Katel, dans les grandes circonstances, montrait ce qu'elle était.

« Orchel, dit-elle en défaisant la cravate de son maître, descendez tout de suite sur la place des Acacias; vous verrez, à droite de l'église une ruelle, et, à gauche de la ruelle, une rangée de palissades vertes sur un petit mur. C'est là que demeure le docteur Kipert; il doit être en train de tailler ses œillets et ses rosiers, comme tous les jours. Vous lui direz que M. Kobus est malade, et qu'on l'attend.

— C'est bien », fit la grosse fermière en ouvrant la porte. Elle sortit, et Katel, après avoir ôté les souliers de Fritz, courut dans la cuisine faire chauffer de l'eau ; car, pour tous les remèdes il est bon d'avoir de l'eau chaude.

Tandis qu'elle se livrait à ce soin, et que le feu se remettait à pétiller sur l'âtre, Orchel revint :

« Le voici, mademoiselle Katel ! » dit-elle tout essoufflée.

Et presque aussitôt, le docteur — un petit homme maigre, en tricot de laine verte, la culotte de nankin tirée par les bretelles dans la raie du dos, les cinq ou six mèches de ses cheveux gris tombant en touffes autour de son front rouge —, parut dans l'allée, sans rien dire, et entra tout de suite dans la chambre.

Orchel et Katel le suivaient.

Il regarda d'abord Fritz, puis il lui prit le pouls, les yeux fixés au pied du lit, comme un vieux chien de chasse en arrêt devant une caille, et au bout d'une minute, il dit :

« Ce n'est rien, le cœur galope, mais le pouls est égal... ce n'est pas dangereux... Il lui faut une potion calmante, voilà tout. »

Seulement alors la vieille servante se mit à sangloter dans son tablier.

Kipert, se retournant, demanda :

« Qu'est-il donc arrivé ? mademoiselle Katel.

— Rien, fit la grosse fermière ; nous causions tranquillement, quand il est tombé. »

Le vieux médecin, regardant de nouveau Kobus, dit :

« Il n'a rien... une émotion... une idée ! Allons... du calme... ne le dérangez pas... il reviendra tout seul. Je vais faire préparer la potion moi-même chez Harwich. »

Mais comme il allait sortir et jetait un dernier regard au malade, Fritz ouvrit les yeux.

« C'est moi, monsieur Kobus, dit-il en revenant ; vous avez quelque chose... un chagrin... une douleur... n'est-ce pas ? »

Fritz referma les yeux, et Kipert vit deux larmes dans les coins.

« Votre maître a des chagrins », dit-il à Katel tout bas.

Dans le même instant Kobus murmurait :

« Le rebbe !... le vieux rebbe !

— Vous voulez voir le vieux David ? »

Il inclina la tête.

« Allons, c'est bon, le danger est passé, dit Kipert en souriant. Il arrive des choses drôles dans ce monde. » Et, sans s'arrêter davantage, il sortit.

Katel, à l'une des fenêtres, criait déjà :

« Yéri ! Yéri ! »

Et le petit Yéri Koffel, le fils du tisserand, levait son nez barbouillé dans la rue.

« Cours chercher le vieux rebbe Sichel, cours ; dis-lui qu'il arrive tout de suite. »

L'enfant se mettait en route, lorsqu'il s'arrêta criant :

« Le voici ! »

Katel, regardant dans la rue, vit le rebbe David, son chapeau sur la nuque, sa longue capote flottant sur ses maigres mollets, qui venait la chemise ouverte, tenant sa cravate à la main, et courant aussi vite que ses vieilles jambes pouvaient aller.

On savait déjà dans toute la ville que M. Kobus avait une attaque. Qu'on se figure l'émotion de David à cette nouvelle ; il ne s'était pas donné le temps de boutonner ses habits, et venait dans une désolation inexprimable.

« Puisque ce n'est rien, dit la mère Orchel, je peux m'en aller... Je reviendrai demain ou après, savoir la réponse de M. Kobus.

— Oui, vous pouvez partir », lui répondit Katel en la reconduisant.

La fermière descendit, et se croisa au pied de l'escalier, avec le vieux rebbe qui montait. David, voyant Katel dans l'ombre de l'allée, se mit à bredouiller tout bas : « Qu'est-ce qu'il y a ? qu'est-ce qu'il y a ?... Il est malade... il est tombé, Kobus ! »

On entendait les battements de son cœur.

« Oui, entrez, dit la vieille servante ; il demande après vous. »

Alors il entra tout pâle, sur la pointe de ses gros souliers, allongeant le cou et regardant de loin, d'un air tellement effrayé, que cela faisait de la peine à voir.

« Kobus ! Kobus ! » fit-il tout bas d'une voix douce, comme lorsqu'on parle à un petit enfant.

Fritz ouvrit les yeux.

« Tu es malade, Kobus, reprit le vieux rebbe, toujours de la même voix tremblante ; il est arrivé quelque chose ? »

Fritz, les yeux humides, regarda vers Katel, et David comprit aussitôt ce qu'il voulait dire :

« Tu veux me parler seul ? fit-il.

— Oui », murmura Kobus.

Katel sortit, le tablier sur la figure, et David se penchant demanda :

« Tu as quelque chose... tu es malade ?... »

Fritz, sans répondre, lui entoura le cou de ses deux bras et ils s'embrassèrent :

« Je suis bien malheureux ! dit-il.

— Toi, malheureux ?

— Oui, le plus malheureux des hommes.

— Ne dis pas cela, dit le vieux David, ne dis pas cela... tu me déchires le cœur ! Que t'est-il donc arrivé ?

— Tu ne te moqueras pas de moi, David... je t'ai bien manqué... j'ai souvent ri de toi... je n'ai pas eu les égards que je devais au plus vieil ami de mon père... Tu ne te moqueras pas de moi, n'est-ce pas ?

— Mais, Kobus, au nom du Ciel ! s'écria le vieux rebbe prêt à fondre en larmes, ne parle pas de ces choses... Tu ne m'as jamais fait que du plaisir... tu ne m'as jamais chagriné... au contraire... au contraire... Ça me réjouissait de te voir rire... Dis-moi seulement...

— Tu me promets de ne pas te moquer de moi ?

— Me moquer de toi ! ai-je donc si mauvais cœur, de me moquer des chagrins véritables de mon meilleur ami ? Ah ! Kobus ! »

Alors Fritz éclata :

« C'était ma seule joie, David ; je ne pensais plus qu'à elle... et voilà qu'on la donne à un autre !

— Qui donc... qui donc ?

— Sûzel, fit-il en sanglotant.

— La petite Sûzel... la fille de ton fermier ?... tu l'aimes ?

— Oui !

— Ah!... fit le vieux rebbe en se redressant, les yeux écarquillés d'admiration, c'est la petite Sûzel, il aime la petite Sûzel!... Tiens... tiens... tiens... j'aurais dû m'en douter!... Mais je ne vois pas de mal à cela, Kobus... cette petite est très gentille... C'est ce qu'il te faut... tu seras heureux, très heureux avec elle...

— Ils veulent la donner à un autre! interrompit Fritz désespéré.

— A qui?

— A un anabaptiste.

— Qui est-ce qui t'a dit cela!

— La mère Orchel... tout à l'heure... elle est venue exprès...

— Ah! ah! bon... maintenant je comprends : elle est venue lui dire cela tout simplement, sans se douter de rien... et il s'est trouvé mal... Bon, c'est clair... c'est tout naturel. »

Ainsi se parlait David, en faisant deux ou trois tours dans la chambre, les mains sur le dos.

Puis, s'arrêtant au pied du lit :

« Mais si tu l'aimes, s'écria-t-il, Sûzel, doit le savoir... tu n'as pas manqué de le lui dire.

— Je n'ai pas osé.

— Tu n'as pas osé!... C'est égal, elle le sait. Cette petite est pleine d'esprit... elle a vu cela d'abord... Elle doit être contente de te plaire, car tu n'es pas le premier anabaptiste venu, toi... Tu représentes quelque chose de comme il faut; je te dis que cette petite doit être flattée, qu'elle doit s'estimer heureuse de penser qu'un monsieur de la ville a jeté les yeux sur elle : un beau garçon, frais, bien nourri, riant, et même majestueux, quand il a sa redingote noire, et ses chaînes d'or sur le ventre; je soutiens qu'elle doit t'aimer plus que tous les anabaptistes du monde. Est-ce que le vieux rebbe Sichel ne connaît pas les femmes? Tout cela tombe sous le bon sens! Mais, dis donc, as-tu seulement demandé si elle consent à prendre l'autre?

— Je n'y ai pas pensé; j'avais comme une meule qui me tournait dans la tête.

— Hé! s'écria David en haussant les épaules avec une grimace bizarre, la tête penchée et les mains jointes d'un air de pitié profonde, comment, tu n'y as pas pensé! Et tu te désoles, et tu tombes le nez à terre, tu cries, tu pleures! Voilà... voilà bien les amoureux! Attends, attends, si la mère Orchel est encore là, tu vas voir! »

Il ouvrit la porte, en criant dans l'allée :

« Katel, est-ce que la mère Orchel est encore là?

— Non, monsieur David. »

Alors il referma.

Fritz semblait un peu remis de sa désolation.

« David, fit-il, tu me rends la vie.

— Allons, *schaude*, dit le vieux rebbe, lève-toi, remets tes souliers et laisse-moi faire. Nous allons ensemble là-bas, demander Sûzel en mariage. Mais peux-tu te tenir sur tes jambes?

— Ah! pour aller demander Sûzel, s'écria Fritz, je marcherais jusqu'au bout du monde!

— Hé! hé! hé! fit le vieux Sichel, dont tous les traits se contractèrent, et dont les petits yeux se plissaient, hé! hé! hé! quelle peur tu m'as faite!... J'ai pourtant traversé la ville comme cela; c'est encore bien heureux que je n'aie pas oublié de mettre ma culotte. »

Il riait en boutonnant son gilet de finette et sa grosse capote verte. Mais Fritz n'osait pas encore rire, il remettait ses souliers, tout pâle d'inquiétude; puis il se coiffa de son feutre et prit son bâton en disant d'une voix émue :

« Maintenant, David, je suis prêt; que le Seigneur nous soit en aide!

— *Amen!* » répondit le vieux rebbe.

Ils sortirent.

Katel, de la cuisine, avait entendu quelque chose; et les voyant passer, elle ne dit rien, s'étonnant et se réjouissant de ces événements étranges. Ils traversèrent la ville, perdus dans leurs réflexions, sans s'apercevoir que les gens les regardaient avec surprise. Une fois dehors, le grand air rétablit Fritz; et tout en descendant le sentier du Postthâl, il se mit à raconter les choses qui s'étaient accomplies depuis trois mois : la manière dont il s'était aperçu de son amour pour Sûzel; comment il avait voulu s'en distraire; comment il avait entrepris un voyage avec Hâan; mais que cette idée le suivait partout, qu'il ne pouvait plus prendre un verre de vin sans radoter d'amour; et, finalement, comment il s'était abandonné lui-même à la grâce de Dieu.

David, la tête penchée, tout en trottant, riait dans sa barbiche grise, et, de temps en temps, clignant des yeux :

« Hé ! hé ! hé ! faisait-il, je te le disais bien, Kobus, je te le disais bien, on ne peut résister ! Vous étiez donc à faire de la musique, et tu chantais : *Rosette, si bien faite...* Et puis ? »

Fritz poursuivait son histoire.

« C'est bien ça... c'est bien ça, reprenait le vieux David, hé ! hé ! hé ! Ça te persécutait... c'était plus fort que toi. Oui... oui... je me figure tout cela comme si j'y étais. Alors donc, à la brasserie du Grand-Cerf, tu défiais le monde et tu célébrais l'amour... Va, va toujours, j'aime à t'entendre parler de cela. »

Et Fritz, heureux de causer de ces choses, continuait son histoire. Il ne s'interrompait de temps en temps que pour s'écrier :

« Crois-tu sérieusement qu'elle m'aime, David ?

— Oui... oui... elle t'aime, faisait le vieux rebbe, les yeux plissés.

— En es-tu bien sûr ?

— Hé ! hé ! hé ! ça va sans dire... Mais alors donc, à Bischem, vous avez eu le bonheur de danser le *treieleins* ensemble. Tu devais être bien heureux, Kobus ?

— Oh ! » s'écriait Fritz.

Et tout l'enthousiasme du *treieleins* lui remontait à la tête. Jamais le vieux Sichel n'avait été plus content; il aurait écouté Kobus raconter la même chose durant un siècle, sans se fatiguer; et, parfois, il remplissait les silences par quelque réflexion tirée de la Bible, comme : « Je t'ai réveillé sous un pommier, là où ta « mère t'a enfanté, là où t'a enfanté celle qui t'a donné « le jour. » Ou bien : « Beaucoup d'eau ne pourrait pas « éteindre cet amour-là, et les fleuves même ne le pour- « raient pas noyer. » Ou bien encore : « Tu m'as ravi le « cœur par l'un de tes yeux; tu m'as ravi le cœur par un « des grains de ton collier. »

Fritz trouvait ces réflexions très belles. Pour la troisième fois, il rentrait dans de nouveaux détails, lorsque le vieux rebbe, s'arrêtant au coin du bois, près de la roche des Tourterelles, à dix minutes de la ferme, lui dit :

« Voici le Meisenthâl. Tu me raconteras le reste plus tard. Maintenant, je vais descendre, et toi, tu m'attendras ici.

— Comment ! il faut que je reste ? demanda Kobus.

— Oui, c'est une affaire délicate ; je serai sans doute forcé de parlementer avec ces gens. Qui sait ? ils ont peut-être fait des promesses à l'anabaptiste. Il vaut mieux que tu n'y sois pas. Reste ici, je vais descendre seul ; si les choses vont bien, tu me verras reparaître au coin du hangar ; je lèverai mon mouchoir, et tu sauras ce que cela veut dire. »

Fritz, malgré sa grande impatience, dut reconnaître que ces raisons étaient bonnes. Il fit donc halte sur la lisière du bois, et David descendit en trottinant comme un vieux lièvre dans les bruyères, la tête penchée et le bâton de Kobus, qu'il avait pris, en avant.

Il pouvait être alors une heure ; le soleil, dans toute sa force, chauffait le Meisenthâl, et brillait sur la rivière à perte de vue. Pas un souffle n'agitait l'air, pas un grillon n'élevait son cri monotone ; les oiseaux dormaient la tête sous l'aile, et, seulement de loin en loin, les bœufs de Christel, couchés à l'ombre du pignon, les genoux ployés sous le ventre, étendaient un mugissement solennel dans la vallée silencieuse.

On peut s'imaginer les réflexions de Fritz, après le départ du vieux rebbe. Il le suivit des yeux jusque près de la ferme. Au-delà des bruyères, David prit le sentier sablonneux qui tourne à l'ombre des pommiers, au pied de la côte. Kobus ne voyait plus que son chapeau s'avancer derrière le talus ; puis il le vit longer les étables, et au même instant les aboiements de Mopsel retentirent au loin, comme les jappements d'un bébé de Nuremberg. David alors se pencha, le bâton devant lui, et Mopsel, ébouriffé, redoubla ses cris. Enfin, le vieux rebbe disparut à l'angle de la ferme.

C'est alors que le temps parut long à Fritz, au milieu

de ce grand silence. Il lui semblait que cela n'en finirait plus. Les minutes se suivaient depuis un quart d'heure, lorsqu'il y eut un éclair dans la basse-cour; il crut que c'était le mouchoir de David et tressaillit; mais c'était la petite fenêtre de la cuisine qui venait de tourner au soleil : la servante Mayel vidait son baquet de pelures au-dehors; quelques cris de poules et de canards s'entendirent, et le temps parut s'allonger de nouveau.

Kobus se forgeait mille idées; il croyait voir Christel et Orchel refuser... le vieux rebbe supplier... Que sais-je? Ces pensées se pressaient tellement, qu'il en perdait la tête.

Enfin, David reparut au coin de l'étable; il n'agitait rien, et Fritz, le regardant, sentit ses genoux trembler. Le vieux rebbe, au bout d'un instant, fourra la main dans la poche de sa longue capote jusqu'au coude; il en tira son mouchoir, se moucha comme si de rien n'était, et, finalement, levant le mouchoir, il l'agita. Aussitôt Kobus partit, ses jambes galopaient toutes seules : c'était un véritable cerf. En moins de cinq minutes il fut près de la ferme. David, les joues plissées de rides innombrables et les yeux pétillants, le reçut par un sourire :

« Hé! hé! hé! fit-il tout bas, ça va bien... ça va bien... On t'accepte... attends donc... écoute! »

Fritz ne l'écoutait plus; il courait à la porte, et le rebbe le suivait tout réjoui de son ardeur. Cinq ou six journaliers en blouse, coiffés du chapeau de paille, allaient repartir pour l'ouvrage; les uns remettaient les bœufs sous le joug garni de feuilles, les autres, la fourche ou le rateau sur l'epaule, regardaient. Ces gens tournèrent la tête et dirent :

« Bonjour, monsieur Kobus! »

Mais il passa sans les entendre, et entra dans l'allée comme effaré, puis dans la grande salle, suivi du vieux David, qui se frottait les mains et riait dans sa barbiche.

On venait de dîner; les grandes écuelles de faïence rouge, les fourchettes d'étain, et les cruches de grès étaient encore sur la table. Christel, assis au bout, son chapeau sur la nuque, regardait ébahi; la mère Orchel, avec sa grosse face rouge, se tenait debout sous la porte de la cuisine, la bouche béante ; et la petite Sûzel, assise dans le vieux fauteuil de cuir, entre le grand fourneau de fonte et la vieille horloge, qui battait sa cadence éternelle, Sûzel, en manches de chemise, et petit corset de toile bleue, était là, sa douce figure cachée dans son tablier sur les genoux. On ne voyait que son joli cou bruni par le soleil, et ses bras repliés.

Fritz, à cette vue, voulut parler ; mais il ne put dire un mot, et c'est le père Christel qui commença :

« Monsieur Kobus ! s'écria-t-il d'un accent de stupéfaction profonde, ce que le rebbe David vient de nous dire est-il possible : vous aimez Sûzel et vous nous la demandez en mariage ! Il faut que vous nous le disiez vous-même, sans cela nous ne pourrons jamais le croire.

— Père Christel, répondit alors Fritz avec une sorte d'éloquence, si vous ne m'accordez pas la main de Sûzel, ou si Sûzel ne m'aime pas, je ne puis plus vivre ; je n'ai jamais aimé que Sûzel et je ne veux jamais aimer qu'elle. Si Sûzel m'aime, et si vous me l'accordez, je serai le plus heureux des hommes, et je ferai tout aussi pour la rendre heureuse. »

Christel et Orchel se regardèrent comme confondus, et Sûzel se mit à sangloter ; si c'était de bonheur, on ne pouvait le savoir, mais elle pleurait comme une Madeleine.

« Père Christel, reprit Fritz, vous tenez ma vie entre vos mains...

— Mais, monsieur Kobus, s'écria le vieux fermier d'une voix forte et les bras étendus, c'est avec bonheur que nous vous accordons notre enfant en mariage. Quel honneur plus grand pourrait nous arriver en ce monde, que d'avoir pour gendre un homme tel que vous ? Seulement, je vous en prie, monsieur Kobus, réfléchissez... réfléchissez bien à ce que nous sommes et à ce que vous êtes... Réfléchissez que vous êtes d'un autre rang que nous ; que nous sommes des gens de travail, des gens ordinaires, et que vous êtes d'une famille distinguée depuis longtemps, non seulement par la fortune, mais encore par l'estime que vos ancêtres et vous-même avez méritée. Réfléchissez à tout cela... que vous n'ayez pas à vous repentir plus tard... et que nous n'ayons pas non plus la douleur de penser que vous êtes malheureux par notre faute. Vous en savez plus que nous, monsieur Kobus, nous sommes de pauvres gens sans instruction; réfléchissez donc pour nous tous ensemble.

— Voilà un honnête homme! » pensa le vieux rebbe.

Et Fritz dit avec attendrissement :

« Si Sûzel m'aime, tout sera bien! Si par malheur elle ne m'aime pas, la fortune, le rang, la considération du monde, tout n'est plus rien pour moi! J'ai réfléchi, et je ne demande que l'amour de Sûzel.

— Eh bien, donc, s'écria Christel, que la volonté du Seigneur s'accomplisse. Sûzel, tu viens de l'entendre, réponds toi-même. Quant à nous, que pouvons-nous désirer de plus pour ton bonheur? Sûzel, aimes-tu M. Kobus? »

Mais Sûzel ne répondait pas, elle sanglotait plus fort.

Cependant, à la fin, Fritz s'étant écrié d'une voix tremblante :

« Sûzel, tu ne m'aimes donc pas, que tu refuses de répondre! »

Tout à coup, se levant comme une désespérée, elle vint se jeter dans ses bras, en s'écriant :

« Oh! si, je vous aime! »

Et elle pleura, tandis que Fritz la pressait sur son cœur, et que de grosses larmes coulaient sur ses joues.

Tous les assistants pleuraient avec eux : Mayel, son balai à la main, regardait, le cou tendu, dans l'embrasure de la cuisine; et, tout autour des fenêtres, à cinq ou six pas, on apercevait des figures curieuses, les yeux écarquillés, se penchant pour voir et pour entendre.

Enfin le vieux rebbe se moucha, et dit :

« C'est bon... c'est bon... Aimez-vous... aimez-vous! »

Et il allait sans doute ajouter quelque sentence, lorsque tout à coup, Fritz, poussant un cri de triomphe, passa la main autour de la taille de Sûzel, et se mit à valser avec elle, en criant : « You! houpsa, Sûzel! You! you! you! you! you! »

Alors tous ces gens qui pleuraient se mirent à rire, et

la petite Sûzel, souriant à travers ses larmes, cacha sa jolie figure dans le sein de Kobus.

La joie se peignait sur tous les visages; on aurait dit un de ces magnifiques coups de soleil, qui suivent les chaudes averses du printemps.

Deux grosses filles, avec leurs immenses chapeaux de paille en parasol, la figure pourpre et les yeux écarquillés, s'étaient enhardies jusqu'à venir croiser leurs bras au bord d'une fenêtre, regardant et riant de bon cœur. Derrière elles, tous les autres se penchaient, l'oreille tendue.

Orchel, qui venait de sortir en essuyant ses joues avec son tablier, reparut apportant une bouteille et des verres :

« Voici la bouteille de vin que vous nous avez envoyée par Sûzel, il y a trois mois, dit-elle à Fritz; je la gardais pour la fête de Christel, mais nous pouvons bien la boire aujourd'hui. »

On entendit au même instant le fouet claquer dehors, et Zaphéri, le garçon de ferme, s'écrier : « En route ! »

Les fenêtres se dégarnirent; et comme l'anabaptiste remplissait les verres, le vieux rebbe tout joyeux, lui dit :

« Eh bien, Christel, à quand les noces ? »

Ces paroles rendirent Sûzel et Fritz attentifs.

« Hé ! qu'en penses-tu, Orchel ? demanda le fermier à sa femme.

— Quand M. Kobus voudra, répondit la grosse mère en s'asseyant.

— A votre santé, mes enfants ! dit Christel. Moi, je pense qu'après la rentrée des foins... »

Fritz regarda le vieux rebbe, qui dit :

« Écoutez, Christel, les foins sont une bonne chose, mais le bonheur vaut encore mieux. Je représente le père de Kobus, dont j'ai été le meilleur ami... Eh bien, moi, je dis que nous devons fixer cela d'ici à huit jours, juste le temps des publications. A quoi bon faire languir ces braves enfants ? A quoi bon attendre davantage ? N'est-ce pas ce que tu penses, Kobus ?

— Comme Sûzel voudra, je voudrai », dit-il en la regardant.

Elle, baissant les yeux, pencha la tête contre l'épaule de Fritz sans répondre.

« Qu'il en soit donc fait ainsi, dit Christel.

— Oui, répondit David, c'est le meilleur; et vous viendrez demain à Hunebourg, dresser le contrat. »

Alors on but, et le vieux rebbe, souriant, ajouta :

« J'ai bien fait des mariages dans ma vie; mais celui-ci me cause plus de plaisir que les autres, et j'en suis fier. Je suis venu chez vous, Christel, comme le serviteur d'Abraham, Eléazar, chez Laban : cette affaire est procédée de l'Éternel.

— Bénissons la volonté de l'Éternel », répondirent Christel et Orchel d'une seule voix.

Et depuis cet instant, il fut entendu que le contrat serait fait le lendemain à Hunebourg, et que le mariage aurait lieu huit jours après.

XVIII

Or, le bruit de ces événements se répandit le soir même à Hunebourg, et toute la ville en fut étonnée ; chacun se disait : « Comment se fait-il que M. Kobus, cet homme riche, cet homme considérable, épouse une simple fille des champs, la fille de son propre fermier, lui qui, depuis quinze ans, a refusé tant de beaux partis ? »

On s'arrêtait au milieu des rues pour se raconter cette nouvelle étrange ; on en parlait sur le seuil des maisons, dans les chambres et jusqu'au fond des cours ; l'étonnement ne finissait pas.

C'est ainsi que Schoultz, Hâan et Speck et les autres amis de Fritz apprirent ces choses merveilleuses ; et le lendemain, réunis à la brasserie du Grand-Cerf, ils en causaient entre eux, disant : « Que c'est une grande folie de se marier avec une femme d'une condition inférieure à la nôtre ; que de là résultent les ennuis et les jalousies de toutes sortes. Qu'il vaut mieux ne pas se marier du tout. Qu'on ne voit pas un seul mari sur la terre aussi content, aussi riant, aussi bien portant que les vieux garçons. »

« Oui, s'écriait Schoultz, indigné de n'avoir pas été prévenu par Kobus, maintenant nous ne verrons plus le gros Fritz ; il va vivre dans sa coquille, et tâcher de retirer ses cornes à l'intérieur. Voilà comme l'âge alourdit les hommes ! quand ils sont devenus faibles, une simple fille des champs les dompte et les conduit avec une faveur rose. Il n'y a que les vieux militaires qui résistent ! C'est ainsi que nous verrons le bon Kobus, et nous pouvons bien lui dire : « Adieu, adieu, repose en « paix ! » comme lorsqu'on enterre le « Mardi-Gras. »

Hâan regardait sous la table tout rêveur, et vidait les cendres de sa grosse pipe entre ses genoux. Mais comme à force de parler, on avait fini par reprendre haleine, il dit à son tour :

« Le mariage est la fin de la joie, et, pour ma part, j'aimerais mieux me fourrer la tête dans un fagot d'épines, que de me mettre cette corde au cou. Malgré cela, puisque notre ami Kobus s'est converti, chacun doit avouer que sa petite Sûzel était bien digne d'accomplir un tel miracle; pour la gentillesse, l'esprit, le bon sens, je ne connais qu'une seule personne qui lui soit comparable, et même supérieure, car elle a plus de dignité dans le port : c'est la fille du bourgmestre de Bischem, une femme superbe, avec laquelle j'ai dansé le *treieleins*. »

Alors Schoultz s'écria « que ni Sûzel, ni la fille du bourgmestre n'étaient dignes de dénouer les cordons des souliers de la petite femme rousse qu'il avait choisie ! » Et la discussion, s'animant de plus en plus, continua de la sorte jusqu'à minuit, moment où le wachtmann vint prévenir ces messieurs, que la conférence était close provisoirement.

Le même jour, on dressait le contrat de mariage chez Fritz. Comme le tabellion Müntz venait d'inscrire les biens de Kobus, et que Sûzel, elle, n'avait rien à mettre en ménage que les charmes de la jeunesse et de l'amour, le vieux David, se penchant derrière le notaire, lui dit :

« Mettez que le rebbe David donne à Sûzel, en dot, les trois arpents de vigne de Sonneberg, lesquels produisent le meilleur vin du pays. Mettez cela, Müntz. »

Fritz, s'étant redressé tout surpris, car ces trois arpents lui appartenaient, le vieux rebbe levant le doigt, dit en souriant :

« Rappelle-toi, Kobus, rappelle-toi notre discussion sur le mariage, à la fin du dîner, il y a trois mois, dans cette chambre ! »

Alors Fritz se rappela leur pari :

« C'est vrai, dit-il en rougissant, ces trois arpents de vigne sont à David, il me les a gagnés; mais puisqu'il les donne à Sûzel, je les accepte pour elle. Seulement, ajoutez qu'il s'en réserve la jouissance; je veux qu'il puisse en boire le vin jusqu'à l'âge avancé de son grand-père Mathusalem, c'est indispensable à mon bonheur. Et mettez aussi, Müntz, que Sûzel apporte en dot la ferme de Meisenthâl, que je lui donne en signe d'amour; Christel et Orchel la cultiveront pour leurs enfants, cela leur fera plus de plaisir. »

C'est ainsi que fut écrit le contrat de mariage.

Et quant au reste, quant à l'arrivée de Iôsef Almâni, de Bockel et d'Andrès, accourant de quinze lieues, faire de la musique à la noce de leur ami Kobus; quant au festin, ordonné par la vieille Katel, selon toutes les règles de son art, avec le concours de la cuisinière du Bœuf-Rouge; quant à la grâce naïve de Sûzel, à la joie de Fritz, à la dignité de Hâan et de Schoultz, ses garçons d'honneur, à la belle allocution de M. le pasteur Diemer, au grand bal, que le vieux rebbe David ouvrit lui-même avec Sûzel, au milieu des applaudissements universels; quant à l'enthousiasme de Iôsef, jouant du violon d'une façon tellement extraordinaire, que la moitié de Hunebourg se tint sur la place des Acacias pour l'entendre, jusqu'à deux heures du matin, quant à tout cela, ce serait une histoire aussi longue que la première.

Qu'il vous suffise donc de savoir qu'environ quinze jours après son mariage, Fritz réunit tous ses amis à dîner, dans la même salle où Sûzel était venue s'asseoir au milieu d'eux, trois mois avant, et qu'il déclara hautement que le vieux rebbe avait eu raison de dire : « qu'en dehors de l'amour, tout n'est que vanité, qu'il n'existe rien de comparable, et que le mariage avec la femme qu'on aime est le paradis sur la terre ! »

Et David Sichel, alors tout ému, prononça cette belle sentence, qu'il avait lue dans un livre hébraïque, et qu'il trouvait sublime, quoiqu'elle ne fût pas du Vieux Testament :

« Mes biens-aimés, aimons-nous les uns les autres. « Quiconque aime les autres, connaît Dieu. Celui qui ne « les aime pas, ne connaît pas Dieu. Car Dieu est « amour ! »

DISTRIBUTION

ALLEMAGNE
BUCHVERTRIEB O. LIESENBERG
Grossherzog-Friedrich Strasse 56
D-77694 Kehl/Rhein

BULGARIE et BALKANS
OPEN WORLD
125 Bd Tzaringradsko Chaussée
Bloc 5
1113 Sofia
Bulgarie

CANADA
EDILIVRE INC.
DIFFUSION SOUSSAN
5740 Forrier
Mont-Royal, QC H4P 1M7

CONGO
PAPYRUS
BP 10503
Brazzaville

ESPAGNE
RIBERA LIBRERIA
PG. Martiartu
48480 Arrigorriaga
Vizcaya

ETATS-UNIS
DISTRIBOOKS INC.
915 Foster Street
Evanston, IL 60201-3199
tel. (847) 864 06 64
fax (847) 864 08 04

GRANDE-BRETAGNE
SANDPIPER BOOKS LTD
22a Langroyd Road
London SW17 7PL

ITALIE
MAGIS BOOKS
Via Raffaello 31/C 6
42100 Reggio Emilia

LITUANIE
HUMANITAS
Donelaicio 52
3000 Kaunas

MAROC
LIBRAIRIE DES ECOLES
12 av. Hassan II
Casablanca

POLOGNE
LIVRA
Ul. Kolejowa 15/17
02217 Warszawa
TOP MARK CENTRE
Ul. Urbanistow 1/51
02397 Warszawa

PORTUGAL
CENTRALIVROS
Av. Marechal Gomes
Da Costa, 27-1
1900 Lisboa

RUSSIE
LCM
fax : (095) 251 81 95
JUPITER
Moscou
tel/fax : (095) 925 29 28

TCHEQUE (REPUBLIQUE)
MEGA BOOKS
Rostovska 4
10100 Prague 10

TUNISIE
LE DISTRIBUTEUR
39, rue Naplouse
1002 Tunis

VIETNAM
XUNHASABA
32 Hai Ba Trung Street
Hanoi SRV

FRANCE
Exclusivité réservée
à la chaîne MAXI-LIVRES
Liste des magasins : MINITEL
« 3615 Maxi-Livres »

IMPRIMÉ EN UNION EUROPÉENNE
le 20-11-1997
B/023-96 – Dépôt légal, juillet 1996